Hans Ernst
Ein ganzes Leben lang

Hans Ernst

Ein ganzes Leben lang

Roman

rosenheimer

4., überarbeitete Auflage 1998
© 1971 Rosenheimer Verlagshaus GmbH & Co. KG,
Rosenheim

Titelfoto: Michael Wolf, München
Redaktion: Petra Schnell, Stephanskirchen
Satz: Buch-Werkstatt GmbH, Bad Aibling
Druck und Bindung: Ebner Ulm
Printed in Germany

ISBN 3-475-52059-1

1

Es ist halb vier Uhr früh. Im Lindenbaum des Pfarrgartens in Heimatsried pfeift eine Amsel. Vom Turm der Kirche dröhnen die zwei Schläge so laut, dass die Amsel erschrocken innehält. Noch schläft der Marktflecken.

Nur beim Bäcker Hammerer brennt Licht in der Backstube und der Rauch steigt kerzengerade aus der Esse in die Morgendämmerung auf. Langsam verblassen die Sterne im aufkommenden Wind. Um diese Zeit erblickt Regina Helmbrecht mit einem ersten hellen Schrei das Licht der Welt.

In der weißen, in einer wunderlichen Mischung von gotischem und barockem Stil gebauten Villa des Tierarztes Heinrich Helmbrecht hat die ganze Nacht das Licht gebrannt.

Jetzt packt Dr. Hinterholzer die Instrumente zusammen und gibt der Hebamme noch Anweisungen. Die Geburt war schwer und mitunter hat es während der letzten Stunde so ausgesehen, als ob dieses Kind gar nicht lebend zur Welt kommen sollte. Aber dann hat Gott ein Einsehen gehabt mit der gequälten Frau und dem Ungeborenen. Wer weiß, vielleicht hat er noch etwas Besonderes vor mit diesem Kind.

Jetzt verlässt der Arzt das Haus. Bei der Gartenlaube, wo der Weg zur Straße hinausführt, steht Dr. Helmbrecht, die Augen müde und sorgenvoll.

Er hat es nicht mehr ausgehalten im Haus, in dem die Stunden dieser Nacht kein Ende nehmen wollten. Sooft er die Hebamme hatte abfangen können, hatte er sie mit den drei Worten »Was ist los?« überfallen. Und da sie nicht geneigt schien, ihm auf sein klares und eindeutiges Fragen ebenso klare Antworten zu geben, vielmehr nur mit den Schultern zuckte, zwang er sich, den Mund nicht mehr aufzutun. Er hatte schließlich doch ein Recht zu fragen, und es war kein Grund gegeben, seine Sorge zu verstecken, wenn der Tod um das Haus schlich, um die Mutter oder das Kind oder alle beide zu holen.

Nein, es ist und bleibt erbärmlich, dass ein Mann in solchen Stunden zu einem Nichts gestempelt wird. Er stehe nur im Weg herum, hatte die Köchin ihm frank und frei erklärt, als er in der Küche auf und ab gegangen war.

»Ich stehe im Weg? Dann kann ich ja gehen. Aber komme mir hernach niemand damit, ich sei davongelaufen, als es gefährlich wurde.«

Aber er geht nicht weit. Nur in den Stall, in dem die beiden Ponyhengste, Max und Moritz, mit leisem Wiehern die Köpfe drehen, in der Meinung, es sei schon Futterzeit.

Von dort geht er in den Garten, vergräbt sein Gesicht für ein paar Minuten in den blühenden Fliederbüschen und schaut dann wieder zu den Sternen hinauf.

Endlich kommt Dr. Hinterholzer. Sofort rennt er auf ihn zu und sieht ihn voll banger Spannung an. »Was ... was ist denn eigentlich los?«

»Ein Mädchen ist es. Eine schwere Geburt. Wirklich, solche Geburten habe ich nicht viele gehabt. Aber nun ist es ja glücklich vorüber. Ich gratuliere, Helmbrecht. Ein gesundes Mädchen, fast acht Pfund. Na ja, jetzt haben Sie ein Pärchen.«

Helmbrecht atmet glücklich und befreit auf, dann schiebt er seinen Arm unter den des Arztes. »Trinken wir ein Gläschen.«

»Nein, danke«, sagt der Arzt, »jetzt nicht. Aber etwas anderes: Im Ernst, Helmbrecht, noch eine Geburt hält Ihre Frau nicht durch. Wohl oder übel müssen Sie sich damit abfinden, dass es bei diesen Zweien bleiben muss.«

Heinrich Helmbrecht starrt den anderen mit einem Blick an, in dem sich mehr Verlegenheit als Enttäuschung spiegelt. Dann wirft er den Kopf in den Nacken: »Ist gut, Doktor, ich danke Ihnen.«

Er geht rasch ins Haus und schleicht auf Zehenspitzen hinauf in das obere Stockwerk, dabei nimmt er sogar die Hand vom Stiegengeländer, weil es so durchdringend knarrt. Ihm ist ganz feierlich ums Herz.

In grenzenloser Erschöpfung liegt seine Frau in den Kissen. Dunkles Haar umrahmt die marmorweiße Stirn. Die Stunden dieser Nacht haben die Schönheit ihres Gesichtes ein wenig verwischt. Jetzt aber schläft sie tief. Das Zimmer ist erfüllt vom Geruch starker Medikamente. Über dem Bett lächelt aus goldenem Rahmen das Bild eines pausbäckigen Engels, unergründlich und fern.

Nun beugt der Mann sich über ihr Gesicht, als ob er ihr leise etwas ins Ohr sagen wolle, vielleicht, dass sie tapfer gewesen sei, die ganze Nacht. Aber er sagt kein Wort. Es kann sein, dass er sich geniert, weil noch jemand im Zimmer ist. Vielleicht aber findet er wirklich nicht das richtige Wort, weil in den Jahren ihres Zusammenlebens so manches anders geworden ist, das auch in dieser Stunde nicht ausgeglichen werden kann.

Er sieht die kleine Ader an ihrem Hals schlagen

und denkt unwillkürlich daran, wie viel glücklicher er vor drei Jahren war, als die geliebte Frau ihm das erste Kind, den Walter, schenkte.

Jetzt macht sich die Hebamme bemerkbar, eine Decke wird aufgeschlagen. Ein weinerliches Gesicht schaut dem Mann in faltiger Ausdruckslosigkeit entgegen. Es bewegt suchend die Lippen und der Mann hört kaum, dass die Hebamme wiederholt, was der Doktor ihm schon gesagt hat, nämlich dass es ein gesundes und starkes Mädchen sei.

In diesem Augenblick läutet das Telefon im Treppenhaus. Beim Lichtenegger in Haslach ist eine Stute erkrankt und man verlangt dringend den Tierarzt. Wenig später fährt Dr. Helmbrecht mit seinem Wagen durch das Hoftor und lenkt ihn zielsicher über den Marktplatz.

Wie ein Riese hockt dieser Mann in dem engen Wagen. Die braune Lodenjacke spannt sich wie ein Brett um den breiten Rücken. Der mausgraue Hut mit der geschlitzten Bussardfeder sitzt auf dem wuchtigen Schädel wie das Tüpferl auf dem i. Der Kragen des weißen Leinenhemdes steht am Hals offen, weil Heinrich Helmbrecht alles Enge inständig hasst und es so viel bequemer ist.

Im ständigen Umgang mit Bauern ist Dr. Helmbrecht im Laufe der Jahre selber ein halber Bauer geworden, sehr zum Leidwesen seiner Frau, die es nach vielen Bemühungen voller Resignation aufgegeben hat, ihm eine Lebensart beibringen zu wollen, die ihrer Meinung nach ihm und damit auch ihr gemäßer gewesen wäre.

Bei aller bäuerlichen Grobheit hat Helmbrecht aber ein weiches Herz. Er gehört zu jenen Männern, die von energischen Ehefrauen um den Finger gewickelt werden.

Die schmale Straße steigt jetzt ein wenig an und der Wagen kocht bald. Dr. Helmbrecht legt den Arm über die Lehne und schaut zurück.

Wie schön ist doch dieser Maimorgen!

Hinter dem Marktflecken dehnt sich in nördlicher Richtung der Staatsforst. Es scheint, als wäre Heimatsried dorthin kulissenartig abgeschirmt. Wie ein weit geöffnetes Auge schimmert zwischen den letzten Häusern und dem Forst der Schlossweiher.

Gegen Süden und Osten hin ist das Land mehr eben und wird erst tief in der Ferne vom Gebirge abgegrenzt.

Mitunter begegnen Helmbrecht jetzt Bauern auf ihren Traktoren mit frisch gemähtem Gras. Die Leute grüßen freundlich, was Dr. Helmbrecht stets mit einem kurzen Nicken beantwortet. Sein Augenmerk gilt mehr den Traktoren. Einmal hält er mit kurzem Ruck seinen Wagen an und kurbelt das Fenster herunter.

»Wie geht's deinem Rappen, Eder, lahmt er immer noch?«

»Ja, Doktor, er lahmt immer noch. Mir will scheinen, als ob er den Hufkrebs hätte.«

Dr. Helmbrecht lässt den Motor wieder an und ruft aus dem Fenster: »Komm, lass ihn uns schnell ansehen.«

»Heb ihn auf!« Mit aller Gründlichkeit betastet Helmbrecht wenig später im Stall den Huf, bis der Gaul zusammenzuckt. Dann schiebt er den Hut aus der Stirn und stemmt die Fäuste in die Hüften.

»Wer hat dir denn gesagt, dass der Gaul den

Hufkrebs hat? Sei nur still, ich kenn mich schon aus! Wenn nur er nicht den Hirnkrebs hat. Das kannst dem Bacher Simon sagen. Ich muss ihm doch einmal anständig auf die Finger klopfen, wenn er mit seinem Kurpfuschen nicht aufhört. Der Gaul ist falsch beschlagen, weiter nichts. Reiß ihm das Eisen herunter und lass ihn ein paar Tage im Stall stehen, dann ist es vorbei.«

Die Fahrt geht weiter. Der Bach zur linken Seite der Straße rauscht sein Lied. In seinem klaren Wasser flitzen Forellen hin und her. Still und feierlich steht der Wald. Aus seiner Tiefe ruft endlos ein Kuckuck, als wolle er Methusalems Alter aufzählen. Und über allem strahlt verschwenderisch die Sonne.

In tiefen Zügen atmet Helmbrecht die köstliche Luft ein und lächelt vor sich hin. Der lockende Kuckucksruf erinnert ihn an vergangene Zeiten, als er beim Kuckucksruf das Orakel in mannigfacher Form befragt und beschworen hat wie zur Nachtzeit das Fallen der Sternschnuppen.

Ob alle seine damaligen Wünsche sich erfüllten?

Erst nach einer langen Reihe von Jahren vermag der Mensch zu erkennen, wie weit das Leben ihn von seinen einstigen Jugendträumen abgetrieben hat.

Dr. Helmbrecht hat längst erkannt, dass sich das Wunschbild seiner Jugend nicht erfüllt hat. Aber das war gewiss nicht seine Schuld. Nein, Sina, seine Frau, hat nicht gehalten, was er sich von ihr erhofft hatte. Es war kein Glück geworden, ruhig und verlässlich, die Jahre durchdauernd. Nach einem kurzen, heißen Rausch schien Sina sich eingesponnen zu haben in eine Schale aus kaltem Metall, aus dem ihr Herz sich immer seltener herauswagte, bis schließlich zwischen den Eheleuten nur mehr ein verschwindend kleiner Rest innerer Zusammengehörigkeit übrig blieb. Gerade noch so viel, dass man es der Öffentlichkeit wie auf einem Präsentierteller zeigen konnte.

Ja, er hätte sie gehen lassen sollen auf der großen Straße des Lebens, auf der er ihr als junger Student begegnet war. Blitzartig hatte er sich in die kühle, dunkle Schönheit verliebt.

Anfangs war auch alles nach Wunsch gegangen. Welch ein Triumph in Heimatsried! Die Männer blieben stehen und schauten verstohlen der schönen Frau des jungen Tierarztes nach. Die Frauen versuchten sich so zu kleiden, wie Sina Helmbrecht es tat, und brachten es doch nicht so fertig, weil nur sie diese Art besaß, die Kleider so zu tragen, dass sie Wirkung erzielten.

Ihn aber hatte ein herrliches Gefühl des Stolzes eingesponnen. Ihm war, als fände sein Leben nur durch diese Frau einen Sinn. Die Geburt Walters vor drei Jahren war noch in die Zeit seines Glückes gefallen. Danach aber war es, als hätte über Nacht ein kalter Reif alles überzogen.

Und nun war doch nach dieser Zeitspanne noch die Regina gekommen. Ihm wäre eigentlich als Name Margaret, in Erinnerung an seine Mutter, lieber gewesen. Aber was Sina einmal bestimmt hatte, daran war nur schwer zu rütteln.

Also gut: Regina. Er, Heinrich Helmbrecht, Tierarzt von Heimatsried, hat seit heute Morgen eine Tochter. Diese Erkenntnis erfüllt ihn erst jetzt mit Freude und väterlichem Stolz.

Im Kleefeld neben der Straße springen ein paar Rehe auf. Das schreckt den Mann aus seinen Gedanken. Der Jäger in ihm erwacht und sein Herz weitet sich beim Anblick des herrlichen Rehbockes, der mit stolzen Sprüngen nun hinter der Geiß her im nahen Wald verschwindet.

Da gewahrt Helmbrecht am Waldrand eine Art Lagerstätte fahrender Leute; ein Karren auf hohen Rädern mit einer grauen Plane als Dach.

Abseits des Karrens steht der Korbflechter Sebastian Gigglinger. Er winkt dem Tierarzt heftig zu.

Der beachtet es aber nicht mehr, denn er biegt gerade in das Sträßlein nach Haslach ein, indes sich hinter ihm im Wald das Schicksal anschickt, das Leben des Korbflechters Gigglinger mit einem Schlag in andere Bahnen zu lenken.

Ja, der Mann hatte dem Tierarzt nachgewinkt. Sein Gaul, die steinalte Fanni, liegt dort drüben im Moos und hat alle viere von sich gestreckt. Kein Schmeicheln des graubärtigen Mannes, kein Locken und Streicheln seiner Hände will mehr helfen. Die Fanni kann nicht mehr aufstehen.

Diesen Gaul hatte der Korbflechter Gigglinger einmal gerade vor der Schlachthauspforte einem Milchhändler abgejagt, der ihn dort verkaufen wollte. Gigglinger bot ihm etwas mehr und bekam den Gaul. Treue um Treue, dachte die Fanni und zog noch fast zehn Jahre tapfer und geduldig den leichten Karren des Korbflechters durch die Lande. Nun aber war es endgültig aus.

Sieben Kindern und zwei Frauen hat der Korbflechter ins Grab nachschauen müssen. Es hat sein Leben schwer erschüttert. Aber fast ebenso greift dieses langsame Verlöschen der abgedienten Stute an sein Herz. Ihm ist, als gehe nun auch das Letzte fort aus seinem Landfahrerleben.

Im Karren schläft auf einem Strohbett der dreijährige Peter, der einzige Bub, der dem Gigglinger noch geblieben ist. Er bringt es nicht übers Herz, ihn zu wecken, damit er Zeuge sei, wenn die treue Fanni den letzten Schnaufer tut. Zu dumm, dass Dr. Helmbrecht sein Winken nicht bemerkt hatte. Es ist wohl am besten, wenn er hinausgeht zur Straßenkreuzung und wartet, bis er zurückkommt.

Indes liegt der Gaul allein unter den stillen Bäumen. Den Kopf ins Moos gelegt, fällt das Licht der Sonne durch die Baumlücken in seine brechenden Augen. Hin und wieder geht ein Zittern über das braune Fell und wärmt die starren Glieder.

Auf alle Fälle, zu helfen ist nicht mehr. Das sagt auch Dr. Helmbrecht, als er nach einer Stunde mit dem Korbflechter die Lichtung betritt.

»Ich weiß, ich weiß«, meint Gigglinger. »Jung machen kann man sie nicht mehr, die Fanni. Aber ich will sie nicht dem Rossmetzger übergeben. Haben Sie keine Kugel für die Fanni, Herr Doktor? Dann braucht sie nicht mehr länger zu leiden und hat ein schönes Sterben.«

Dr. Helmbrecht zieht aus seiner hinteren Hosentasche den kleinen Browning, den er immer bei sich trägt, wenn er über Land fährt, und setzt die Mündung an die Schläfe der Stute. Dies gehört zwar sonst nicht zu seinen Aufgaben, aber er will dem Korbflechter den Wunsch nicht versagen.

»Nun grab sie aber tief genug ein, damit die Füchse sie nicht ausbuddeln.«

Von dem Schuss ist auch der kleine Peter aus dem Schlaf geschreckt worden. Er steht nun barfuß und im Hemdchen, das viel zu kurz ist, auf der oberen Treppe des Karrens und stößt einen Schrei aus, als er sieht, was geschehen ist. Er versteht noch nichts von dem wohltätigen Werk des Tierarztes und sieht in ihm nur den grausamen Mann, der die Fanni getötet hat. Bockbeinig verschließt er darum den Mund, als Helmbrecht ihn freundlich nach Namen und Alter fragt. Das muss der Vater für ihn beantworten.

Erst als Helmbrecht ihn fragt, was er einmal werden wolle, gibt er trotzig zur Antwort: »Korbflechter halt.«

»Gut so«, lacht Helmbrecht. »Auch dieses Gewerbe ist notwendig und darf nicht aussterben. Ein nettes Bürscherl«, wendet er sich an Gigglinger. »Hast nur mehr den einen, gelt? Ja – aber was machst denn jetzt ohne Gaul?«

Gigglinger zuckt die Schulter und antwortet traurig: »Kaufen kann ich mir im Augenblick keinen. Muss halt wieder den Handkarren nehmen und über Land ziehn.«

Helmbrecht fährt dem Buben über den schwarzen Lockenkopf. »Dann schau nur, dass ein tüchtiger Korbflechter aus dir wird, Peterl! Komm einmal vorbei bei mir, Gigglinger! Es sind sicher einige abgelegte Kleidungsstücke von meinem Buben da. Die kannst sicher brauchen.«

»Vergelt's Gott, Herr Doktor!«

Dann begleitet er den Tierarzt bis zur Straße hinaus. Für den erwiesenen Dienst will er ihm ein paar Körbe machen. Dr. Helmbrecht schüttelt heftig den Kopf: »So siehst du aus! Es war bloß eine Gefälligkeit, weiter nichts. Wenn du wieder Körbe bringst, ja, dann nehme ich sie dir gern ab zum üblichen Preis.«

Damit steigt er in seinen Wagen und lässt umständlich den Motor an. Gigglinger schaut ihm nach, bis er um eine Wegbiegung verschwindet.

»Armer Mann«, sagt er leise, und in seine grauen Augen kommt etwas wie Zorn. »Merkwürdig, dass immer nur die Guten vom Schicksal gezwiebelt werden. Immer nur die Besten werden an der Nase herumgeführt und ausgenutzt.«

Langsam geht der Gigglinger zurück, nimmt den Spaten und gräbt eine tiefe Grube für die tote Stute.

Als er damit fertig ist, geht er in seinen Wagen und begibt sich an eine Arbeit, die ihm weniger liegt, denn mit dem Schreiben steht er von jeher auf Kriegsfuß. Und doch dünkt ihm, dass dieser Tag festgehalten werden müsse, an dem die Fanni ihn verließ, hat er es doch damals auch in sein Buch eingetragen, als er sie freudestrahlend an einem hanfenen Halfter heimbrachte und vor seinen Karren spannte.

Dieses Buch ist nicht etwa ein Tagebuch, wie vornehme Leute es führen, mit Büttenrand und blütenweißem Leinen. Nein, es ist nur ein abgegriffenes Schulheft für zehn Pfennig mit Linienführung für Erstklassler. Aber es stehen Dinge darin, die über den Rahmen einer gewöhnlichen Familienchronik hinausgehen und es ratsam erscheinen lassen, das Büchlein immer gut in der eisernen Kassette zu verschließen, die er noch von seinem Vater geerbt hat.

Mit feinsäuberlichen Buchstaben malt er also auf eine neue Seite des Heftes:

»Heute früh die Fanni eingegraben. Wäre an Altersschwäche gestorben, aber der Viehdoktor Helmbrecht hat sie mit einem Gnadenschuss erlöst. War ein guter Kamerad.«

Hier bleibt es offen, wer mit dem guten Kameraden gemeint war. Und weil er nun schon das Heft in der Hand hat, blättert er einige Seiten zurück und liest:

»Heute, am 3. August, ist mir die Frau des Tierarztes Helmbrecht von Heimatsried im Wald begegnet. Der junge Verwalter vom Schlossgut hat sie an der Hand geführt. Sie hat gelacht, als ob eine Lerche trillert. Sie haben mich nicht gesehen, weil ich schnell hinter einen Busch geschlupft bin. Mir will scheinen, dass die zwei was miteinander haben.«

»16. Oktober. Hab sie weinen gesehn heute in seinen Armen. Bin ihnen sehr nahe gewesen heute und habe manches Wort verstanden. War auch von einem Kind die Rede und vom Auseinandergehn. Der Administrator sagte, dass er die Stellung wechseln wolle. Und ob sie wegen dem Kind vielleicht in die Stadt fahren solle zu einer Frau, worauf sie schnell nein sagte. Kruzitürken! So eine Gaudi. Dabei ist vor einer Stunde erst der Tierarzt mit dem Jagdgewehr vorbeigegangen. Dem scheinen die Rehböcke mehr Freude zu machen als seine Ehe. Der gutmütige Narr. Nun wollen sie ihm auch noch ein Kuckucksei unterlegen. Dabei ist der Helmbrecht ein Kerl wie ein Baum und gutmütig wie eine Pinzgauer Milchkuh. Ich könnte dem Frauenzimmer den Hintern vollklopfen. Der Gutsverwalter hat weniger Schuld. Ist ein lediger Mensch und nimmt halt, was ihm in den Schoß fällt. Man weiß ja, wie das ist.«

Hier hören die Eintragungen über Sina Helmbrecht auf. Nur später ist dann in diesem Zusammenhang noch vermerkt, dass der Gutsverwalter Schellendorf Heimatsried verlassen hat, um irgendwo anders unterzutauchen.

Mit einem Seufzer klappt Gigglinger das Heft wieder zu und verbirgt es in der Kassette unter anderem Schreibzeug, weil das Schloss dieses eisernen Gewahrsams unbrauchbar geworden ist. Schließlich schiebt er die Kassette mit dem Fuß wieder weit unter das hölzerne Bettgestell, weil sie ihm dort am sichersten aufbewahrt scheint.

Wenige Wochen darauf bepackt Sebastian Gigglinger seinen Handkarren, setzt den kleinen Peter obendrauf und legt sich den Ledergurt um die Schulter. Es hält ihn nichts mehr. Zu lange ist er jetzt sesshaft gewesen auf diesem Platz. Fast ein ganzes Jahr. Seit Tagen juckt ihn der Trieb zum Wandern in allen Poren, die Sehnsucht nach der Ferne, nach fremden Feldern, nach dunklen Wäldern. Es ist nichts zu machen, es liegt im Blut.

Hei, wie leicht der Karren läuft! Die Brust hebt sich wie unter einem befreienden Atemzug. Leicht und frei wird es dem Korbflechter Gigglinger ums Herz. Er lächelt seinem Knaben zu und beginnt zu singen:

»Schön ist's, zu wandern zur Sommerzeit
im Licht vom jungen Morgen.
Wir wandern bis zur Ewigkeit
und leben frei von Sorgen.
Wir haben weder Gut noch Geld,
so ziehn wir fröhlich durch die Welt.
Am Abend liegen ich und du
im grünen Wald zu guter Ruh.
Drum ist's so schön zur Sommerzeit
zu wandern bis zur Ewigkeit …«

Er fühlt den Tritt seiner nackten Füße auf dem Boden. Staub wirbelt auf zwischen seinen Zehen. Der Marktflecken Heimatsried liegt schon weit hinter ihnen, als es Gigglinger einfällt, dass er in der Tierarztvilla noch hätte vorsprechen sollen wegen der abgelegten Kleider. Er verschiebt es lieber auf ein anderes Mal, im Augenblick liegt ihm nichts daran. Die Ferne lockt, die Straße hat ihn wieder aufgenommen, es hat ihn wie ein Rausch erfasst. Es ist ja so schön im Sommer.

Peter sitzt hoch oben auf dem Packen, der Wäsche enthält: einige Kleider, Seife, eine Bürste aus Draht, ein Gebetbuch, eine zierliche Feder aus der flaumigen Brust eines Bussards und sonstigen Krimskrams. Der Wind spielt mit seinen Locken. Er jauchzt vor Fröhlichkeit. Die Ahnung einer großen Freiheit ist über ihn gekommen. In seinen kleinen Fingern hält er eine Schnur; die Zügel, die der Vater sich an beide Arme gebunden hat. »Hott …!«, schreit er und »Brrr …«, so wie der Vater es früher getan hatte, als die Fanni noch den Karren zog. Und der Vater reagiert auf die Zurufe des kleinen Fuhrmanns! Er schnaubt durch die Nüstern und schlägt einen zuckelnden Trab an. Oh, dieser Vater!

Sie leben wirklich ohne Sorgen, wie es in Gigglingers Landstreicherlied heißt. Seht, da hat sich ein junger Hahn von einem Gehöft auf die Straße verirrt. Er gerät unter die Füße des Kärrners, ein Geschenk Gottes sozusagen. Mit einem schnellen Griff hat der Mann ihn beim Gefieder, wirft ihn auf den Karren und Peter legt schnell eine Decke über ihn, unter der ein paar helle Schreie der Not erstickt werden.

»Ist das Diebstahl?«, fragt Peter von seinem Thron herab.

Der Vater wendet den Kopf und meint lachend: »Nein, nur Mundraub.«

Am Abend bräunt der junge Hahn über einem offenen Feuer am Rand eines Waldes.

»Was essen wir gestern?«, fragt Peter, während er gesättigt aufs Stroh schlüpft. Er verwechselt immer Gegenwart mit Zukunft und Vergangenheit.

»Morgen, meinst du?«, fragt der Vater. »Mach dir keine Sorgen, Peter! Gott schenkt es den Seinen im Schlaf.«

Mit Bibelsprüchen ist er ja nie verlegen, der Gigglinger, obwohl er alles andere als fromm ist. Er lebt eben so, wie Leute seinesgleichen leben, ein wenig gleichgültig, wurstig, zuweilen frech und verwegen, aber niemals schlecht oder gemein. Er legt sich Gottes Willen immer so aus, wie er es bequem findet, und nimmt es nicht tragisch, wenn er sich selbst dabei eine Kleinigkeit vorschwindelt.

Er schlüpft zu dem Buben ins Stroh und aneinandergekuschelt schlafen die beiden. Die Sterne stehen über dem Wald, ruhige Lichter Gottes, und der Wind streicht wie der Ton einer Bassgeige über die Baumkronen hin.

2

Erst drei Jahre später zieht Sebastian Gigglinger an der weißen Tierarztvilla zu Heimatsried die Glocke. So lange hat ihn diesmal die Ferne behalten. Der Peter ist gewachsen, muss nun dringend zur Schule. Er braucht für diesen Zweck ein paar Kleidungsstücke. Leider ist Dr. Helmbrecht über Land, und deshalb steht Sina nach dem Öffnen so hochmütig in der Tür, dass es dem Korbflechter ganz kalt über den Rücken läuft.

»Ich bin hierher bestellt«, wiederholt er hartnäckig. »Vor drei Jahren wurde ich hierher bestellt.«

»Vor drei Jahren schon? Pflegen Sie immer so lange zu warten?«

Ihr kalter Hochmut ärgert ihn, so dass er nahe daran ist, ihren Hochmut ein wenig zu beugen. Sonst eigentlich nicht, könnte er sagen. Nur diesmal. Wissen Sie, gnädige Frau, ich habe mich so lange auf einem Gut am Rand des Gebirges aufgehalten. Gnädige Frau kennen vielleicht den Gutsbesitzer Schellendorf. Verwalter war er einmal hier. Ja, gut verheiratet hat er sich nun und hat zwei Mädchen, eines davon heißt Sina.

Aber weil er anständig und wohl auch der Meinung ist, dass Sina mit ihrer strahlenden Schönheit sich erlauben darf, ein wenig hochmütig zu sein, verschweigt er das.

»Warten Sie«, sagt Sina plötzlich und schlägt die Tür vor seiner Nase zu. Drinnen hört er sie nach der Köchin rufen.

»Ja, ja, so sind die Menschen«, lächelt Gigglinger in ironischer Erkenntnis vor sich hin. Dann will er sich an Peter wenden, den er noch hinter sich wähnt. Peter aber hat sich in der Zwischenzeit selbstständig gemacht. Er findet im Pferdestall in der Streu ein Hühnernest mit sechs Eiern.

Dann sieht er plötzlich im Garten etwas Rotes aufleuchten, das sich bei näherem Hinschauen als Kleidchen eines niedlichen kleinen Mädchens entpuppt. Das ist die erste Begegnung zwischen Peter Gigglinger und Regina Helmbrecht.

Das Kind sitzt neben dem Goldfischteich und das Erste was den Peter stört, ist der Schnuller, der unter ihren saugenden Lippen leicht vibriert. Regina schaut mit großen Augen zu dem stämmigen

Jungen auf, dessen dunkles Haar sich so lustig über der gebräunten Stirn kräuselt. Er erscheint ihr mit seinen geflickten Hosen und dem zerrissenen Hemd wie ein Wesen aus einer anderen Welt.

»Gehören die Goldfische dir?«, fragt er und sie nickt lebhaft. Dabei fällt ihr der Schnuller ins Gras. Peter stößt ihn blitzschnell mit dem Fuß ins Wasser. Sie schreit nicht, nein, sie lacht herzhaft, als sie den roten Punkt im Wasser schwimmen und die Fischlein danach schnappen sieht. Das Lachen steckt ihn an und er macht ihr vor, wie ein Specht hämmert, wie die Grillen zirpen und wie ein Pferd wiehert. Dann greift er in den Hosensack, zieht ein Ei hervor und sticht mit einem Nagel ein Loch in das Ei. Er lehrt sie, wie man das Ei nun austrinken kann. Regina weiß nicht, ob es gut schmeckt, aber sie ist neugierig.

Peter kitzelt sie an der Kniekehle und fragt sie, ob sie schon Depp sagen könne und Affe. Nein, das kann sie noch nicht. Regina ist streng erzogen, doch findet sie große Freude an Peters Worten und plappert alles nach, was er ihr vorsagt.

In diesem Augenblick kommt Gigglinger um das Hauseck mit einem Bündel getragener Kleider, darunter ein Matrosenanzug mit langer Hose und einer blauen Mütze mit Bändern. Auch Gigglinger besieht sich das kleine Wesen im roten Kleid und sucht eine Gleichheit zwischen diesem und jenem Gesicht, das er im Winter fernab auf jenem Gutshof gesehen hat. O ja, man kann schon gewisse Schlüsse ziehen, wenn man gelernt hat, in Gesichtern zu lesen, und wenn man, wie er, um verborgene Zusammenhänge weiß.

»Gehn wir«, sagt Gigglinger und fasst Peter bei der Schulter. Peter aber will noch schnell wissen, wie sie heißt. Ehe er aber den Namen recht versteht, tönt vom anderen Gartenende her die schrille Stimme der Köchin:

»Püppchen, wo steckst du denn wieder?«

Das Püppchen will sich geschwind verstecken, aber die Köchin hat es schon erspäht und hebt es vom Boden auf.

»Du weißt genau, dass es dir verboten ist, ans Wasser zu gehen. Du folgst überhaupt nicht, Reginchen!«

Sie zieht die Kleine hinter sich her und misst dabei die Korbflechter mit einem kalten Blick, den sie wahrscheinlich ihrer Herrin abgeguckt hat. Das Letzte, was Peter von Regina sieht, ist ein verstohlen winkendes Patschhändchen zwischen Tür und Angel.

Die beiden Gigglingers lachen sich an und trotten zu ihrer Behausung im Wald. Hier muss vor allen Dingen erst einmal Ordnung gemacht werden. Im Laufe der drei Jahre hat sich allerhand Staub angesammelt. Der Vater schleppt unentwegt Wasser herbei und fegt den Karren sauber.

Am nächsten Morgen meldet er sich auf dem Bürgermeisteramt an. »Soso, der Gigglinger ist also wieder da«, sagt man. »Ein alter Bekannter«, erklärt der Schreiber einem Kollegen, der erst seit kurzem hier tätig ist.

Der Gigglinger ist wieder da! Es spricht sich rasch im Marktflecken herum und die Leute suchen ihre zerrissenen Körbe hervor.

»Du bist lange ausgewesen«, sagen sie.

»Jawohl, drei Jahre. Aber in Zukunft komme ich jedes Jahr.«

Und er hält Wort. Gigglinger trifft meist nach Pfingsten ein und bleibt des Knaben wegen, bis die großen Ferien beginnen. Länger hält er es aber keinen Tag aus. Die Straße ruft ihn, die Ferne. Er muss wandern – es liegt ihm im Blut.

So wächst der Peter Gigglinger heran. Er ist bereits zwölf Jahre alt, also im gleichen Alter wie der Sohn des Tierarztes Helmbrecht. Halten die beiden zusammen, dann ist keiner in der ganzen Schule, der ihnen etwas anhaben könnte. Sie sind gefürchtet, die beiden, und dulden in ihrem Bund höchstens noch die neunjährige Regina, nachdem sie bereits ein dutzend Mal auf die Probe gestellt wurde, ob sie schweigen kann.

O ja, schweigen kann sie. Sie steht Schmiere, wenn ihr Bruder Walter im Pfarrgarten Kirschen stiehlt, und hält mit Peter begeistert Mahlzeit im Wald, wenn er über offenem Feuer ein paar junge Krähen brät.

Zuweilen geht von den dreien auch einer allein irgendeinem Unsinn nach. Walter Helmbrecht zum Beispiel vergnügt sich seit einigen Tagen damit, dass er hinter den Büschen des Forstamtsgartens sitzt und eine braune, an einer langen, dünnen Schnur befestigte Geldbörste wie einen Köder auf das bucklige Plaster des Marktplatzes hinauswirft. Kommt jemand des Weges und will sich freudig oder neugierig nach dem Fund bücken, zieht Walter fix an der Schnur und grinst schadenfroh über das Gesicht des Betroffenen, der meist sehr schnell seines Weges geht und so tut, als habe er sich nur wegen seiner lockeren Schuhriemen gebückt und nicht nach der Geldbörse. Kinder sind wohl etwas neugieriger. Sie wollen der Sache auf den Grund gehen und laufen der wandernden Geldbörse nach, bis sie hinter dem Lattenzaun in den Büschen verschwindet. Kleine Leute, große Leute, je nachdem sie eben des Weges kommen, werden genarrt.

Da geht soeben der Amtsrichter Degenhart über den Marktplatz. Walter Helmbrecht zittert vor Vergnügen, als er ihn kommen sieht. Als Degenhart sich nach der Börse bückt, macht sie sich selbstständig und verschwindet hinter dem Gartenzaun. Der Herr Amtsrichter wird rot wie ein Krebs, aber er ist nicht eigentlich zornig, denn er war auch einmal jung und hat Verständnis für einen Bubenstreich. Er fährt nur erschrocken mit dem Kopf herum, ob ihn jemand beobachtet habe. Bei dieser ruckartigen Bewegung fällt ihm aber die Brille von der Nase und zersplittert auf dem Pflaster. Das ist Pech, ausgesprochenes Pech. Er weiß aber, dass es wenig Zweck hat, dem Missetäter auf den Leib zu rücken, weil er doch nicht zu erwischen ist. So geht er schnell davon und streckt witternd die Nase vor, weil er ohne Brille schlecht sehen kann.

Viel schlimmer ergeht es der Frau Landrat Hecht, die etwa eine Viertelstunde später mit dem Fahrrad über den Marktplatz kommt. Sie sieht das braune Leder erst liegen, als sie schon daran vorbei ist. Deshalb macht sie in elegantem Bogen kehrt, springt aber im Eifer so ungeschickt vom Rad, dass ihr Rock am Sitz hängen bleibt und so allerlei zu sehen ist, was sonst verdeckt wäre.

Ihr rotblonder Kopf schnellt in die Höhe und da sieht sie den Metzgermeister Hopf in der Ladentür stehen und seine Augen sind voll schadenfroher Heiterkeit. Der Sparkassengehilfe lehnt am Fenster und putzt schnell seine Brille. Es ist eine Peinlichkeit ohnegleichen und mit einem heftigen Griff zieht sie den Rock hinunter.

Immer noch liegt die Geldbörse in der Mittagssonne. Hastig bückt sie sich nach ihr. Und da beweist es sich, dass die Frau des Landrats Hecht nicht so viel Beherrschung aufbringt wie der Amtsrichter Degenhart. Sie stößt einen spitzen Schrei aus, als sie den Schabernack erkennt. Schnell steigt sie wieder auf ihr Rad und merkt jetzt erst, dass ihr Rock einen langen Riss hat.

Ahnungslos kommt der Polizist Pfeifer durch den Torbogen zwischen Gutshof und Bräuhaus. Endlich jemand, an dem sie ihren Zorn auslassen kann. Diesmal springt Frau Hecht nicht mehr ungeschickt vom Rad. Nein, sie bremst so heftig, dass der Polizist erstaunt den Kopf hebt.

»Endlich kommt die Polizei«, sagt sie. »Merkwürdig, wenn man sie braucht, ist sie nicht da.«

Pfeifer macht die oberen beiden Knöpfe seiner Uniform zu und fährt sich über das Bärtchen der Oberlippe. »Inwiefern, bitte schön, wäre die Polizei nicht da?«

»Na, das ist doch in der Regel so. Aber nun hören Sie mal zu: Diesem Unfug muss ein für allemal ein Ende gemacht werden.« In fliegenden Worten erzählt sie ihr Missgeschick und will es unbedingt angezeigt wissen, weil sie es als eine Beleidigung betrachtet.

»Nein, Beleidigung kommt nicht in Frage«, sagt der Beamte. »Höchstens grober Unfug, wenn's gut geht. Wer war es denn?«

»Das sollen ja Sie herausbringen! Dafür sind Sie doch schließlich da. Zur Erforschung des Tatbestandes, nicht wahr? Ich werde es meinem Mann sagen, dass er ein Exempel statuiert.« Damit steigt sie wieder auf ihr Rad. Sie tritt kräftig in die Pedale, um schnell zu verschwinden.

Pfeifer nimmt den Fall durchaus nicht tragisch. So ein Possenstreich tut der Ordnung absolut keinen Abbruch, er bringt höchstens einen farbigen Schimmer in den grauen Alltag. Immerhin geht er von hinten her auf den Forstamtsgarten zu und steht plötzlich hinter dem ahnungslosen Walter Helmbrecht, der seinen Köder bereits wieder neu ausgelegt hat.

»Soso«, sagt Pfeifer streng, »du also bist der Missetäter? Ich hätte es mir ja denken können. Du oder der Korbflechter. Einem anderen fällt ja so ein Blödsinn nicht ein. Hast du nichts anderes zu tun, als erwachsene Leute zum Narren zu halten?«

»Im Augenblick nicht«, meint Walter ohne Angst.

»Jetzt schau, dass du heimkommst! Das Weitere wirst du dann schon erleben.«

Ein wenig peinlich ist es Walter nun doch, hauptsächlich seiner Mutter wegen, die sich über solche Sachen immer so furchtbar aufregt. Nach dem Mittagessen sucht er gleich den Gigglinger Peter auf und erzählt ihm sein Missgeschick. Der beruhigt ihn sofort.

»Ausgeschlossen«, sagt Peter. »Da kann dir gar nichts passieren. Der Polizist hat dir nur Angst machen wollen. Da kenn ich mich aus.«

Peter hat vollkommen Recht. Pfeifer will die Sache nicht anzeigen, andererseits kann er sie aber auch nicht ohne weiteres auf sich beruhen lassen. Jedenfalls will er sich den Rücken decken. Er geht ans Telefon.

Fräulein Hermine verbindet mit dem Landrat, bleibt aber selber in der Leitung hängen, weil es von der Polizei oft so interessante Sachen zu hören gibt.

Landrat Hecht weiß noch gar nichts von dem Missgeschick seiner Frau. Er vernimmt, dass es der Rührigkeit des Herrn Pfeifer bereits gelungen ist, den Burschen zu ermitteln. Aber als er hört, dass es sich um den Sohn des Tierarzts handelt, will er selbstverständlich von einer Anzeige nichts wissen. Schließlich trifft man sich doch jede Woche einmal beim Postwirt zum Skat.

Hermine erzählt es kichernd ihrer Freundin Berta, die nichts Eiligeres zu tun hat, als in Zimmer fünf zu laufen, um es dort den anderen Mädchen weiterzusagen. Schließlich weiß es das ganze Landratsamt und freut sich darüber.

Ein paar Tage später erscheint Peter Gigglinger in der Nähe der tierärztlichen Villa zu einer Zeit, wo er weiß, dass Sina ihren Mittagsschlaf hält und lässt das leise Hämmern eines Spechtes ertönen. Nicht lange darauf erscheint Regina in der Zaunlücke bei den Hollerbüschen und lacht den Peter an.

»Was machen wir heut, Peter?«

Peter hat bereits einen Plan. Er will sich im Teich des Schlossparks ein paar Karpfen holen. Bisher hat er das immer allein gemacht, aber weil er heute besonders gnädig gestimmt ist, will er Regina daran teilhaben lassen. Er hat die Absicht, die Kapfen später über offenem Feuer zu braten und benötigt dazu etwas Fett. Er fragt Regina, ob sie es vielleicht beschaffen könne.

Warum solle sie das nicht können? Sie schlüpft durch die Hintertür ins Haus und schleicht ungesehen in die Speisekammer. Nach kurzer Zeit erscheint sie bereits wieder mit einem halben Pfund Butter bei Peter.

Der Tag ist brütend heiß. Die Mücken stehen wie flimmernde Säulen in der Luft. Im Westen hängt eine dunkle Wolke über der fernen Kammlinie des Waldes. Peter meint, dass die Fische heute besonders gut anbeißen müssten.

Er richtet seine Angelschnur her und Regina erhält den Auftrag, ein paar fette Würmer zu suchen. Dann sitzen sie einträchtig nebeneinander am Karpfenteich, Peter mit der phlegmatischen Ruhe eines passionierten Anglers, Regina kribbelig vor Aufregung und Spannung.

Da aber der Schlossherr, Major a.D. von Halmstätt, schon seit längerer Zeit bemerkt hatte, dass jemand sich in seinem Karpfenteich das Fischrecht angeeignet hat, hat er schon seit einer Woche auf den geliebten Mittagsschlaf verzichtet und sich dafür beim Pavillon auf die Lauer gelegt.

Es wäre ein Leichtes gewesen, die Sache von sich aus gleich zu regeln, zumal es sich bloß um zwei Kinder handelte. Aber der Herr Major will das nicht, nein, er will den Missetätern lieber gleich einen richtigen Schrecken einjagen, darum geht er lautlos zurück und ruft die Polizeistation an, damit man ihm einen Beamten schicke.

Wachtmeister Burger erhält wenig später von ihm bei einem Gläschen Kirschwasser die nötigen Instruktionen. Es ist so eine Art Privatabmachung zwischen ihnen. Ein Schrecken sollte den beiden Fischfrevlern eingejagt werden, weiter nichts. Sie einigen sich darauf, dass die beiden eine Stunde im Stationsarrest schmachten sollen.

So steht plötzlich der Wachtmeister Burger hinter den beiden. »Petri Heil!«, sagt er fröhlich.

Peter denkt sofort an Flucht, aber er kann doch Regina nicht im Stich lassen, sie kommt ja allein nicht über den hohen Zaun. Der Wachtmeister zieht die Handschellen aus der Tasche und tut so, als ob er sie fesseln wolle. Regina erschrickt, aber sie bleibt tapfer. Sie will den Peter auf keinen Fall enttäuschen.

»Gute Lust habe ich«, sagt Burger, »euch die Handschellen anzulegen.« Dabei macht er eine furchtbar strenge Miene, lässt aber die Handschellen wieder verschwinden. »So, marsch! Jetzt werdet ihr eingesperrt. Lasse sich keins einfallen, davonzulaufen, sonst schieße ich.«

»Das darf er ja gar nicht«, raunt Peter dem Mädchen zu und Burger verbeißt mühsam ein Lachen.

Dann fasst Peter Regina bei der Hand. Der Wachtmeister geht neben ihnen. Es ist zweifellos ein komisches Bild: Peter barfuß, einen Riss in der Hose, aus dem das blau gemusterte Hemd leuchtet, daneben Regina mit den sauber gesträhnten Zöpfen, in hellem Kleid und braunen Sandalen. Die Leute schütteln die Köpfe und schauen dem scheckigen Grüppchen nach. Zu allem Unglück begegnet ihnen auch noch Frau Landrat Hecht. Sie muss natürlich wissen, was los ist. Burger kann nicht umhin, ihr zu berichten, worum es sich handelt.

»Und die beiden werden nun richtiggehend eingesperrt?« Sie wirft einen halb mitleidigen, halb schadenfrohen Blick auf Regina und fragt sie: »Schämst du dich denn nicht, Regina? Wie kannst du nur mit so einem Fische stehlen wollen?«

Dann macht sie eine scharfe Wendung und geht über den Marktplatz durch das Mittertor zu dem kleinen Café am Schlossweiher.

Im Stationszimmer angekommen, gibt Wachtmeister Burger der Situation, veranlasst durch das unverschämte Grinsen des Peter Gigglinger, noch eine ernste amtliche Note. Er nimmt in strengem Amtston die Personalien der beiden auf und tut so, als ob es Schwerverbrecher wären, denen das Handwerk ein für allemal gelegt werden müsse. Aber dann kommt er doch in Widerstreit mit sich selber darüber, ob er denn seine Befugnisse nicht überschreite. Er sperrt das Dienstzimmer ab und bespricht das Ganze zuerst mit dem Bezirkskommissar, der auf der anderen Seite des Flures sein Dienstzimmer hat. Der hat zwar nichts dagegen einzuwenden, weil er ja dem Schlossherrn in manchen Dingen verpflichtet ist, meint aber dann doch, man solle vorsichtshalber Dr. Helmbrecht anrufen, wie er sich dazu stelle.

Nein, Heinrich Helmbrecht ist kein Spaßverderber. Zunächst lacht er herzlich, dass seine Regina beim Karpfenstehlen erwischt worden ist. Er versichert, immer schon behauptet zu haben, an dem Mädel sei ein Bub verloren gegangen. Im Übrigen habe er nichts dagegen, sie ein wenig brummen zu lassen.

»Also gut«, sagt der Bezirkskommissar, »in den Arrest mit den beiden! Verständigen Sie den Kommissar Pfeifer davon, falls Sie weggehen sollten. Aber nicht länger als eine Stunde einsperren!«

So kommen die beiden in den Arrest, ein dunkles Verlies im Keller mit einem kleinen vergitterten Fenster. Peter lümmelt sich gleich auf das eiserne Bettgestell und Regina setzt sich auf die Kante. Es ist ihr nun nicht mehr ganz so überschwenglich zumute. Sie will nur nicht weinen, weil der Peter dabei ist.

»Meinst du, Peterl, dass sie uns wieder herauslassen, bevor es Nacht wird?«, fragt sie.

Peter weiß das auch nicht genau. Er erinnert sich vielmehr plötzlich an das halbe Pfund Butter.

»Du hast doch die Butter noch? Allmählich habe ich Hunger. Im Übrigen, vielleicht können wir bei dem Fenster da oben durch. Ich brauche aber einen Strick, um die Eisenstange ein wenig zu biegen.«

Natürlich hat Regina die Butter noch. Die ist bloß ein wenig weich geworden. Sie beißen beide davon ab und verzehren sie ohne Brot und weich, wie sie ist.

Draußen lacht die Sonne. Ein paar Strahlen fallen durch das kleine Fenster und liegen friedlich auf dem roten Steinpflaster. Mit fettverschmiertem Gesichtchen schläft Regina schließlich auf dem harten Lager ein. Peter aber wacht und grübelt, wie eine Flucht möglich sei, falls man sie wirklich bis zum Abend nicht herauslassen sollte.

Das Kaffeekränzchen, zu dem sich die Damen von Heimatsried alle vierzehn Tage treffen, findet in dem kleinen Café am Schlossweiher statt. Hier wird immer ausführlich besprochen, was sich in der Zwischenzeit ereignet hat. Diesmal ist es sehr viel. An erster Stelle – weil die Frau Landrat noch nicht anwesend ist – ihr Fall. Keine Spur einer Missbilligung ist wahrzunehmen. O nein, man tut im Gegenteil so, als hätte man selber eine kleine Freude an den Streichen des Walter Helmbrecht. Die Damen schmunzeln. Nur Sina Helmbrecht lächelt nicht. Nein, eine steile Falte hat sich zwischen ihre schönen Brauen geschoben.

In diesem Augenblick betritt Frau Hecht das Lokal. Sie kann es sich an den Fingern abzählen, dass man soeben ihr Missgeschick mit dem Fahrrad nach allen Regeln der Kunst breitgetreten hat. Liegt nicht auf dem Vollmondgesicht der Frau Regierungsrat Offner noch der Widerschein genossener Freude? Und spitzt nicht Fräulein Hirner ihren Altjungfernmund, dass man versucht ist draufzuschlagen?

Das alles erspäht Frau Hecht mit einem raschen Blick und zuletzt bleiben ihre Augen auf dem etwas zorngeröteten Gesicht der Frau Helmbrecht hängen. Frau Hecht hat ihre Rache schon bereit. Diese hochmütige Frau des Tierarztes soll ihre Lektion schon erteilt bekommen. Frau Hecht will sich vorher nur nicht den Appetit auf ihren Nusskuchen verderben lassen.

Endlich ist der große Augenblick für Frau Hecht da. »Auf dem Weg hierher«, sagt sie und nutzt damit eine der ganz seltenen Gesprächspausen aus, »begegnete mir der Korbflechterbub, der – wie heißt er denn gleich?«

»Peter Gigglinger«, hilft die Jungfer Hirner aus.

»Richtig! Und dieser Gigglinger führt wen bei der Hand? Die kleine Regina Helmbrecht! Und der Wachtmeister geht neben ihnen. Sie sind verhaftet worden wegen Diebstahls von Karpfen aus dem Schlossteich.«

Sinas Gesicht ist nur noch eine Maske aus Stein. Und aus diesem Steinbild schreit es nun wie in leidenschaftlicher Abwehr: »Das ist nicht wahr!«

Die Frau Landrat wird rot im Gesicht. »Soll das vielleicht heißen, dass ich lüge?«

»Das will ich nicht behaupten. Aber wenn es wirklich so ist, dann ist es eine grenzenlose Taktlosigkeit, dass Sie mir das vor aller Öffentlichkeit unterbreiten. Ihre Absicht war, mich zu kränken, wie ich jetzt genau erkenne. Zugegeben, es ist Ihnen gelungen. Aber ich weiß jetzt wenigstens, wie ich mich Ihnen gegenüber in der Zukunft zu verhalten habe!«

Damit steht Sina auf, bezahlt in der Küche draußen und verlässt das Haus.

Nach ihrem Abgang herrscht betretenes Schweigen. Den meisten Frauen ist dieser Auftritt gar nicht recht. Nur langsam kommt wieder etwas Stimmung auf. Dies und jenes, Gutes und Schlechtes, Vernünftiges und noch mehr Unvernünftiges wird an diesem Nachmittag in dem kleinen Café noch geredet. Aber es ist trotzdem nicht das Rechte, und als man sich dann mit zuckersüßen Worten trennt, sind alle sich einig, dass nur die Frau Landrat Hecht die Schuld an dem misslungenen Nachmittag trägt.

Heinrich Helmbrecht verbringt diesen Nachmittag in seinem kleinen Labor, wo er verschiedene Salben und Tinkturen zurechtbraut für alle möglichen Tierkrankheiten. Er ist dabei guter Laune und pfeift ein fröhliches Jägerlied laut vor sich hin.

Er löscht gerade das kleine Flämmchen des Spirituskochers und zündet sich eine jener flachsfarbenen dicken Wolf-Zigarren an, als er draußen auf dem Gartenkies einen raschen Schritt vernimmt. Er kennt den Schritt und schaut auf die Uhr. Was kann Sina veranlasst haben, heute schon so frühzeitig von dem Kaffeekränzchen zurückzukommen? Da hört er schon im Flur ihre Stimme:

»Heinrich!«

Er öffnet die Tür. »Was ist denn los, dass du schon zurück bist?«

»Wundert dich das, oder weißt du noch gar nicht, was sich ereignet hat?«

»Ereignet? Meinst du die Sache wegen Regina? Oder die andere wegen Walter?«

»Ich bin erstaunt, dass du beides zu wissen scheinst und doch so tust, als wäre das gar nichts. Lassen wir die Sache von Walter beiseite. Aber das mit Regina geht doch wohl zu weit. Wir müssen irgendetwas unternehmen.«

Heinrich Helmbrecht streift bedächtig die Asche von seiner Zigarre. »Reg dich nicht auf, liebe Sina! Regina ist bereits wieder frei. Die ganze Sache hat nur eine Stunde gedauert, es sollte nur ein wenig abschreckend wirken.«

»Danke für deine Auskunft. Das ändert aber leider nichts daran, dass meine Tochter wegen Diebstahls eingesperrt war.«

»Du meine Güte, drück dich doch nicht gar so drastisch aus, Sina! Ich habe dir doch schon gesagt, dass es nur abschreckend wirken sollte. Was liegt denn auch schon an so einem armseligen Karpfen! Das sind Kinderstreiche, weiter nichts. Ich habe auch einmal im Pfarrgarten Äpfel gestohlen, weißt du, diese schönen, herrlichen Jakobiäpfel.«

Sina starrt ihn mit offenem Mund an und schüttelt erbost den Kopf. »Mir will scheinen, als ob du noch Spaß daran fändest.«

»Kummer bereitet mir die Sache auf keinen Fall.«

»Das sieht dir ähnlich. Ich hätte das eigentlich wissen müssen. Und ich, deine Frau, kann mich beleidigen lassen.«

»Nein, das hättest du nicht tun sollen. Da du doch sonst im Antwortgeben nie verlegen bist, bin ich eigentlich verwundert, dass du dir diese Blöße gegeben hast.«

»Ich sehe, mit dir kann man nicht reden. Nur sag mir noch, ob du den Umgang unserer Regina mit dem Korbflechterbengel noch länger dulden willst?«

Dr. Helmbrecht nimmt seine Brille ab und schaut eine Weile in den Garten hinaus. Als er sich wieder umwendet, ist sein Gesicht ganz gelassen und ohne jeden Spott. »Liebe Sina«, beginnt er ruhig, »was kann man da schon viel von Umgang sprechen? Regina ist noch ein Kind mit einer unverdorbenen Geschmacksrichtung. Zum Mindesten fehlt ihr noch der Sinn für soziale Unterschiede. Und wie ich dich kenne, wurmt es dich weniger, dass Regina ein paar Karpfen entwendet hat, als vielmehr, dass sie es mit diesem Peter Gigglinger tat. Sicherlich war Walter gerade nicht zur Hand, sonst wäre auch er mit von der Partie gewesen und das Ganze hätte jetzt ein anderes Gesicht.«

Sina ist zunächst sprachlos. Dann sagt sie mit tiefer Erregung: »Es ist geradezu geschmacklos, wie du dich ausdrückst. Allerdings sollte mich das bei deinen bekannten Neigungen nach unten nicht verwundern. Aber du darfst dich darauf verlassen, dass ich diesem Unfug ein Ende machen werde, und zwar ein für allemal.«

Spricht's und verlässt hocherhobenen Hauptes das Labor. Helmbrecht sieht noch eine Weile gedankenverloren auf die Tür.

Der Korbflechter Gigglinger sitzt im Schatten der Bäume und zieht bedächtig Rute um Rute durch das Gestänge eines halbfertigen Korbes. Er sieht die Frau daherkommen; ein schönes Bild: ihr stolzer Schritt neben dem wiegenden Weizenfeld, das anmutige Spiel des Windes in ihrem Haar.

Aus halb zugekniffenen Augen schaut er ihr entgegen. Noch denkt er nicht daran, dass der Besuch ihm gelten könnte. Das begreift er erst, als sie vor ihm steht. Zuerst zieht er noch eine Rute durch, dann schaut er sie an und nickt ein wenig zum Gruß. Sina sieht das nicht oder will es nicht sehen. Jedenfalls beginnt sie gleich zu sprechen:

»Ihr Sohn hat heute meine Regina zum Karpfenstehlen verführt. Ich bin gekommen, um von Ihnen strikt zu verlangen, dass Sie Ihrem Sohn klarmachen, dass ich unter gar keinen Umständen geneigt bin, meinem Kind noch länger diesen Umgang zu erlauben.«

Der Korbflechter schaut sie ein wenig verlegen an. Seine schweren Hände hängen hilflos wie Wurzeln in dem leeren Raum zwischen seinen Knien. Er ist weder böse noch zornig, noch sonstwie beeindruckt von der Anklage dieser schönen Frau, denn es ist nicht das erste Mal, dass eine Mutter vor ihm steht und Klage führt. Es hat schon ärgere Dinge gegeben als einen harmlosen Griff in den Karpfenteich des Schlossbesitzers Halmstätt! Gigglinger nimmt die Sache hin wie einen harmlosen Scherz und ist durchaus bereit, diesen Scherz zu belächeln, nicht aber das eifrige und zornige Gezeter der Sina Helmbrecht. Sie aber fasst es so auf, als werde sie belächelt, und das geht ihr vollends gegen den Strich.

»Sie lachen wohl noch darüber?«, klingt ihre Stimme hell und scharf.

»Keineswegs«, sagt Gigglinger darauf. »Ich wundere mich nur, dass Sie einer so unwichtigen

Sache so viel Beachtung beimessen. Was sind schon ein paar Karpfen?«

»Ob unwichtig oder nicht. Ihre Meinung interessiert mich nicht. Sie entspringt ja schließlich nur Ihren Lebensgewohnheiten.«

»Olala«, sagt Gigglinger und zieht die Brauen hoch.

»Mir geht es in erster Linie darum, dass Ihr Sohn sich in Zukunft von meiner Kleinen fern hält.«

»Aus diesem Loch also pfeift der Wind?«

»Ich will nicht haben, dass sie seine Manieren annimmt. Und überhaupt – er ist kein Spielkamerad für sie.«

»Jawohl, ich verstehe.«

»Ich glaube, deutlich genug gesprochen zu haben.«

»O ja, sehr deutlich sogar. Besser hätten Sie mir gar nicht sagen können, was Sie von unsereinem halten. Wir sollen hübsch unten bleiben in unserer kleinen Welt und um Gottes willen nicht wagen, über den Zaun zu lugen, hinter dem sich euer Leben abspielt, in dem alles sauber und makellos zu sein hat, nicht wahr? Das kleine Mädchen könnte einen Fleck bekommen auf ihrer hellen Seele, wenn sie in Berührung kommt mit uns. Sind wir vielleicht Aussätzige?«

»Das habe ich nicht gesagt. Aber es genügt mir, dass Sie begreifen, worum es geht. Unsereins hat schließlich auf seine Ehre zu sehen.«

»Unsereins aber auch«, sagt der Korbflechter.

Da tut Sina etwas sehr Unvernünftiges. Sie lacht. Die Frau des Tierarztes Helmbrecht, deren besonderer Wesenszug die Wohlerzogenheit ist, lacht schrill und unbeherrscht auf, wie es sich nicht einmal der Korbflechter trotz seines Ungebildetseins erlauben würde.

Gigglinger steht auf. Er hat bei ihrem Lachen die Farbe gewechselt, ist zuerst glühend rot geworden und dann weiß bis in seinen Bart hinein. Das Bild hat sich augenblicklich verändert. Er sitzt nicht mehr klein und demütig vor ihren Füßen, sondern steht ihr Auge in Auge gegenüber. Etwas Kaltes glitzert in seinem Blick.

Menschen, auch wenn sie arm sind und vom Schicksal zeitlebens auf die Schattenseite geschoben wurden, können zurückschlagen, wenn nach ihnen getreten wird. Und so muss Sina nun wild klopfenden Herzens erleben, dass ihr Stolz in dieser hellen Nachmittagsstunde stückweise zerbrochen wird, so wie man einen dürren Stecken über dem Knie zerbricht.

»Sie sollten wegen Ihrer Ehre keine so großen Worte machen, Frau Helmbrecht. Am allerwenigsten sollten Sie sich mir gegenüber so groß damit aufspielen. Seien Sie ruhig und lassen Sie sich von mir einmal sagen, junge Frau, dass ich, der Besenbinder und Korbflechter Sebastian Gigglinger, im kleinen Finger mehr Ehrgefühl habe als Sie in Ihrem ganzen schönen Körper. Sollten Sie noch irgendeinen Zweifel darüber haben, so werde ich es Ihnen beweisen.«

Wahrhaftig, das Bild hat sich schlagartig verändert. Sina schluckt, ihre Augen werden dunkel vor Angst und Schrecken. Es kommt ihr vor, als bäume sich etwas Dunkles und Drohendes vor ihr auf, das im nächsten Augenblick über ihr zusammenschlagen müsse.

Nicht einen Herzschlag lang ist sie darüber im Unklaren, was die dunklen Hinweise des Mannes andeuten sollen. Und doch will auch sie nun in jener hilflosen Angst aller Etappten die volle Wahrheit wissen. Sie tritt einen Schritt auf ihn zu und fragt: »Was wollen Sie damit sagen?«

»An Ihrem Gesicht sehe ich genau, dass Sie wissen, was ich meine.«

»Das ist Sophistik, Mann, mit der Sie mich nur schrecken wollen.«

»Sophistik? Ich weiß nicht, was das ist. Aber wenn ich Sie erschrecken wollte, so hätte ich es damals schon tun können, als Sie blind vor Liebe durch diesen Wald gelaufen sind. Ich habe Sie doch so oft mit dem Verwalter Schellendorf gesehen. Aber ich habe geschwiegen, weil ich Ihrem Mann nicht weh tun wollte. Von dem ich immer nur Gutes erfahren habe. Ihm zuliebe, nicht Ihretwegen, habe ich geschwiegen.«

Sinas Zorn flackert erneut auf und sie glaubt, mit Frechheit den Mann vor sich doch noch klein zu kriegen. Mit Entrüstung spricht sie davon, dass er sich getäuscht habe. An sein Mitleid glaube sie nicht einen Augenblick, denn wenn er wirklich seiner Sache so sicher sei, so sehe sie in ihm nicht den Mann, der aus solchem Wissen kein Kapital zu schlagen wisse.

Mit heftiger Erregung spricht Sina. Und obwohl sie das unsichere Gebilde ihrer Ausflüchte bereits einstürzen sieht, spielt sie immer noch mit einem letzten Rest von Stolz und Frechheit an den Worten herum, bis Sebastian Gigglinger sie heftig anschreit:

»Ich verbitte mir das, Frau Helmbrecht! Was meine Augen gesehen haben, das kann mir niemand mehr anders zurecht legen. Auch Sie nicht, junge Frau!«

Nun gibt Sina Helmbrecht endgültig auf. Es ist ihr zumute, als stürze eine Welt in ihr zuammen. Dabei versucht sie aber, sich tapfer und aufrecht zu halten. Einen Augenblick nur denkt sie daran, etwas zu tun, was sie ihr ganzes Leben noch nicht getan hat. Nämlich: die Hände zu heben, um diesen Mann vor ihr zu bitten, dass er schweige, so wie er bisher geschwiegen hat. Aber sie bringt es nicht fertig. Fragt nur mit flatternder Stimme:

»Und Sie haben niemandem davon erzählt?«

»Glauben Sie, dass es dann nicht schon längst Tagesgespräch von Heimatsried wäre?«

»Und Sie werden weiterhin schweigen?«

Diese Frage scheint ihm keiner Antwort wert zu sein. Er wendet sich ab.

»Und was verlangen Sie für Ihr Schweigen? Ich kann Ihnen Geld geben. So viel Geld, dass Sie fortziehen könnten von hier, um nie mehr wiederzukommen.«

»Geld?« Gigglinger lacht ihr ins Gesicht. »Da sieht man wieder, was ihr für eine Meinung von uns habt. Ich will Ihnen noch was sagen: Ich werde fortziehen von hier. Morgen schon. Aber ich werde wiederkommen im nächsten Jahr oder in zwei Jahren. Bis dahin, denke ich, wird die Tochter von ihrer Mutter dahingehend erzogen worden sein, dass sie von selber weiß, dass ein Korbflechterbub nicht der richtige Umgang für sie ist.«

Daraufhin lässt er sie stehen, steigt mit müden Schritten die Stufen hinauf und verschwindet in seinem Wagen.

Sina meint, dass sie noch etwas sagen müsse, etwas Ausgleichendes, Überbrückendes, etwas Mildes vielleicht, weil sie doch das Gefühl hat, den Mann mit ihren Worten tief verletzt zu haben.

Aber sie bringt kein Wort über die Lippen und wendet sich um. Sie geht jedoch nicht zur Straße hinaus, auch nicht zum Feldweg, auf dem sie gekommen ist, sondern sie geht unter den Bäumen immer tiefer in den Wald hinein.

3

Regina ist ein paar Tage lang sehr traurig. Sie schaut sich fast täglich die Augen aus nach dem wuschelköpfigen Peter, aber er lässt sich nirgends mehr sehen. Schließlich stiehlt sie sich heimlich von zu Hause fort und will ihn im Wald aufsuchen. Sie steht vor dem verschlossenen Karren und weint bitterlich. Peter ist also fortgezogen, ohne ein Wort des Abschieds.

Die großen Ferien kommen und Regina ist allein. Ihr kleines Herz ist umschattet und voller Einsamkeit, zumal sie sich mit niemandem darüber aussprechen kann. Die Mutter ist seit jüngster Zeit voll abweisender Kälte und so kommt es wie von selbst, dass Regina sich noch mehr als bisher an den Vater anschließt.

Oft betrachtet Dr. Helmbrecht nachdenklich das Mädchen, dem er in tiefer Liebe zugetan ist. Da ihr Haar von den Wurzeln her immer noch nicht nachdunkelt, wird es hellblond bleiben. Aus dem gebräunten Gesichtchen schauen die hellgrauen, ein wenig auseinander stehenden Augen wie seltsame, geheimnisvolle Lichter. Darüber ziehen sich klare, gerade Brauen.

Dem Vater fällt auf, dass das Kind seit kurzem so still und in sich gekehrt ist. Oft sieht er es mit einem sinnenden Ausdruck stehen und an der Unterlippe nagen. Er spricht mit Sina darüber, aber sie meint, dass dieses Verhalten der Kleinen schon die Wandlung vom Kindsein zur Pubertät sei.

Ein Schmarren ist's, denkt sich Dr. Helmbrecht, spricht es aber nicht aus. Dabei nimmt er sich vor, weil Walter nach diesen Ferien in die große Stadt aufs Gymnasium muss, an seiner Stelle die Regina öfters auf seinen Fahrten über Land mitzunehmen.

Von da an lebt Regina wieder sichtlich auf. Gibt es etwas Schöneres, als mit dem Vater durch das sommerliche Land zu fahren? Meistens sitzt sie neben ihm auf dem Beifahrersitz und er legt zuweilen den Arm hinter ihr auf die Lehne. Regina wird dann nie müde zu fragen und er wird nicht müde zu antworten. Es ist erschreckend, was sie alles wissen will. Wenn er einmal eine oberflächliche Antwort gibt, begnügt sie sich keineswegs damit, sondern geht dann erst recht den Dingen auf den Grund.

»Warum heißt es Baum, warum Wiese, Feld und Acker?«, fragt sie. »Was ist überhaupt der Unterschied zwischen Feld und Acker?«

»Feld ist ein Stück Land in die Weite gesehn, sich hindehnend, unbegrenzt. Acker dagegen ist ein abgegrenztes Stück Erde, in das der Bauer den Samen wirft, damit es Brot gibt für die Menschen.«

»Und warum sind die Menschen nicht alle gleich, Vater? Ich meine: nicht alle gleich gut. Warum gibt es gute und böse?«

»Damit man den Unterschied besser erkennt.«

»Warum aber soll man die bösen Menschen genauso lieben wie die guten?«

»Das ist nicht notwendig.«

»Doch, doch«, behauptet Regina. »Das ist notwendig. In der Bibel steht geschrieben: ›Liebe deinen Nächsten wie dich selbst.‹«

»Das darf man nicht so wörtlich nehmen, Regina. Man muss vielmehr fragen, warum dieser oder jener Mensch böse ist oder böse geworden ist. Denn im Grunde genommen kamen sie ja alle gut zur Welt.«

Solche Gespräche führten sie auf ihren Fahrten über Land. Der Vater belehrt sie immer wieder, dass nichts von ungefähr kommt und nichts sinnlos geschieht, weil Gott alle Dinge leite.

Anfangs hat Regina etwas Scheu vor den Bauersleuten und vor den großen Tieren, die der Vater gesund machen soll. Aber sehr schnell verliert sich das. Sie geht zwischen den Kühen hindurch und sagt du zu den Bauern, weil der Vater auch so sagt. Mit der Zeit wandelt sich ihr Wesen wieder zu seiner ursprünglichen Art. Der Schmerz um Peter Gigglinger verwischt sich immer mehr, er taucht nur mehr zuweilen in ihren Träumen auf.

Allein kein Glück ist von ewiger Dauer. Sina Helmbrecht findet an der harmonischen Beziehung von Vater und Tochter allerlei auszusetzen. Sie findet, dass Regina nach so einer Fahrt nach Kuhstall rieche, und sie sieht voller Bestürzung, dass Regina eine geradezu fröhliche Lust empfindet, all die Gewohnheiten, Bräuche und Sprüche der Bauernkinder anzunehmen. Und das geht Sina vollends gegen ihre Pläne, denn sie hat mit diesem Kind besondere Absichten.

Ja, sie selber hat sich wieder gesammelt nach dem Gespräch mit dem Korbflechter Gigglinger. Sie hat sich von dem Schrecken erholt, dass ein Mensch um ihr Geheimnis weiß, von dem sie geglaubt hatte, dass es niemandem bekannt sei.

Als Sina dann die Gewissheit hat, dass Gigglinger wirklich weit genug fortgezogen ist, atmet sie erleichtert auf. Sie ist versucht zu glauben, dass er niemals wiederkehre. Von diesem Zeitpunkt an findet sie wieder vollends zurück zu sich selber. Sie ist wieder ganz Sina Helmbrecht und in ihrer herben Frauenschönheit erscheint sie ihrem Mann noch viel begehrenswerter als in jungen Jahren. Und das ist ganz gut so, denn der Mann ist jetzt ihren Wünschen gefügiger, weil er innerlich tief bewegt ist von dem Glück, das nach so vielen Jahren endlich wieder wie eine warme Woge sein Herz erfüllt.

Genau in diese Zeit fällt ein schwerwiegender Entschluss Sinas, der dem Mann, da er ihn völlig unvorbereitet trifft, besonders schwer zu schaffen macht.

Sie sitzen in ihrem gemütlichen Wohnzimmer. Heinrich Helmbrecht liest in einer Fachzeitschrift und raucht seine geliebte lange Pfeife. Sina spielt auf dem Klavier einige Etüden. Frühkompositionen von Liszt, die Dr. Helmbrecht so gerne hört. Eine wunderschöne Behaglichkeit breitet sich in dem Raum aus. Draußen dunkelt es und ein schwerer Regen fällt rauschend in die Gartenbüsche.

Sina beendet das Spiel, dreht sich auf dem Sessel um, stemmt die Fingerspitzen ihrer Hände gegeneinander und sagt dann: »Hör mal zu, Heinrich, ich möchte etwas mit dir besprechen.«

Er legt Zeitschrift und Pfeife weg.

»Ja, bitte.«

»Ich bin – ich habe – lange darüber nachgedacht – und bin zu dem Entschluss gekommen, dass es an der Zeit ist, Regina eine angemessene

Erziehung angedeihen zu lassen. Sie ist jetzt zehn Jahre alt, und ich habe – dein Einverständnis voraussetzend – an die Leitung des Magdaleneninstituts geschrieben. Man ist dort nicht abgeneigt, unsere Regina aufzunehmen.«

Dr. Helmbrecht blickt erschrocken auf. »Du wirst dich doch nicht im Ernst von dem Kind trennen wollen?«

»Doch, daran habe ich gedacht, als Mutter sogar daran denken müssen. Einmal musste dieser Zeitpunkt doch kommen. Ich sehe, dass du dich noch nie damit beschäftigt hast.«

»Ehrlich gesagt, nein. Ich dachte, dass dies noch einige Jahre Zeit hätte. Und im Übrigen, Sina, du hättest mich doch fragen sollen. Der Magdalenenhof ist, soviel mir bekannt ist, so eine Art klösterliches Asyl. Und ich glaube doch nicht, dass es deine Absicht wäre …«

»Nein, nein«, unterbricht sie ihn. »Ich habe durchaus nicht die Absicht, Regina in ein Kloster zu stecken, was ja der Magdalenenhof auch gar nicht ist. Die Institutsleiterin ist eine Freifrau von Alzberg, alter Adel übrigens, soweit ich informiert bin. In der Hauptsache werden die jungen Mädchen dort, neben Fremdsprachen und Musik, vor allem auch Hauswirtschaft erlernen. Soviel ich weiß, sind dort nur Töchter aus den besten Kreisen. Ich halte diese Veränderung im Hinblick auf Reginas künftiges Leben durchaus für angebracht. Dass sie sich der etwas strengen Ordnung des Instituts fügen lernt, dürfte ihr in Anbetracht ihres Temperaments nur zum Vorteil gereichen.«

»Ja, ja, das ist alles recht schön und gut«, antwortet Helmbrecht ein wenig verstört. Er denkt in diesem Augenblick nur daran, dass ein liebes, freundliches Licht aus seinem Alltag fortgenommen werden soll. Erregt geht er ein paarmal im Zimmer auf und ab, bleibt dann vor seiner Frau stehen und schlägt mit dem Zeigefinger ein paar Tasten auf dem Klavier an.

»Es hätte, wie ich aus Erfahrung weiß, nicht sehr viel Wert, gegen eine von dir beschlossene Tatsache anzugehen. Zudem, ich bin gerne bereit anzuerkennen, dass dein Vorschlag ganz vernünftig sein mag. Nur kann ich mich im Augenblick noch nicht daran gewöhnen, dass es – nachdem ja auch Walter schon weg ist – ganz still werden wird im Haus.«

»Still, ja. Still wird es wohl sein im Haus. Aber – war es früher nicht auch recht still, Heini?«

Er weiß, was sie meint. Liegt in dem Lächeln, das sie ihm schenkt, nicht die Erinnerung an längst versunkene Tage? Ist es nicht wundervoll, dass auch Sina daran glaubt, dass es wieder so werden könnte, wie es einmal war? Dieses »Heini«, das sie so viele Jahre vergessen hatte, taucht jetzt wieder in ihrem Sprachschatz auf. Ein spielendes Streicheln ihres Armes über seinen Nacken hin verdrängt seine letzten Bedenken. Und so wird es an diesem Abend noch gemeinsam beschlossen, dass Regina schon in vier Wochen in dieses halb klösterliche, halb weltliche Institut, genannt Magdalenenhof, zwölf Stunden Fußmarsch von Heimatsried entfernt, gebracht werden soll, um dort für das Leben das zu lernen, was sie hier in Heimatsried nicht lernen könnte.

Zwei Jahre ist der Korbflechter Sebastian Gigglinger ausgewesen und vielleicht hätte er auch jetzt noch nicht zurückgefunden nach Heimatsried, wenn ihn nicht eine schleichende Krankheit befallen hätte. Er ist sich sofort darüber klar, dass es diesmal etwas anderes ist als eine leichte Grippe, wie sie zuweilen beim Jahreswechsel die Menschen befällt. Und so schleicht er sich mit Fieber in den Adern über die weiten Straßen heimwärts nach der Waldlichtung zwischen Haslach und Heimatsried. Zwar ist auch das nicht seine Heimat im eigentlichen Sinn, denn Heimat war für ihn zeitlebens die lockende Ferne, die Straße über Hügel und durch Täler, die Wälder im weiten Land. Aber in dieser Lichtung steht sein alter Wohnwagen, die letzte Herrlichkeit seines Lebens, ein Zuhause, voll gepfropft mit Erinnerungen.

Stundenlang liegt er auf dem kleinen Handwagen, schwach und erschöpft, eine armselige Kreatur, deren Sinn schon einer anderen Welt zugewandt ist. Die Sonne bescheint warm seine Glieder und der Wind streicht sanft über sein graues Gesicht. Peter schleppt den Karren leichtfüßig weiter über die Straße, bis endlich am Horizont der Kirchturm von Heimatsried auftaucht.

Schließlich sind sie da und Gigglinger lächelt zufrieden wie ein Kind über diese Heimkehr. Aber seine leicht aufflackernde Hoffnung, vielleicht doch noch gesund zu werden, wird nach wenigen Tagen schon zunichte gemacht. Erneutes Fieber wirft ihn auf das harte Lager und nun ist es endgültig an der Zeit, den Sohn darauf vorzubereiten, dass er künftig allein sein werde.

Es ist Sonntag. Mit dunklem, ernstem Ton schwingt ein Glockenläuten herauf. Die Sonne steht schräg über den Hügeln von Haslach. Ihr Licht liegt in verschwenderischer Fülle über den Baumwipfeln. Sie verschenkt auch durch das kleine Fenster des Wohnwagens an den Korbflechter Gigglinger noch etwas Wärme. Obwohl der Mann nicht mehr viel anzufangen weiß mit den Wärmestrahlen, die ihn treffen, freut es ihn doch, dass sie nun da ist, die liebe Sonne, zu seiner letzten Stunde.

Seine Hände liegen lang und abgezehrt auf der blau gewürfelten Bettdecke. Die Sonnenstrahlen spielen darüber hin, ein Schmetterling wirbelt trunken von Licht herein und setzt sich in den grauen Bart zu kurzer Rast.

Die Hand ist schon so schwer geworden, dass er sie nicht mehr heben kann, um seinem Sohn, der an der Seite des Bettes sitzt, noch einmal den Kopf zu streicheln. Es ist ihm so leid um den Buben, der noch nicht fest genug im Leben steht. Darum will er ihm, solange es noch Zeit ist, all sein Wissen und manche Weisheiten ans Herz legen, die Peter im kommenden Alleinsein einen festeren Untergrund geben sollen. Sein Atem ist schon recht mühsam, zuweilen setzt er schon aus, und dann richtet Gigglinger den verschleierten Blick durch das kleine Fenster in den Dämmerschatten des Waldes.

»Das musst du dir merken, Peterl: Das rechte Leben ist immer klar und einfach. Was die Menschen manchmal daraus machen, ist wie die Mixtur aus einer Hexenküche. Und schäme dich nie, Peterl, dass du ein Korbflechter bist. Es gibt keinen Grund dafür. Ich habe dich gelehrt, wie man einen guten Korb macht. Sie sollen es nachmachen, wenn sie es können. Du sollst Respekt haben vor denen, die mehr sind als du, aber du sollst nie in Demut vor ihnen stehen. Stolz ist ein gutes Gleichgewicht fürs Leben – Demut ist niedriger und –«

Der Atem setzt ihm fast aus. Er macht eine lange Pause, bevor er weiterspricht. Seine Stimme ist leiser und schwächer als vorher. »Immer haben wir Gigglingers geträumt von einem warmen Herd in einem kleinen Häuschen auf einem fest umrissenen Stück Land. Aber es ist noch keinem gelungen, das zu bekommen. Wir sind Zugvögel – einmal da – einmal dort. Es wird auch über dich kommen – das Unruhige – diese Sehnsucht nach der Ferne, die viel schlimmer ist als Heimweh –«

Die schweren Glockentöne verstummen. Ein paarmal noch bimmelt die kleine Glocke hinterher. Der Wald rauscht wieder, das fröhliche Lied der Vögel fällt melodienreich aus den Wipfeln der Bäume. Der Kranke hat die Augen geschlossen und doch sieht er wie in einer Vision das Leben in Heimatsried um diese Stunde.

Vielleicht wäre dem Peter noch einiges zu sagen in Bezug auf Gott und wie er es im Leben damit halten solle. Aber es werden dem alten Korbflechter plötzlich die Lider so schwer und die Zunge liegt wie angenagelt zwischen den rissigen Lippen. »Du – Peterl –«, flüstert er leise. »Nimm dich vor den Frauen in Acht! – Kommst du in deiner Jugend an die Unrechte – kannst du verdorben sein fürs ganze Leben. Ach – hab ich Durst, Peterl – ein Wasser – bloß ein Tröpferl Wasser bring mir –«

Peter greift nach dem Steinkrug und geht. Nicht weit von hier ist eine Quelle. Auf dem Weg dorthin beginnt er plötzlich zu weinen, denn er fühlt sich mit einem Mal so todeinsam und verlassen. Es ist wie ein bitterer Vorgeschmack auf das kommende Alleinsein.

Aber, denkt er, während er sich niederbeugt, um das Wasser zu schöpfen, vielleicht stirbt er noch gar nicht, der Vater. Er ist ja noch gar nicht so alt, erst fünfundsechzig.

Im klaren Wasser sieht er sein verstörtes Gesicht. Zwei Tränen laufen ihm langsam über die mageren Wangen in die Winkel des Mundes. Ein Vogel ruft laut aus der Tiefe des Waldes. Ganz fern über den Hügeln fällt ein Schuss. Dann wird es wieder still. Nur ein leiser Windhauch flüstert durch die Büsche.

Als Peter zum Wagen zurückkommt, ist es bereits geschehen. Der Junge erschrickt vor den weit aufgerissenen Augen des Vaters, dessen Mund ein wenig offensteht wie in leiser Verwunderung.

Peter weiß nicht, was er nun tun soll. Seine Lage hat sich plötzlich grundlegend geändert. Die Zukunft liegt ungelöst und verschlossen vor ihm wie ein Buch mit sieben Siegeln. Nur zufällig hat er einmal das Sterben einer fremden Bäuerin miterlebt und dabei gesehn, wie die Leichenfrau die Lider über den starren Augen niederstrich und ein Tuch unter das Kinn band, damit der Mund sich schließe.

Das tut er jetzt auch und dann macht er sich auf den Weg zum Pfarrhof.

Sein Leben lang ist der Korbflechter Gigglinger ungeschoren und friedliebend durch die Gemeinden Haslach und Heimatsried gewandelt, wenn er sein Asyl am Waldrand aufgeschlagen hat. Niemals ist um seine Person ein Streit entstanden und keiner der beiden Gemeinden wäre es jemals eingefallen, irgendwie ein besonderes Anrecht auf Sebastian Gigglinger zu erheben. Jawohl, den Lebenden ließen sie ungeschoren, um den Toten jedoch entbrennt zwischen den beiden Gemeinden ein erbitterter Streit.

So ist es nun einmal, wenn ein armer Teufel stirbt und Anspruch darauf erhebt, dass man ihn ordnungsgemäß der Erde übergibt. Niemand will für die Leichenkosten aufkommen. Heimatsried behauptet, dass der Karren des Korbflechters schon auf der Haslacher Gemarkung stehe. Haslach wehrt sich energisch dagegen. Diese kleine Bauerngemeinde bemüht in der Sache sogar das Vermessungsamt, und nun erweist es sich, dass die Grenze genau durch die beiden Hinterräder geht, also zwei Drittel des Wagens auf Heimatsrieder Boden stehen. Einige Heimatsrieder beschuldigen daraufhin die Haslacher, sie hätten den Wagen des Nachts heimlich zu ihren Gunsten verrückt und die Spuren verwischt. Es wäre vielleicht noch zu einem Prozess gekommen. Da entscheidet der Pfarrer von Heimatsried den Streit, indem er erklärt, dass er die Beerdigung vornehmen werde. Der Schreiner Haberl folgt seinem Beispiel und liefert einen einfachen, ungestrichenen Sarg aus hellen Fichtenbrettern. Der Totengräber erwähnt überhaupt nichts von einer Bezahlung, weil er eben auch ein armer Teufel ist und sich dem Toten brüderlich verbunden fühlt. Nur der Kantor will nicht ganz umsonst singen, weil er gehört hat, dass ein Barvermögen von sechsunddreißig Mark vorhanden sein soll.

Und so wird Sebastian Gigglinger an einem strahlenden Herbstmorgen doch im einfach geschmückten Totenwagen aus dem Wald geholt.

Ganz allein trippelt Peter hinter dem schwarzen Wagen her. Ein paar Raben schreien hoch im Geäst einer Föhre, als der Totenwagen vorbeifährt. Auf den Feldern sind die Leute mit dem Grummetheuen beschäftigt. Sie halten in ihrer Arbeit inne, als der armselige Trauerzug auf dem Sträßlein vorüberzieht. Erst am Eingang des Marktfleckens wartet der Pfarrer mit seinen Ministranten. Daneben stehen ein paar alte Frauen, die bei keiner Beerdigung fehlen, und einige Rentner, denen der Tote vielleicht in irgendeiner Stunde einmal nahe gestanden ist. Wahrhaftig, es ist ein armseliger Zug, man schaut seinetwegen noch nicht einmal aus den Fenstern, wie es sonst üblich ist.

Nur in der weißen Tierarztvilla steht Sina hinter den Vorhängen des ersten Stockwerks. Ihr ist, als nähme der vorbeiziehende Leichenzug alle Schatten aus ihrem Leben mit fort. Und während die betenden, schwebenden Frauenstimmen zu ihr heraufertönen, geht es wie ein befreites Aufatmen durch sie hindurch.

Nun ist es aber so, dass mit dem Tod des Korbflechters die Sache für die Gemeinde Heimatsried noch nicht ganz erledigt ist, denn es ist ja dieser Knabe da, dieser Peter Gigglinger, von dem nicht anzunehmen ist, dass er spurlos im Wald verschwinden würde wie ein Tier. Nein, hier muss sich wohl oder übel die öffentliche Fürsorge einschalten, denn der Junge ist noch nicht mündig und muss irgendwo untergebracht werden.

Unterbringen? Ja, ganz richtig. Aber wo? Keiner der Gemeinderäte will so recht anbeißen. Ist auch klar, sie alle sind in guter, wenn nicht bester Position. Keiner ist auf die 120 Mark Fürsorgegeld angewiesen. Herz hat man nur soweit, als es die eigenen Bedürfnisse betrifft. Schließlich hat der Steuersekretär Ebermaier einen wirklich guten Einfall, indem er sich erinnert, dass der Bauer

Wust von Ingersbach so einen Burschen wohl brauchen könne.

Ein ausgezeichneter Vorschlag! Jeder weiß zwar, dass der Bauer Wust ein Saufbold und grober Kerl ist, bei dem es ein Dienstbote nie länger als ein Jahr aushalten kann. Trotzdem, eine ausgezeichnete Idee, eine wunderbare Lösung, den Waisenknaben Gigglinger dort unterzubringen. Man ist herzlich froh, dass dieser Punkt von der Tagesordnung verschwunden ist.

Tags darauf gibt es allerdings noch ein kleines Zwischenspiel, denn der Waisenknabe Gigglinger ist nicht so ohne weiteres gewillt, sich verschachern zu lassen wie ein Stück Vieh.

Der Gemeindediener Schöpf wird anderntags in den Wald geschickt, um dem Peter Gigglinger diesen Entschluss mitzuteilen. Er redet dem Buben zu wie einem kranken Ross, aber Peter sagt: »Ich bin ja gar nicht gefragt worden. Wer sagt denn überhaupt, dass ich zum Wust nach Ingersbach will? Korbflechten will ich, weiter gar nichts. Oder braucht man jetzt keine Körbe mehr?«

»Natürlich braucht man auch jetzt noch Körbe. Aber Beschluss ist Beschluss, da kann man nichts daran ändern.«

»So? Das will ich sehen«, sagt Peter. »Da gehe ich jetzt gleich selber hin.«

Mit dem Gemeindediener wandert er nach Heimatsried zum Bürgermeisteramt. Der Bürgermeister ist gerade nicht da, aber der Sekretär weiß Bescheid in der Angelegenheit und erledigt sie mit bürokratischer Gewissenhaftigkeit.

»Also, Korbflechten willst du? In die Fußstapfen des Herrn Vaters eintreten, nicht wahr? Geht aber leider nicht, mein Lieber. Zur Ausübung eines Gewerbes ist ein Gewerbeschein nötig. Ein solcher ist aber bis jetzt noch nie an Unmündige ausgestellt worden und dir zuliebe wird man wohl das Gesetz nicht ändern. Sei also nicht so halsstarrig und geh zum Wust nach Ingersbach, meinetwegen nur so lange, bis du mündig bist. Du brauchst ja auch deine Ordnung in Bezug auf Essen und Kleidung, das verstehst du doch, nicht wahr?« Dann blättert er wieder in der Gewerbeordnung und nickt abschließend mit dem Kopf: »Nichts zu machen, es steht schwarz auf weiß da. Also schau zu, dass du schnell mündig wirst!«

Es bleibt also dem Peter wohl oder übel nichts anderes übrig, als zum Wust zu gehen. Am nächsten Morgen packt er seine Sachen in einen Rucksack, schließt die Tür des Wohnwagens ab und geht davon, ohne sich umzudrehen. Ein paarmal drängt er die Tränen gewaltsam zurück. Er geht nach Ingersbach, weil er Hunger hat und zu stolz ist zum Betteln.

Peter betritt den Hof mit einer gleichgültigen Tapferkeit, wie sie jeden überkommt, der sich einem unausweichlichen Schicksal ergibt. Fast freut es ihn, dass er so eine günstige Zeit für sein Kommen gewählt hat, denn als er den letzten Hügel heruntergeht, läutet gerade das Dachglöcklein auf dem First des Bauernhofes Wust zur Essenspause.

Der Hofhund, schon grau und gichtig, tut ein paar armselige Beller aus seiner Hütte heraus, als er die fremden Schritte hört, nimmt aber sonst keine Notiz von dem Fremden.

Im Flur legt Peter seinen Rucksack ab, dann geht er auf die Stubentür zu, die nur angelehnt ist. Um den runden Tisch in der Ecke sitzt der Bauer mit dem Gesinde und hebt nur das schwarzbärtige Gesicht dem Eintretenden zu. »Was willst?«

»Ich bin der Peter Gigglinger und soll hier wohnen«, sagt Peter.

»Du darfst hier wohnen«, verbessert der Wust. »Im Übrigen – du hast dir gerade die beste Zeit ausgesucht zum Einstand. Dumm scheinst du nicht zu sein.« Damit deutet der Bauer mit dem Löffel auf eine bescheidene Lücke zwischen der Magd und dem Drittknecht, während er selbst die Schublade aufzieht, einen Löffel herausnimmt und ihn dem Jungen hinüberschiebt.

Peter schiebt sich also in die Lücke und beginnt mit dem gesegneten Appetit eines jungen Burschen zu essen, der seit dem Morgengrauen schon viel geschafft hat. Allein es erweist sich, dass er doch um eine kurze Zeitspanne zu spät gekommen ist. Die anderen legen nämlich schon die Löffel weg und sind gesättigt, während sein Magen gerade anfangen will, den größten Hunger zu stillen. Peter stört es zwar nicht, dass die rhytmischen Bewegungen der vielen Arme zur gemeinsamen Schüssel nach der Tischmitte aufgehört haben. Es ist noch ein guter Rest in der Schüssel, und er denkt sich, dass es wohl am besten sei, wenn er sie gleich zu sich heranzieht. Er weiß nicht, dass er damit gegen die Regel des Hauses verstößt, wonach nach dem Bauern auch die andern das Essen einzustellen haben, und er übersieht es auch ganz, als der Wust der Magd einen Blick zuwirft und diese sofort, als habe sie längst darauf gewartet, mit einer fahrigen Bewegung ihres Daumens das Kreuz über ihr braunes Gesicht schlägt, um dann hurtig herabgehaspelt Gott dem Herrn zu danken für Speise und Trank.

Schon in den nächsten Tagen erweist es sich als ein wahres Glück, dass Peter schon von jeher vom Leben in eine harte Schule genommen worden war. Ein verweichlichtes Büblein wäre zerbrochen angesichts der Schikanen, die hier täglich über ihn kommen. Aber er kennt schon so viel, er ist gewandert mit seinem Vater vom Morgen bis zum Abend und die Menschen kamen ihm entgegen, wie sie eben waren, gut und schlecht, böse und tückisch, voller Mitleid oder Hohn. Es hatten sich gastliche Türen geöffnet und warme Herzen, und es gab Höfe, in denen man den Hund von der Kette ließ, wenn sie sich näherten.

Darum ist Peter nicht erschüttert von dem, was man ihm zufügt. Jeder auf diesem Hof versucht, ihn zu demütigen. Es sind zwar nur kleine Gehässigkeiten, an die er noch keinen Zorn verschwenden will. Aber eines Tages sagt er doch, dass sie es nur nicht auf die Spitze treiben sollen. Darüber haben natürlich alle, einschließlich des Bauern, recht herzlich zu lachen. Als aber der Drittknecht, ein kurzstämmiger, flaxiger Bursche, ihm einmal wegen eines unbedeutenden Vorfalls eine Ohrfeige verabreicht, werden Peters Augen ganz schmal vor Zorn. Und dann schlägt er dem Drittknecht die geballte Faust mitten auf den Mund, dass dieser Blut spuckt. Der Schlag ist so jäh ausgeführt worden, dass dem andern jede Lust vergeht zurückzuschlagen. Er dreht sich um, hält die Hand vor den Mund und torkelt davon. Es ist ein Abgang der Schande, denn alle sehen es. Auch der Bauer steht unter der Haustür und Eva, die älteste Tochter, fährt soeben mit dem Rad in den Hof.

Eva Wust ist achtzehn Jahre alt, dunkel wie ihr Vater, aber zart von Gestalt. Darum ist sie auch der

Tradition des Hauses untreu und arbeitet als Sekretärin im Landratsamt, Abteilung Jugendfürsorge. Die zweite ist sechzehn Jahre alt, hilft der Mutter in Haushalt und Küche und heißt Martha. Das dritte Kind des Bauern ist endlich ein Bub, der Ferdinand. Dieser ist aber erst acht Jahre und geht gerade in die zweite Klasse der Volksschule.

Noch hat Peter keine Ursache zu tieferer Klage gefunden, obwohl der Bauer ein unguter Kerl ist. Es vergeht kaum ein Tag, an dem er nicht an irgendeinem der Dienstboten herumzunörgeln hat. Nur Peter hat er bis jetzt in Ruhe gelassen, er beachtet ihn nicht, er ist Luft für ihn. Doch das Pflegegeld nimmt er gern am Monatsersten entgegen und trinkt sich damit mehrere tüchtige Räusche an.

Um Lichtmess fragt er seine Dienstboten, ob sie für das kommende Jahr bleiben wollen. Nein, es will keiner bleiben. Peter wird nicht gefragt. Er hat einfach zu bleiben. Zu Lichtmess kommen also sechs neue Leute auf den Hof. Vorher aber waren es sieben und so ist ohne weiteres die Absicht des Bauern zu erkennen, den Peter in diese Lücke als vollwertige Kraft hineinzuschieben.

Peter ist zwar erst fünfzehn Jahre alt, aber sein Körper hat sich in letzter Zeit gestrafft und in den Schultern ist er so breit wie ein erwachsener Mann. Es gibt keine Arbeit, die er nicht geschickt und lustvoll anpackt. Eine billigere Arbeitskraft kann sich der Wust gar nicht denken. Bis jetzt hat er ihm nämlich noch nie einen Pfennig Lohn bezahlt, denn er hat ihn ja nur aus Gnade und Barmherzigkeit aufgenommen.

Oh, dieser Frühling! Er hat es in sich. Peter stürzt sich mit einer wahren Wut in die Arbeit. Er will etwas in sich ersticken damit, aber es steht immer wieder auf, schreit ihm zu, bedrängt ihn, erfüllt ihn mit Kummer und Not. Es gibt kein Entrinnen. Die Straße ruft ihn. In der Nacht erwacht er, geht ans Fenster und sieht hinauf zu den Sternen. In der Ferne sieht er die Landstraße glänzen. Mit elementarer Wucht packt ihn das Fernweh, bis er es nicht mehr aushält.

Heimlich verlässt er das Haus und wandert hinaus ins Mondlicht. Sein Schritt geht leicht über die Straße hin. Er wird von einer Welle tiefen Glücks getragen. Ein Vogel ruft im Geäst einer Pappel, um die schon das erste Licht des Morgens spielt. Und Peter geht und geht, singt das Wanderlied seines Vaters und ist unverwüstlich im Drang seiner Jugend.

Am siebenten Tag erst findet er wieder zurück. Der Bauer steht unter dem Scheunentor mit der Peitsche, als ob er auf ihn gewartet habe. »Was fällt dir denn ein, du Dreckskerl? Rennst einfach davon!«

Es ist völlig sinnlos, dem Mann erklären zu wollen, was ihn forttrieb. Der Bauer ist sein Leben lang sesshaft gewesen und außerdem steht die blanke Wut in seinen Augen. Unversehens bekommt Peter einen Schlag über den Kopf verpasst und dann prasseln weitere Schläge auf ihn nieder, bis er halb bewusstlos in einer Ecke zwischen Stall und Scheune liegen bleibt.

Das Natürlichste wäre ja nun gewesen, wenn er wieder fortgegangen wäre. Aber nein, er bleibt, nachdem sein Drang durch sein siebentägiges Wandern gestillt ist. Nur ein grenzenloser Zorn überkommt ihn auf jene Leute, die ihn hierherbeordert haben. Dabei weiß er noch gar nicht, dass eigentlich Eva die treibende Kraft dazu gewesen ist. Auf Grund ihrer Stellung im Referat Jugendfürsorge ist sie über seine Lage genau im Bild gewesen und hat dann die Sache in die Wege geleitet.

Jawohl, Eva, dieses überhebliche Frauenzimmer, das am Abend seiner Schmach in seine Kammer kommt mit der spöttischen Frage, ob er Schmerzen habe!

Martha dagegen, die jüngere, verhält sich ganz anders. Sie ist ein guter Mensch und hat das Herz ihrer Mutter. Jawohl, auch die Bäuerin ist gut. Es ist nicht selten, dass sie ihm heimlich was zusteckt: ein Stück Rauchfleisch, ein paar Schmalznudeln, ein Hemd oder ein blau gefärbtes Leinenstück für eine Jacke mit Hornknöpfen. Ihr ist es zu verdanken, dass er sonntags sauber gekleidet nach Heimatsried gehen kann, wo er noch die Sonntagsschule besuchen muss. Sie ist es auch, die ihn tröstet und wieder ins richtige Geleise bringt, als er nach den Schlägen auf Rache sinnt.

Dieser Lump, denkt er, ich könnte ihm den Hof anzünden. Er bedenkt nicht einmal, dass ich ihn in der Hand habe, dass sein Schicksal nur von meiner Rache abhängt.

Aber, und auch das muss er bedenken, seine Rache träfe dann auch diejenigen, die gut zu ihm sind. Jedoch er schwört sich, dass es ein zweites Mal nicht mehr geschehen werde. Das sagt er den Mägden so gelegentlich bei der Arbeit. »Ich nehme die Mistgabel und renn sie ihm in den Wanst«, sagt er.

Es gibt keinen Grund, daran zu zweifeln. Man kann es ihm ohne weiteres zutrauen. Sie würden auch sonst noch allerlei erwarten von ihm. Ihr Mitleid haben sie längst an ihn, den schwarzlockigen

Knaben, in dessen Gesicht ein Paar so wunderschöne Augen funkeln, verschenkt. Aber er trägt wie eine Warnung die letzten Worte seines Vaters in sich, wonach er sich vor den Frauen in Acht nehmen solle. Er ist nur dort ein wenig frech und verwegen, wo es sich um Mädchen seines Alters handelt. In der Sonntagsschule zum Beispiel kommt es ihm nicht darauf an, etwas so Kühnes in die Schar der Mädchen hineinzurufen, dass sie kichern müssen. Keine denkt mehr daran, dass er der Sohn eines Korbflechters ist. Sie sehen in ihm nur den hübschen Jungen mit den schönen Augen, der den anderen Burschen in manchem weit voraus ist. Es geht etwas Prickelndes, Abenteuerliches von ihm aus, das sie reizt und an das sie gern und bereitwillig ihr Mädchenherz verschenken.

Aber es gibt auch andere Menschen. Da kommt zu Pfingsten Walter Helmbrecht auf ein paar Tage nach Hause. Peter begegnet ihm mitten auf dem Marktplatz und freut sich ehrlich, den alten Kameraden wiederzusehen. Aber Walter hat anscheinend alles vergessen. Er würde am liebsten an Peter vorbeigehen, wenn er nicht so breit im Weg stände.

»Wie geht es dir?«, fragt Peter lachend.

»Danke, gut«, ist die Antwort und dann betrachtet Walter seine Fingernägel.

»Weißt noch, wie wir dem Kater von der Frau Kommerzienrat ein Glöckerl an den Schwanz gebunden haben?«, will Peter wissen.

Der andere aber sagt darauf nur, dass dies schon lange her sei, er könne sich kaum mehr daran erinnern. Im Übrigen habe er an anderes zu denken. Sagt noch guten Tag und schiebt sich an Peter vorbei.

Ja, so ist das. Seine bunte Studentenmütze sitzt korrekt auf dem dunkelblonden Haar, sein Gesicht ist schön und hochmütig wie das seiner Mutter.

Da ist sein Vater doch anders. Zuweilen trifft es sich, dass sie einander begegnen. Es gibt auch mitunter auf dem Wusthof Arbeit für einen Tierarzt. Und Dr. Helmbrecht hat immer ein paar freundliche Worte für Peter. Einmal erwähnt er auch Regina, die in einem fernen, klosterähnlichen Institut ein Leben nach strengen Regeln führt.

»Ach, Regina«, sagt Peter und ein weiches Lächeln spielt dabei um seinen Mund. Sicher hat sie nichts vergessen von damals, denn ihre Art ist anders als die ihres Bruders. Sie hat die Art ihres Vaters – schade, dass er sie nicht wiedersehen kann!

Indessen geht der Sommer übers Land, ein Sommer mit vielen Gewittern. An einem Morgen dieses Sommers passiert etwas, das für Peter Gigglingers Leben von entscheidender Bedeutung sein wird.

Spät in der Nacht war der Bauer mit dem Wagen in den Hof eingefahren. Dort würgt er den Motor ab und es ist ein schweres Stück Arbeit, den betrunkenen Mann aus dem Wagen zu hieven und ins Haus zu bringen. Gehen kann er nicht und tragen können ihn die beiden Frauen – die Bäuerin und Martha – schwerlich.

Da hat Martha plötzlich den erleuchtenden Gedanken, mit einem einfachen Mittel die Sache zu erleichtern. Sie füllt einen Eimer mit eiskaltem Wasser und schüttet ihn in grimmigem Zorn dem Betrunkenen über den Schädel. Die Wirkung erfolgt augenblicklich. Mit einem tierhaften Gebrüll steht der Mann auf den Beinen.

»Was für ein Mistvieh –?« Er schüttelt den Kopf, dass die Tropfen von ihm sprühen, und sieht plötzlich die beiden Frauen furchtsam in der Haustür stehen. Mit einem Fluch stürzt er auf sie zu, da sie aber behände zurückweichen, schlägt er durch sein Übergewicht krachend auf das Pflaster.

Das macht ihn einigermaßen nüchtern. Maßlos vor Zorn, stößt er die Stubentür auf und reißt den knorrigen Haselstecken aus dem Ofenwinkel hervor. »Ich werde euch zeigen, ob ihr auf mich Wasser schütten dürft!«

Sein erster Schlag ist gegen die Frau gezielt. Er geht fehl, aber Martha stößt einen schrillen Schrei aus und von diesem Schrei erwacht Peter.

Es dauert keine Minute, da steht er in der Stubentür und erfasst blitzschnell die Situation. Die Bäuerin liegt wimmernd auf dem Boden und unaufhörlich saust der Stecken auf sie nieder.

Da setzt Peter zum Sprung an, bekommt den Bauern am Hals zu fassen und reißt ihn zu Boden. Ein rasender Zorn hat alle seine Gedanken umkrallt. Die Rache beherrscht ihn, den Stecken hat nun er in der Hand und er schlägt mitten hinein in das verzerrte Gesicht des Bauern, bis ihm jemand in den Arm fällt.

Das ganze Haus ist wach geworden und jetzt erst sieht Peter, dass der Bauer kein Lebenszeichen mehr gibt und dass ihm aus einer klaffenden Stirnwunde das Blut über das Gesicht rinnt. Eva stürzt im Nachthemd herein und wirft sich über den reglos Liegenden. Jemand schreit, dass man sofort den Doktor holen müsse. Martha schwingt sich auf das Rad und fährt nach Heimatsried. Alle sind wie von einem lähmenden Entsetzen erfasst. Die Bäuerin stemmt sich mühsam vom Boden auf und schaut mit verstörtem Gesicht die Umstehenden an. Es ist nicht das erste Mal, dass er sie geschlagen hat, aber sie weiß, dass sie diesmal nicht mehr hätte aufstehen können, wenn Peter ihr nicht zu Hilfe gekommen wäre.

Mit einem Mal wird es mäuschenstill in der großen Stube, bis es Mitternacht schlägt. Peter fühlt, dass alle Blicke auf ihm ruhen. Du hast den Bauern erschlagen, scheinen aller Augen zu sagen. Und es war nicht zu leugnen. Jawohl, er hatte zugeschlagen, aber er empfindet keine Reue darüber und er hat niemandem etwas abzubitten.

Noch ist das furchtbare Wort nicht ausgesprochen, dass er einen Menschen getötet habe, aber jeden Augenblick muss es jetzt fallen. Da hört man im Hof draußen das Geknatter eines Motors. Dann betritt Dr. Hinterholzer die Stube. Er geht sofort auf den Bauern zu und beugt sich über ihn. Dabei schlägt ihm der Geruch von Branntwein und Fusel in die Nase. Sachlich und nüchtern gibt er die Anordnung: »Bettet ihn dort auf das Sofa und wascht ihm das Gesicht! Der Mann ist betrunken und das nicht schlecht.«

Niemand denkt daran zu widersprechen. Nur Eva sagt vorlaut: »Der Bauer ist nicht betrunken, sondern schwer verletzt, wie man ohne weiteres sehen kann.«

Dr. Hinterholzer greift nach dem Puls des Bauern und sieht dabei Eva an.

»Ihre Diagnose stimmt auffallend, Fräulein. Wenigstens was das Letztere betrifft. Es fehlt allerdings nur noch, dass Sie sagen, ich sei betrunken. Im Übrigen, Fräulein, erkälten Sie sich bloß nicht! Mir scheint, dass Sie doch etwas dürftig bekleidet sind.«

Eva wird rot bis unter die Haarwurzeln. Die Knechte grinsen verstohlen und da merkt sie erst, dass sie immer noch im Nachthemd ist, und rennt hinaus.

Als Dr. Hinterholzer sich nach einer Stunde die Hände wäscht, gibt er nebenbei seine Anordnungen, empfiehlt vor allem, dass der Bauer ein paar Tage ganz ruhig liegen bleiben müsse. Er werde wieder nachschauen. Der Bauer ist genäht und verpflastert und hat eine Spritze bekommen. Nun liegt er beinahe friedvoll da.

Jemand fragt noch: »Lebensgefahr besteht wohl nicht?«

»Ach wo, der Mann hat einen Schädel wie ein Bulle.«

Dann fährt Dr. Hinterholzer davon. Peter steht noch eine Weile vor dem Haus und horcht dem Gebrumm des Motorrads nach, das sich immer weiter entfernt.

Die anderen haben sich alle wieder niedergelegt, um den Rest dieser Nacht noch zu schlafen. Es ist nun ganz still im Haus. Die Sterne stehen wie ruhige Lichter am dunklen Nachthimmel. Ein warmer Wind streift über die Hügel her und flüstert geheimnisvoll in den Gartenbüschen. Aus dem offenen Stubenfenster lässt sich mitunter ein Stöhnen vernehmen. Dort liegt der Bauer zwischen Bewusstlosigkeit und halb verwehtem Rausch.

Endlich geht auch Peter ins Haus zurück, aber nicht, um nochmals zu schlafen, sondern um sich wegfertig zu machen. Er ist sich darüber klar, dass er nach dem, was in dieser Nacht geschehen ist, nicht mehr auf dem Hof bleiben kann. Er packt seinen Rucksack, und als der erste Hahn kräht, geht er davon, ohne sich umzusehen.

Die Straße nimmt ihn auf wie eine Gefährtin, deren Treue ewig hält. Im Osten breitet sich schon leicht ein heller Schein aus, das Licht der Sterne erstirbt. Der Morgentau hängt im Blattwerk der Sträucher. Trotz dem gerade Erlebten wandert der junge Mann mit großer Zuversicht seiner neu gewonnenen Freiheit entgegen.

Peter Gigglinger ist schon weit entfernt und die Sonne steht fast im Zenit, als Kommissar Pfeifer auf seinem Fahrrad in den Wusthof einfährt. Er lehnt das Rad in den Schatten des Birnbaums und sperrt es umsichtig ab. Dann richtet er sein Koppel exakt aus und betritt das Haus. Er ist zufrieden wie ein Kind, denn er rechnet mit einer Festnahme. Dieser Peter Gigglinger scheint ja geradezu gemeingefährlich zu werden.

Die Bäuerin richtet gerade die Zentrifuge her, als er die Küche betritt. Sofort weiß sie, weshalb er kommt, und sie ist davon unangenehm berührt. Pfeifer setzt sich auf das Bankerl beim Ofen. Es liegt in seiner Art, nicht gleich mit der Tür ins Haus zu fallen, und so stellt er zunächst seine übliche Frage, die man weitum schon kennt. »Wie geht's, wie steht's? Was gibt's Neues?«

Diese Frage hat ihm längst den Spitznamen »Wie-geht's-wie-steht's« eingetragen.

»Ja mei, wie's halt geht«, antwortet die Wustin und schüttet Milch in die Zentrifuge.

»Sie haben da ein paar blaue Flecken auf der Stirn, Frau Wust.«

Das war nicht zu leugnen, wegzuleugnen wären höchstens die Flecken, die man nicht sieht, am Arm und am Rücken.

»War er wieder betrunken?«

Die Bäuerin antwortet nicht darauf, sondern schenkt dem Pfeifer erst einmal eine große geblümte Tasse mit Milch voll und stellt sie vor ihn hin. »Sie haben doch bestimmt noch nicht gefrühstückt, Herr Kommissar?«, sagt sie dabei.

Das stimmt haargenau. Aber auch im anderen Fall wäre die Milch nicht verschmäht worden. Pfeifer brockt sich so viel Brot ein, dass der Löffel stecken bleibt, gibt eine Prise Salz dazu und isst mit Eifer, jedoch mit Umsicht, damit kein Tropfen seine grüne Montur beschmutze. Danach muss er das Koppelzeug um ein Loch weiter schnallen. Dann erst wird er dienstlich: »Also, wie war das? Es wurde bei uns heute früh eine schwere Körperverletzung angezeigt, verübt von dem Peter Gigglinger an dem Bauern Bonifaz Wust.«

»Wer hat das angezeigt?«, fragt die Bäuerin unwillig.

»Ihre Tochter, die Eva.«

»Das hat ihr kein Mensch angeschafft.«

»Sooo? Na ja, das ist jetzt einerlei. Wo ist denn nun der Peter Gigglinger, den brauche ich auf alle Fälle.«

»Der ist nicht mehr da.«

»Was heißt: nicht mehr da?«

»Er ist einfach fort. Heute früh beim Aufstehen war er schon weg.«

»So ist's recht! Sie wissen nicht, wo er hin ist?«

»Nein, das weiß ich nicht. Überhaupt, Herr Kommissar, was gibt es denn da zum Anzeigen? Der Fall ist klar und –«

»Für Sie vielleicht«, unterbricht sie Pfeifer. »Für mich nicht. Sie müssen mir das schon näher erklären.« Er macht dabei den Zeigefinger nass und blättert in seinem Notizbuch.

Es ist der Bäuerin sichtbar peinlich, davon zu reden. Es ist ja nicht das erste Mal, dass sie von ihrem betrunkenen Mann geschlagen wurde. Das weiß auch der Kommissar. Und er findet es so weit auch ganz natürlich, dass der Gigglinger der bedrängten Frau zu Hilfe gekommen ist. Ja, Peter Gigglinger erscheint nun in einem anderen Licht und die Eva hat wieder einmal reichlich übertrieben. Für den Kommissar ist die Sache nun so weit erledigt, fürs Erste wenigstens. Er fragt bloß der Form halber die Frau noch, ob sie Strafantrag stellen wolle, obwohl er im Voraus weiß, dass dies nicht geschehen wird. Dann schiebt er sein Notizbüchlein wieder in die Rocktasche und geht.

Ein Weilchen sieht er im Hof noch den Tauben zu und den Hühnern, die auf dem Misthaufen stehen. Dann steigt er aufs Rad und strampelt davon.

Vom Nachbarhaus herüber rufen ihm ein paar Kinderstimmen nach: »Wie geht's, wie steht's?« Aber Pfeifer ist nicht böse, er strampelt ruhig weiter und freut sich an dem schönen Morgen. Dabei denkt er sich: Schau, da ist er nun auf und davon, der Peter Gigglinger. Wo wird er wohl hin sein?

Peter indes wandert schon weit draußen auf der Landstraße. Sein Herz ist frei und leicht und jauchzend singt er: »Schön ist's, zu wandern zur Sommerzeit im Licht vom jungen Morgen ...«

4

An einem strahlenden Morgen, Anfang Juli, begegnet dem Tierarzt auf dem schmalen Sträßlein nach Bruck ein Auto, ein eleganter Wagen mit zurückgeschlagenem Verdeck.

Er fährt ganz rechts an den Straßenrand, aber trotzdem kommen sie nicht aneinander vorbei, die Straße ist zu schmal, sie müssen beide halten.

Der Fahrer des Wagens ist ein großer blonder Mann in den Vierzigern. Auf dem Rücksitz sitzen zwei halbwüchsige Mädchen in hellen Kleidern. Der Mann steigt aus, wirft den Schlag hinter sich zu und streckt Dr. Helmbrecht die Hand durchs offene Wagenfenster entgegen. »Guten Morgen, lieber Doktor! Immer noch fleißig am Werk, wie ich sehe.«

»Allerdings!« Dr. Helmbrecht schüttelt die dargebotene Hand. »Aber Verzeihung, ich weiß wirklich nicht, mit wem ich die Ehre habe?«

»Schellendorf«, sagt der andere und sieht sich in der Gegend um. »Früher einmal Verwalter bei Herrn von Halmstätt.«

»Richtig! Ich hätte Sie kaum mehr erkannt. Es muss ja auch schon bald zwanzig Jahre her sein!«

»Nicht ganz zwanzig, aber immerhin schon eine schöne Reihe von Jahren.«

»Wie doch die Zeit vergeht! Man merkt, dass man alt wird.«

»Sie und alt?« Schellendorf lacht ein wenig polternd. »Sie sehen aus wie das blühende Leben. Übrigens, meine beiden Mädels. Kommt einmal her, Sina, Margarete, sagt schön guten Tag. Das ist Herr Dr. Helmbrecht.«

Nun muss Helmbrecht wohl oder übel aussteigen. Margarete ist die ältere, und als Helmbrecht ihr die Hand gibt, glaubt er, dass ihn eine Vision narre. Genausogut könnte Regina vor ihm stehen. Das sind ihre meergrauen Augen, ihr leicht geschwungener Mund. Nur die Frisur gibt diesem Gesicht einen anderen Ausdruck.

So eine Ähnlichkeit, denkt er und wendet sich der Kleinen zu. »Und du heißt Sina? Wie meine Frau! Schön, schön. Da habt ihr also mit nach Heimatsried fahren dürfen!«

»Ja, Papa hat uns schon so viel von dieser Gegend und den Leuten hier erzählt, dass es nicht schön gewesen wäre, wenn er uns nicht mitgenommen hätte«, erklärt Margarete.

»Bleiben Sie länger, Herr Schellendorf?«

»Leider nein. Bis heute Abend müssen wir wieder zurück sein. Habe nur einige geschäftliche Dinge mit Herrn von Halmstätt zu besprechen. Freilich wäre es gut, wenn man sich einmal ein paar Wochen freimachen könnte. Aber man kann ja nicht abkommen, dauernd hängt man im Geschirr.«

»Sie haben selber ein Gut, wie ich gehört habe?«

»Ja, durch meine Verheiratung. Sollten Sie zufällig einmal in die Gegend kommen, dürfen Sie nicht vergessen, uns zu besuchen. Margarete, schreib doch Herrn Doktor unsere Adresse auf.«

»Mit meinem alten Wagen?«, entgegnet Helmbrecht lachend und deutet auf sein Gefährt.

»Sie müssten sich halt ein ordentliches Auto zulegen, Doktor.«

»Das kann mein Nachfolger machen, mein Sohn. Für meine Person finde ich so eine Umstellung nicht mehr rentabel. So – und nun wollen wir doch einmal sehen, wie wir aneinander vorbeikommen!«

Sie helfen alle vier zusammen, bringen dabei das Helmbrechtsche Gefährt ein wenig in den Straßengraben, aber es geht. Dann verabschieden sie sich, und während Schellendorf den Motor anspringen lässt, ruft er noch über die Schulter zurück: »Eine schöne Empfehlung an die Frau Gemahlin!«

»Danke! Kommen Sie doch auf einen Sprung vorbei!«

»Kaum möglich! Die Zeit ist knapp! Sie wissen ja, wie das immer so ist.«

Der Wagen fährt davon und reißt eine Staubwolke hinter sich auf. Die beiden Mädchen winken noch Herrn Helmbrecht, der ebenfalls seinen Wagen in Bewegung setzt.

Nach zwei Stunden kommt Helmbrecht von dieser Fahrt nach Hause. Er hat die Begegnung bereits vergessen und erst beim Mittagessen fällt es ihm wieder ein, weil er an Regina denkt, die nun bald wieder für immer heimkommen soll. »Denke dir, Sina, wer mir heute begegnet ist. Der Schellendorf. Verwalter war er einmal vor vielen Jahren bei Halmstätt.«

Das Messer in Sinas Hand klingelt an den Teller, so heftig zittert ihre Hand. »So?«, sagt sie kurz und heftet den Blick auf ihren Teller.

»Ja, auf dem Sträßlein nach Bruck. Er mit einem tollen Auto natürlich. Er lässt dich grüßen.«

»Danke«, flüstert sie kaum hörbar.

Zum Glück hat Heinrich Helmbrecht die Gabe, sich den Mahlzeiten mit genießerischer Hingabe zu widmen, so dass ihm Sinas Veränderung gar nicht auffällt. Zwischen eifrigem Kauen spricht er weiter: »Ja, und denke dir, Sina, die ältere von seinen zwei Mädels hat eine verblüffende Ähnlichkeit mit unserer Regina.«

Sina sitzt steil aufgerichtet. An ihren Haarwurzeln stehen kalte Schweißperlen. An ihren Schläfen zeichnen sich harte Schatten, ihr Mund ist starr geschlossen. Sie wartet nur mehr auf den letzten

Schlag, denn mit einem Mal kann sie nichts anderes mehr glauben, als dass ihr Mann die volle Wahrheit weiß und sie die ganzen Jahre lang mit Unwissenheit genarrt hat.

Der Schlag jedoch bleibt aus. Nichts weiß der Mann. Er ist völlig ahnungslos. Ihm fällt nur ihr seltsames Schweigen auf. Er schaut sie an. »Was ist mit dir, Sina?« Er kann sich nicht erinnern, sie jemals so maskenhaft gesehen zu haben. »Ist dir nicht gut?«

»Doch, doch. Nur – es ist so entsetzlich schwül herinnen.« Sie steht auf und öffnet das Fenster. »Darf ich dir noch etwas Apfelwein einschenken?«

»Ja, bitte. Übrigens, dass ich es nicht vergesse: Im Kofferraum liegen noch ein paar junge Hähne. Ich habe sie beim Schneeberger in Bruck erstanden. Sie müssen in die Tiefkühltruhe!«

Es ist vorübergegangen. Sinas Schrecken ist abgeebbt. Dass dieser Schellendorf heute nach Heimatsried gekommen ist, versetzt ihr nur einen leisen Stich. Sie hat ihm nur ein etwas zwiespältiges Andenken bewahrt, weil es nicht gerade heldenhaft war, wie er damals fast über Nacht das Feld räumte, um kurz darauf zu heiraten. Und so hat sie nicht nur schuldbewusst die Erinnerung an ihn unterdrückt, sondern auch sein Bild in die Reihe der Alltagsmenschen eingereiht – mit einer leisen Beschämung über sich selbst, dass sie ihm verfallen war, von dem sie gemeint hatte, dass er ein Ideal, ihr Traummann sei.

So kehrt wieder die ganze Sicherheit, die sie all die Jahre in sich getragen hat, zu ihr zurück. Es ist nur ein flüchtiger Wink aus der Vergangenheit gewesen. Heinrich Helmbrecht lebt weiter in seinem unerschütterlichen Glauben an seine Frau. Zufrieden legt er sich zum Mittagsschläfchen auf das breite Plüschsofa. Sina deckt ihn sorgsam zu und tut heute auch noch ein Übriges, indem sie der Köchin das Geschirrabspülen auf eine weniger laute Weise als sonst empfiehlt.

Regina ist zurückgekommen. Sie ist nun schon siebzehn Jahre alt, und die sieben Jahre Magdaleneninstitut haben eine andere Regina aus ihr gemacht. Allerdings ist das Resultat dieser Erziehung nicht so ausgefallen, wie Sina es erwartet hatte. Regina sieht das Leben nun mit ganz anderen Augen.

Regina ist nicht Dame geworden, sondern ein Mädchen geblieben, das auch heute noch eines Karpfendiebstahls fähig wäre und das einem Leben mit gesunden Grundsätzen freudig und voll innerer Bereitschaft ein lautes Ja entgegenruft.

Nicht, dass die sieben Jahre ganz spurlos an ihr vorübergegangen wären. O nein. Regina spricht fließend Englisch, Französisch und für den Hausgebrauch noch etwas Italienisch. Ihr Klavierspiel reicht über das Mittelmaß hinaus und dabei hat sie sich in Haushalt und Küche Kenntnisse angeeignet, hinter denen die Mutter zurückstehen muss. Das Geld für ihre Erziehung ist also keineswegs umsonst ausgegeben worden.

Und noch etwas haben die sieben Jahre aus Regina gemacht: ein schönes Mädchen. Wenn sie vor ihrer Mutter steht, reicht sie ihr bis zum Haaransatz und Sina ist sicherlich nicht klein. Die Unebenheiten ihres Kindergesichtes sind verwischt. Das Haar, einst in zwei straffen Zöpfen nach hinten gezogen, liegt nun lose um die Schläfen und ringelt sich im Nacken zu herrlichen Locken.

Regina freut sich über das Daheimsein wie ein Kind, dem man etwas Wunderbares geschenkt hat. Am glücklichsten aber ist wohl Dr. Helmbrecht, die Tochter wieder im Hause zu haben. Sie geht ihm fleißig zur Hand, erledigt seine Schreibarbeiten und fährt am liebsten mit ihm über Land. Wenn sie nun auch nicht mehr zwischen den Kühen umherhüpft wie früher, so sagt sie doch noch immer du zu den Bauern und ist nie verlegen, wenn einer von ihnen in grenzenlosem Staunen die erwachsene Schönheit mit jener Derbheit anredet, die nie verletzend wirkt, weil sie aus einem einfachen Herzen kommt.

An einem heißen Nachmittag sagt Regina zu ihrer Mutter, dass sie baden gehen werde. Sina liegt im Garten im Liegestuhl mit dem Roman eines gerade in Mode gekommenen Schriftstellers. Sie hat nichts dagegen, dass Regina zum Schlossweiher gehen will. Sie erschrickt nur über den knappen Bikini, den ihre Tochter »Badeanzug« nennt. »Aber Kind, du wirst doch nicht mit diesem winzigen Stückchen Stoff im Schlossweiher baden wollen?«

»Doch, allerdings!«

»Habt ihr denn im Institut auch so was angehabt?«

»Leider nein, Mama. Dort hatten wir die reinsten Schlafsäcke – am Hals zugeschnürt, weißt du –, ›Brustpanzer‹ haben wir sie genannt.«

Sina legt das Buch aus der Hand und lehnt sich zurück. »Ich muss schon sagen, Kind, ich bin wirklich sprachlos über die Art, wie du dich ausdrückst! Es fehlt nur noch, dass ihr dort auch schon geflirtet habt!«

In Reginas Wangen spielen die Grübchen.

»Nein, das nicht, aber wir haben auf dem Magdalenenhof den Grundsatz eingetrichtert bekommen, immer und in allen Dingen die Wahrheit zu sagen und ehrlich zu sein. Deshalb, Mama, nur deshalb will ich dir verraten, dass wir zuweilen unter uns Mädchen über Dinge geredet haben, die nicht gerade mit dem Lehrplan zu tun hatten.«

Die Art, wie Regina die Dinge beim Namen nennt, diese erwachsene Art, empört Sina.

Doch Regina verspürt keine Lust, jetzt eine längere Predigt über sich ergehen zu lassen. Und dass eine solche in der Luft liegt, zeigt der Umstand, dass die Mutter sich im Liegestuhl kerzengerade aufrichtet und das Kleid über den Knien glättet. »Mein liebes Kind –«

Weiter kommt sie nicht, denn Regina läuft lachend davon.

Als sie gleich darauf auf dem schmalen Feldweg an den Halmstättischen Weizenfeldern entlang zum Schlossweiher geht, sieht sie unten auf der Straße den Wagen ihres Vaters heimwärts fahren. Sie reckt den Arm und winkt mit dem Stückchen Stoff. »Hallo! Servus, Paps!«

Lachend winkt er mit seinem Hut herauf und freut sich über den Anblick der schönen Tochter vor dem blühenden Weizenfeld.

Beglückt rennt Regina weiter und ist froh darüber, dass die Mutter vor lauter Verblüffung gar nicht auf den Gedanken gekommen ist, ihr ihre Begleitung anzubieten. Da sieht man schon den kleinen See in der Mulde liegen. Ein paar Kähne werden langsam über das Wasser getrieben, auf der grünen Strandwiese zeichnen sich eine Anzahl buntscheckiger Flecken ab und in dem abgegrenzten Geviert der Nichtschwimmer tummelt sich eine Kinderschar. Das große Sprungbrett ist leer und verlassen.

Regina nimmt sich eine Kabine, und als sie dann in ihrem ›Stückchen Stoff‹ über die Strandwiese geht, gibt es beinahe einen Aufruhr. Regina hat ausgerechnet jenen Nachmittag erwischt, an dem die Damen von Heimatsried für gewöhnlich ihr Kaffeekränzchen abhalten, bei so heißem Wetter statt dessen aber zum Baden gehen, soweit man das schon Baden nennen kann. Über das Geviert der Nichtschwimmer kommt keine hinaus, bei den meisten wird der korrekte Badeanzug in der oberen Hälfte gar nicht nass. Zumeist liegen die Damen auf der Wiese und sonnen sich.

Da schwebt nun also dieses attraktive Mädchen mitten durch ihre behagliche Runde. Wie elektrisiert reißt es ihnen die Köpfe hoch. Die Regierungsrätin Offner verschluckt sich beinahe an einer Apfelsinenspalte. Der Handarbeitslehrerin Hirner entgleiten einige Maschen von ihrem Strickzeug. »Haben Sie das gesehen?«, flüstert sie der Vermessungsrätin zu.

»Das ist ja eine Schande!«, antwortet diese mit einem Ton der Entrüstung.

»Ich habe nur gesehen, dass es sich um die Regina Helmbrecht handelt«, sagt Frau Landrat Hecht. »Und bei der wundert mich nichts. Wer sollte auch sonst die Schamlosigkeit besitzen, so etwas anzuziehen!?«

»Um den Busen hat sie bloß so eine Art Büstenhalter«, stellt Frau Offner fest und schlägt die Decke, auf der sie sitzt, ein wenig über das Knie, damit man die blauen Krampfadern nicht so sieht.

»Ja, das ist die Jugend von heute«, meint Fräulein Hirner mit einem tiefen Seufzer. »Entsetzlich, entsetzlich!«

Die männlichen Badegäste denken großzügiger. Ihre Meinung geht dahin, dass diese Regina ein verdammt schönes Mädchen geworden ist. Ein wenig stolz vielleicht – na ja, aber schön! Sie gaffen ihr in so offenem Staunen nach, dass Regina die Blicke in ihrem Nacken spürt. Sie kümmert sich aber um nichts, sondern geht hinaus auf das große Sprungbrett und legt sich der Länge nach hin. Braun und schmal liegt sie da, dem Licht der Sonne hingegeben. Nach einer Weile steht sie auf, wippt ein wenig am Rande des Sprungbretts und stürzt sich dann jauchzend in die Tiefe des Wassers.

In den nächsten Tagen schon zeigt es sich, dass die Jugend nicht so zimperlich ist. Als erste trägt Landrats Hermine einen Bikini wie Regina. Allmählich werden es immer mehr und Regina findet bald wieder das alte Verhältnis zu den einstigen Kameradinnen der Volksschulklasse.

Solange das Wetter so schön ist, geht sie nun täglich zum Baden und zerrt den Schwarm der anderen Mädchen mit. Die Folge davon ist, dass sich auch die männliche Jugend einfindet. Regina initiiert ein Wettschwimmen und trägt den ersten Preis davon. Außerdem stellt sie sich die Aufgabe, den Kleinen das Schwimmen beizubringen, und ist überhaupt immer auf der Suche nach etwas Neuem.

Ein neuer Schwung ist in das Badeleben hineingekommen. Der Pächter des Bades kann sich an keinen Sommer mit so einem Geschäft erinnern. Und Regina ist unerschöpflich im Erfinden von neuen Plänen. Eines Tages bespricht sie mit dem

Badeplatzpächter ein Seefest mit Preisschwimmen, Wasserspielen, festlicher Beleuchtung am Abend und Tanz. Die ganze Jugend freut sich darauf.

Man soll sich aber niemals zu früh freuen. Dieses Seefest kommt nämlich nicht zustande. Der Landrat erteilt keine Genehmigung. Und wenn Regina sich damit abgefunden hätte, wäre ein Skandal vermieden worden. Denn auch Hermine, die Tochter des Landrats, ist erbost darüber, weil der Sohn des Baumeisters Lux für dieses Seefest mit ihr etwas ausgemacht hat. Nun sieht sie sich um lang gehegte Hoffnungen betrogen. Aus Zorn darüber berichtet sie Regina, weshalb für dieses Fest keine Genehmigung erteilt wurde. Sie weiß ja so ziemlich alles, weil sie in der Telefonzentrale des Landratsamtes sitzt. Zunächst also habe der Kooperator Fuchs angerufen und schwere sittliche Bedenken über das öffentliche Baden von Männlein und Weiblein geäußert. Durch so ein Fest gebe man dem Unfug erst richtig Aufschwung. Er bitte daher dringendst im Interesse der öffentlichen Ordnung von der Genehmigung eines solchen Sündenfestes absehen zu wollen. Dann äußerte sich auch Frau Landrat Hecht sehr ablehnend zur Sache, und zwar als Vorsteherin des Müttervereins.

Regina hört sich das alles nachdenklich an, ist aber nicht bereit, die Flinte ins Korn zu werfen. Sie fragt Hermine, was man machen könne. Ob denn der Herr Landrat schon die letzte Instanz sei.

Nein, das nicht. Hermine weiß auch hier Bescheid. Die nächsthöhere Instanz ist der Regierungspräsident. Darum schreibt Regina kurz entschlossen einen Brief dorthin und drückt darin ihr Verwundern darüber aus, dass man auf dem flachen Land in einem harmlosen Seefest eine Gefährdung der Sittlichkeit erblickte. Sie bittet daher im Namen der Jugend von Heimatsried um Genehmigung des Seefestes, nachdem die unteren Instanzen sich so ablehnend verhalten.

Sie hat zweifellos den richtigen Ton gefunden. Sie weiß nur noch nichts von den mühsam mahlenden Amtsmühlen. Jedenfalls geht der Brief an den Landrat zurück mit der Bitte um Kenntnis und Stellungnahme.

Der Landrat Hecht ist natürlich verärgert und bestellt den Bezirkstierarzt Heinrich Helmbrecht zu sich. Das lässt sich nicht vermeiden, denn es ist bereits in der Öffentlichkeit bekannt geworden, dass Regina diesen Brief geschrieben hat.

Die Folge davon ist eine erregte Familiendebatte in der Tierarztvilla. Die Partie steht schon von vornherein zu Ungunsten Reginas, nämlich drei zu eins, wenn auch der Vater nicht ganz so offen gegen sie auftritt, weil er mit seinem gesunden Empfinden Verständnis für Regina hat. Dafür hat Sina in Walter eine gute Stütze.

Walter ist seit acht Tagen ebenfalls auf Ferien daheim. Lang aufgeschossen, mit dem ersten Flaum auf den Lippen, das dunkle Haar mit irgendeiner wohlriechenden Pomade nach hinten gelegt, so dass seine hohe Stirn voll zur Geltung kommt, ist er das getreue Ebenbild seiner Mutter. Er steht auch voll und ganz zu ihren Ansichten und bläst in ihr Horn.

Nachdem der erste Sturm etwas abgeebbt ist, fragt die Mutter in einem Tonfall von Güte: »Wie kannst du aber auch bloß auf den Gedanken kommen, diesen Brief zu schreiben? Warst du von allen guten Geistern verlassen?«

»Im Gegenteil. Ich empfand es einfach als Unrecht und dagegen habe ich mich zu wehren versucht«, antwortet Regina.

»Wenn du alle behördlichen Entschlüsse als Unrecht empfindest und dagegen Sturm laufen willst, wirst du es weit bringen im Leben«, sagt jetzt Walter und wischt mit den Fingerspitzen ein Staubfädchen von seinem Rockärmel.

»Was weißt du denn schon vom Leben?«, fragt ihn Regina.

»Jedenfalls mehr als du. Auf alle Fälle weiß ich die Grenzen zu ziehen von meiner Ebene nach unten.«

»Darauf brauchst du dir aber nichts einzubilden.«

»Immerhin wird er weiter kommen mit seinen Grundsätzen als du mit den deinen«, meint die Mutter mit Nachdruck. »Jedenfalls ist es ein starkes Stück, dass ausgerechnet du dich zur Wortführerin machst in einer Angelegenheit, die bereits durch die zuständige Instanz entschieden war.«

»Jawohl, ablehnend entschieden auf Grund von Erwägungen, die an den Haaren herbeigezogen waren. Wo ist denn hier eine sittliche Gefahr? Wo ist denn da ein Rütteln an den moralischen Grundsätzen der menschlichen Ordnung? Die tun geradeso, als hätte ich einen Antrag auf Nacktbaden eingereicht.«

»Bitte, Regina, drücke dich nicht so ordinär aus«, klingt Sinas Stimme durch den Raum. »Es genügt bereits die Aufmachung, in der gebadet wird. Du weißt, ich hatte von Anfang an Bedenken gegen deinen Badeanzug. Heute haben es schon fast alle Mädchen nachgemacht.«

»Dadurch ist aber nur bewiesen, dass das Gesunde und Nützliche als nachahmenswert empfunden wird.«

»Man muss die Grenzen zu wahren wissen«, sagt Walter salbungsvoll.

»Lasst die Nebensächlichkeiten«, nimmt jetzt Dr. Helmbrecht das Wort. »Mir geht es in der Hauptsache darum, dass du ein andermal nicht mehr so voreilig handelst, Regina. Ich gebe zu, dass dein Brief gut gemeint war, aber er hat die Wirkung verfehlt. Ich möchte nicht gerne nochmals wegen so einer Sache vorgeladen werden. Das musst du mir versprechen, Regina.«

»Ja, Papa.«

»Gut, das genügt mir. Und damit beenden wir die Debatte. Ich muss jetzt noch nach Heimbichl wegen einer kranken Kalbin. Kommst du mit, Walter?«

Natürlich fährt Walter mit. Er will die Ferien nicht ungenützt vorübergehen lassen und möglichst viele praktische Erfahrungen sammeln. Damit ist Regina noch einer kleinen Moralpredigt der Mutter ausgeliefert. Aber sie ist plötzlich zu müde, sich gegen eine Sache aufzulehnen, die sie nur als Unrecht empfindet.

Im Übrigen verregnet der für das Seefest geplante Sonntag ganz gründlich. Ein starkes Gewitter geht über der Gegend nieder und zieht einen vierzehntägigen Landregen nach sich, so dass dem Baden von selbst ein Ende gesetzt wird. Wohl kommen auch danach noch eine Reihe herrlicher Tage. Die Weizenfelder tragen den goldenen Ton der letzten Reife, aus den Wiesen steigt der Geruch des frisch gemähten Grummets, aber die Abende sind schon nicht mehr erfüllt von jener lauen Wärme, die bis Mitternacht anhält. Am Morgen dampft der kleine See den Dunst der Kühle aus. In den Gärten beginnen die Äpfel gelb zu leuchten.

Um diese Zeit ist es, dass sich in Reginas Wesen eine Wandlung vollzieht. Sie weiß es am Anfang selbst nicht recht, was diese Sehnsucht nach Ruhe und Stille zu bedeuten hat. Aber wenn sie jetzt, weit draußen auf dem Weiher, unbeweglich im Kahn liegt, den Sonnenstrahlen hingegeben, und alles so still um sie ist, spürt sie in sich ein hauchzartes Singen und Klingen. Als sie es zum ersten Mal fühlt, ist sie erstaunt und erschrocken. Aber dann beginnt sie auf diese fremde Melodie zu horchen, die in ihr klingt. Sie schließt die Augen und lässt sich einwiegen von dem Wundersamen, von dem nur sie allein zu wissen glaubt. Und doch ist es so, dass diese Geheimnisse ihrer aufblühenden Mädchenseele auch anderen sichtbar werden.

»Was ist mit dir los, Regina?«, fragt die Mutter sie eines Tages. »Du bist so still in letzter Zeit.«

Regina gibt auf diese Frage so schnell Antwort, als hätte sie längst darauf gewartet.

»Mir ist manchmal, als hätte sich ein Tor hinter mir geschlossen und ich stände vor etwas Neuem.«

»Das ist auch so«, sagt Sina, »denn wir werden dich in diesem Winter in die Gesellschaft einführen, soweit man in diesem armseligen Nest schon von Gesellschaft sprechen kann.«

Regina bleibt dieser Eröffnung gegenüber vollkommen gleichgültig, obwohl sie weiß, was das zu bedeuten hat. Es ist ihr keineswegs entgangen, dass die Mama einen freundschaftlichen Verkehr mit der Frau Medizinalrat Ott aufgenommen hat. Frau Ott ist Mutter eines Sohnes, der seine juristischen Studien soeben abgeschlossen und seine Tätigkeit als Gerichtsreferendar in einer entfernten Stadt begonnen hat. Man erwartet große Dinge von dem jungen Mann, und Frau Ott lässt gelegentlich durchblicken, dass er vielleicht einmal Amtsrichter von Heimatsried werden könnte.

Vorerst ändert das nichts an Reginas Entwicklung. Sie hängt ihren Träumen nach und weiß auch noch nicht, dass Peter Gigglinger wieder in der Gegend ist.

Ja, Peter Gigglinger ist zurückgekehrt, groß und braun gebrannt, ein fertiger Mann, das kann man wohl sagen! Er ist zur See gefahren, hat fremde Länder gesehen und Erfahrungen gesammelt. Ein geheimnisvoller Zauber umgibt ihn, wie alle Weitgereisten. Er trägt eine kurz geschnittene blaue Jacke und eine Mütze, unter deren Schild eine schwarze Locke vorspringt wie ein kleines Horn.

Als Erster begegnet ihm auf einem kleinen Feldweg Kommissar Pfeifer, der ihn nicht mehr erkennt. Pfeifer steigt vom Rad und tippt mit dem rechten Zeigefinger an seinen Mützenrand. »Na, junger Mann, wo kommen Sie her? Haben Sie Papiere?«

Papiere? Natürlich hat Peter Papiere. Aber er schaut zuerst auf seine Uhr am Handgelenk, als möchte er die erste Kontrolle in Heimatsried auch zeitlich festhalten. Dann langt er nach seiner Brieftasche und zeigt seinen Pass.

Wahrscheinlich hat Pfeifer so etwas noch nie gesehen. Es wimmelt darin von ausländischen Stempeln und Unterschriften. Aber das Wichtigste ist der Name. Schnell hebt Pfeifer den Kopf.

»Der Gigglinger sind Sie? Der Peter Gigglinger? Wahrhaftig, ich hätte Sie nicht mehr erkannt! Die

Jahre haben einen richtigen Mann aus Ihnen gemacht. Soso, der Gigglinger hat also wieder heim gefunden. Na, wie geht's, wie steht's? Was gibt es Neues? Sie waren ja sogar in Afrika, wie ich sehe. Donnerwetter, bis nach Afrika kommt er!«

Peter macht eine wegwerfende Handbewegung, als sei das noch gar nichts.

»Das war gut, damals«, sagt Herr Pfeifer jetzt, »dass Sie durchgebrannt sind, nachdem Sie den Wust halb totgeschlagen hatten. Damals wären Sie eingesperrt worden.«

»Ausgeschlossen«, sagt Peter. »Ich war zu dieser Zeit noch Jugendlicher und außerdem bin ich ja auch nur seiner bedrängten Frau zu Hilfe gekommen. Ich habe gewissermaßen einen Mord verhindert.«

»Hatten Sie denn nicht Angst, dass Sie steckbrieflich verfolgt werden könnten?«

»Nein, denn die Sache war für mich ganz klar. Außerdem – in Afrika einen Steckbrief?« Peter lacht, als finde er diese Idee köstlich. Dabei greift er mit einer großartigen Geste in seine Jacke und spendiert dem Herrn Pfeifer eine jener wundervollen Brasilzigarren, die Pfeifer sich nur zu Weihnachten und Ostern leisten kann. Peter reicht ihm auch Feuer, aber Pfeifer wehrt ab, legt die Brasil vorsichtig unter seine Mütze und sagt, dass er sich diesen Genuss erst am Sonntag gönnen will.

»So was Großartiges will ich nicht an einem simplen Wochentag in die Luft blasen«, sagt er.

Peter lächelt wieder.

»Von diesen Dingern hatte ich eine ganze Kiste voll. Sie wachsen in Mexiko wie hierzulande die Bohnen. An den Brasilianostauden, wenn Sie schon gehört haben?«

Pfeifer sind in Bezug auf Botanik keine großen Kenntnisse gegeben. Von Brasilianostauden hat er jedenfalls noch nie etwas gehört und er weiß nicht recht, ob er das glauben darf, wagt es aber auch nicht, Zweifel anzudeuten. Daher bedankt er sich höflich und besteigt sein Fahrrad. Peter tippt zum Abschied mit drei Fingern an den Mützenrand wie etwa der Kapitän eines großen Handelsdampfers, wenn er an der Reling steht und seine angeheuerten Kohlenschipper nach beendigter Fahrt entlässt. Dann steckt er die Hände in die Hosentaschen, schlendert weiter und pfeift ein Lied von einer kleinen Möwe vor sich hin, die immer wieder nach Helgoland fliegt.

Ja, so ist er, dieser Peter Gigglinger. Eine diebische Freude liegt auf seinem Gesicht, weil es ihm gelungen war, dem Kommissar den Bären von den Brasilianostauden aufzubinden. Peter spinnt sein Seemannsgarn mit Virtuosität. Seine Aufschneidereien sind völlig frei von der Absicht, mit ihnen Unheil zu stiften, er jongliert mit seinen Einfällen, vermischt ein Fünkchen Wahrheit mit einem Korb voll Dichtung, hört sich seine Märchen selber gerne an und empfindet kindhafte Freude, wenn er die Gemüter seiner Zuhörer damit verwirrt und sehnsüchtig macht.

Einem Rudel Burschen, die er noch von der Schule her kennt, erzählt er – da sie ihm gegenüber mit ihren Erfahrungen ein wenig großtun –: »Auf Borneo hat mich ein Mädchen geküsst, das war eine Sache! Zuerst ein Mal, dann viele Male. Und bei jedem Kuss ist es so gewesen, als hauche sie die ewige Seligkeit in mich hinein.«

»Ist sie schön gewesen?«, will der Seiler Pepi wissen.

»Schön? Es gibt keinen Ausdruck dafür. Sie war braun und schmal und ihre Haut hat wie geschnitztes Birnbaumholz im Kerzenglanz geschimmert. Wenn sie dahergeschritten ist, haben sich die Zweige der Palmen vor ihr verneigt. Auf der Stirn hat sie ein kleines karminrotes Mal gehabt.«

Die Burschen halten den Atem an und ihre Augen glänzen.

»War sie nackt?«, flüstert der Schmied Simon atemlos.

»Natürlich nicht! Ihr Vater war ein englischer Korvettenkapitän und ihre Mutter eine malaiische Fürstin. Sie hat kein Kleid getragen, nur einen Umhang aus himmelblauer Seide. Man hat einiges sehen können.«

»Und wie hat sie geheißen?«

»Einmal ist sie mit dem Fuß auf einen Dorn getreten. Ihr Blut war ganz hellrot und hat wie Südwein geschmeckt. Ich hab es mit den Lippen aufgesaugt. Ach so, wie sie geheißen hat? Dhaliva. Jawohl, Dhaliva hat sie geheißen.«

Der Seiler Pepi will nur noch wissen, ob sie vielleicht so schön gewesen sei wie die Helmbrecht Regina.

»Das weiß ich nicht«, antwortet Peter. »Ist die Regina denn schön? Ich hab sie noch nicht gesehen. Aber ich will euch gern bei Gelegenheit mein fachmännisches Urteil abgeben. Und was erst die Mädchen auf Hawaii betrifft – ich könnte euch Wunder erzählen, wenn ich davon reden möchte. Aber auf Hawaii sind es keine Mädchen, sondern Elfen.«

»Dann kann man sie nicht küssen?«, fragt der Schreiner Viktor.

»Aber selbstverständlich! Ich muss euch aber

sagen: Ihre Liebe macht nicht glücklich, sondern tieftraurig. Und das kommt daher, weil sie nicht nur das Herz des Mannes begehren, sondern auch seine Seele.«

All diese Dinge werden keineswegs unter dem Siegel der Verschwiegenheit erzählt. Sie werden weitergegeben unter den jungen Menschen. Die Mädchen vom Landratsamt erzählen sich einen ganzen Vormittag lang von Dhaliva und suchen auf der großen Landkarte Borneo und Hawaii. Nein, was doch dieser Gigglinger für ein Kerl ist! Ein Zauber umgibt ihn und die Mädchen werfen ihm feurige Blicke zu.

Da begegnet ihm an einem Sonntagnachmittag die Eva Wust in einem hellen Kleid, ein weißes Zwergasterl im schwarzen Haar. Sie begegnet ihm wie ganz zufällig dort, wo sich sonst Liebespärchen zu treffen pflegen: am Wäldchen südlich von Heimatsried, wo sich die Moorwiesen dehnen.

»Ach«, sagt sie, mit einem Leuchten in den Augen. »Hier trifft man dich!« Sie bleibt stehen und streicht sich eine Haarsträhne hinters Ohr.

»Ja, hier triffst du mich«, sagt Peter.

»Das schickt sich gut«, meint sie. »Ich habe dir nämlich zu danken.«

»Nanu?«

»Ja, denke dir nur: Unser Vater hat sich seit damals nicht wieder betrunken. Er ist ein friedfertiger Mensch und guter Bauer geworden.«

»So? Das freut mich.«

»Wenn man bedenkt, dass du damals noch ein Knabe warst ...«

»Ja, heute würde ich ihn zwischen meinen Händen erdrücken.«

»Ich sehe es. Du bist stark geworden. Willst du –

ich meine – wollen wir uns nicht ein wenig setzen?«

Er findet, dass man sich ungeniert setzen könne.

»Ja, wirklich, Peter, du bist groß geworden und stark. Heute würde der Vater vielleicht nicht mehr so glimpflich davonkommen.«

»Wahrscheinlich nicht. Auf Java hab ich einmal drei Fellhändler niedergeschlagen, als sie über ein Mädchen herfallen wollten.«

»Über Dhaliva vielleicht?«

»Über wen? Dhaliva? Ach so! Nein, die hat ja auf Borneo gelebt. Aber was die Fellhändler betraf –« Er schaut auf die Uhr.

»Kommst du nicht einmal vorbei bei uns?«, fragt sie.

»Vielleicht finde ich Zeit dazu, ehe ich wieder abreise.«

»Ach, du willst schon wieder fort?«

»Natürlich, ich habe es dem Kapitän versprochen.«

Eva seufzt, sie schaut ihn dabei sonderbar an und er hätte sie küssen können. Aber er unterlässt es, nicht weil er es aus grundsätzlichen Erwägungen nicht will, sondern weil er einfach den Mut dazu nicht findet. Dieser Mut wächst ihm auch nicht zu, als sich Eva mit einem bezaubernden Lächeln ins Gras zurückgleiten lässt. Nein, er nimmt einen Grashalm spielerisch in den Mund und erzählt ihr dann von einer schimmernden Grotte auf Capri und macht das Mädchen Eva nur noch sehnsüchtiger.

Was seine Abreise betrifft, so hat es damit schon seine Richtigkeit. Im späten Herbst wird er wieder zur See fahren. Zuweilen denkt er zwar, er habe da ein voreiliges Versprechen gegeben, denn es gefällt ihm ausnehmend gut zu Hause. Er schläft im Karren am Rande des Waldes und hat keine Sorgen. Vom Ruf der Vögel wird er wach, und wenn das letzte Licht zwischen den Bäumen erlischt, legt er sich schlafen. Im Gasthaus »Lamm« nimmt er seine Mahlzeiten ein und es ist zu sehen, dass er über einiges Geld verfügt.

Er trägt sich sogar mit Plänen, die ihn bis in seine Träume verfolgen. Es wäre nach seiner Ansicht gar nicht so unpassend, wenn er einige von den sauren Moorwiesen erwerben könnte. Sie gehören der Gemeinde und bringen keinerlei Nutzen. Die Bauern mähen für ein paar Pfennige Entgelt die Streu, und wenn ein nasses Jahr ist, kann nicht einmal das geschehen. Man könnte etwas machen daraus, ein Feld vielleicht, um Weizen anzubauen. Jawohl, der Gedanke an Sesshaftigkeit spukt dem Peter Gigglinger im Kopf herum. Er kann sich nur nicht zu einem endgültigen Entschluss durchringen, weil es so wunderbar ist, in den Tag hineinzuleben, in diesen milden, goldschönen Spätsommerwochen.

Da trifft er eines Tages Regina Helmbrecht.

Sie begegnen sich auf der Weiherwiese.

Zuerst gehen sie aneinander vorüber – wie zwei Fremde, die erst im flüchtigen Ineinanderfinden der Augen von der jähen Erkenntnis durchzuckt werden, dass etwas Vertrautes aus der Vergangenheit sie anspricht.

»Moment mal«, sagt Peter und dreht sich auf dem Absatz herum. »Bist du – Verzeihung! –, sind Sie nicht Regina?«

»Doch, ich bin's. Und du – bist Peter.«

Peter Gigglinger nimmt die Mütze ab. Seine Augen wandern über ihr Gesicht hin. Dann reicht er ihr die Hand, in die sie ohne Zögern die ihre legt.

»Ich bin schon einige Wochen hier, und – heute sehe ich dich erst.«

»Dafür habe ich schon um so mehr von dir gehört«, sagt sie und lächelt.

Eine kleine Röte huscht über sein Gesicht. Er lässt ihre Hand los und schaut auf die Uhr. Aber selbst diese Geste erscheint ihm in diesem Augenblick lächerlich.

In dieser Stunde zwischen Abendrot und Dämmerung erkennt der ruhelose Peter Gigglinger, dass sich das Bild dieses Mädchens über all die Jahre hinweg rein und makellos in seinem Herzen erhalten hat. Er sieht nicht die junge Dame, die vor ihm steht, sondern das Kind, das Mädchen Regina, die tapfere Gefährtin auf dem armseligen Weg seiner Kindheit. Sie hat mit ihm aus Lehm kleine Häuschen gebaut, sie hat mit ihm Krähennester ausgehoben und Karpfen gestohlen. Diese Regina, das weiß er plötzlich, hat er über die ganze Zeit hinweg tief in seinem Herzen geliebt. Das wird ihm in diesem Augenblick schlagartig klar. Ein Riedvogel ruft und der Mond schiebt sich schon lautlos aus den Wolken.

Es kommt, wie es kommen muss. Peter und Regina verlieben sich ineinander. Sie tragen ihre Stirnen hoch und frei im Bewusstsein, dass sie mit etwas Einmaligem beschenkt werden, und sie werden nicht müde, einander zu erzählen, was ihr Leben bewegt hat, seit sie sich nicht mehr gesehen haben.

Jetzt weiß Regina auch mit untrüglicher Sicherheit, dass ihre innere Unruhe nichts anderes war als die Vorahnung auf die Liebe, die sie nahen gefühlt hatte.

Noch eins fühlte Regina sogleich, nämlich dass Peter noch nie vor ihr ein Mädchen geküsst hat. Aber sie trägt dieses Wissen beglückt für sich allein und zerstört mit keinem unbedachten Wort den Zauber seiner Erzählungen von der wunderschönen Dhaliva und lässt ihm auch die Fabel von seinem Elfenmädchen auf Hawaii.

Regina lächelt nachsichtig über seine Prahlsucht. Sie weiß, dass diese Märchen zu seinem Wesen gehören, dass dieser Nimbus, mit dem er sich selbst umgibt, ihm eine Kraft verleiht, die gewisse Minderwertigkeitsgefühle überbrückt. Es ist eben so, dass sie auch seine Schwächen liebt. Im Grunde genommen ist er ein junger Mensch voll Tatendrang und großer Pläne. Es gehört nur ein Kamerad zu ihm, der ihn bestärkt in seinen Plänen, damit er sie nicht am nächsten Tag schon wieder über den Haufen wirft, um einen anderen aufzugreifen. Ein Kamerad, der ihm das Rückgrat steift, der ihn auf unaufdringliche Art leitet und lenkt. Und dieser Kamerad will Regina ihm sein.

Sie lässt sich erklären, wie er sich das mit den Moorwiesen denkt. Und als sie über jede Einzelheit Bescheid weiß, kommt sie zu ihm auf die Lichtung, wo sein Karren steht, und schreibt für ihn ein Gesuch an die Gemeinde. Er braucht bloß seinen Namen darunterzusetzen.

»Ja«, sagt Peter, als er tief durchatmend den Federhalter beiseite legt. »Das wäre also nun der Anfang. Und nun wäre wohl auch daran zu denken, sich statt des Wohnwagens hier ein festes Haus zu zimmern mit grünen Fensterläden und dergleichen.«

»Es müsste fürs Erste nicht groß sein«, erwidert Regina und überschlägt in Gedanken schnell Ausmaß und Höhe der Räume. »Später könnte man ja anbauen.«

»Vorerst, liebe Regina, reicht mein Kapital nur für den Erwerb der Moorwiesen und vielleicht für einiges Bauholz. Jedenfalls komme ich nicht darum herum, dass ich noch einmal auf ein paar Jahre fortgehe. Du glaubst doch nicht, dass ich dich vergessen werde, Regina?«

»Nein, das weiß ich genau. Du wirst mich so wenig vergessen wie ich dich. Wirst du lange ausbleiben, Peter?«

»Zwei Jahre.«

»Dann werden es sicherlich drei. Wenn man in der Welt herumfährt, kann man das nie genau sagen, wann man heimkommt. Aber bis dahin bin ich volljährig. Ich glaube, dass dies wichtig sein wird, wenn es zum großen Krach kommt, denn ich kann mir vorstellen, dass meine Mutter aus allen Wolken fallen wird.«

»Ich weiß, sie hat uns schon einmal auseinandergerissen. Hast du denn nicht Angst davor?«

Sie schüttelt den Kopf. » Eine Liebe, hinter der die Angst steckt, zerbricht schon im ersten Sturm.«

»Ach, Regina, was bist du doch für ein wunderbarer Mensch!«

»Ich möchte deiner würdig sein, Peter.«

»Meiner würdig? Das sollst du nicht sagen, Regina. Was bin ich denn? Ein Kerl mit leeren Händen und einem Kopf voller Plänen.«

»Das Herz nicht vergessen, Peter! Sieh, Peter, ich liebe dich so, wie du bist. Ich möchte dich gar nicht anders haben. Und unser Leben wird einmal so sein, wie wir es anpacken und aufbauen. Wir werden mit allen Widerwärtigkeiten fertig werden, wenn wir nur wollen. Wir dürfen nie feige sein und uns nicht überwältigen lassen.«

»Feige bin ich nie gewesen, Regina.«

»Das weiß ich, ich könnte dich sonst auch nicht lieben.«

Und so gehen die Tage dahin. Im Gemeinderat wird über den Antrag des Gigglinger entschieden, und zwar zu seinen Gunsten, weil sein Angebot nicht schlecht ist. Mit den Moorwiesen hat man sowieso nichts als Ärger. Als das Grundstück vermessen ist, umzäunt es Peter mit einem Drahtgeflecht, und damit ist die erste Etappe seines zukünftigen Planes abgeschlossen. Unterdessen kommt der Tag seiner Abreise heran. Es ist bereits später Herbst. Peter sperrt den Karren ab und gibt Regina das Schlüsselchen.

»Nimm du den Schlüssel zu dir«, sagt er. »Ich könnte ihn vielleicht verlieren.«

Dann gehen sie langsam, sich an den Händen haltend, durch den Wald, bis zu der Stelle, wo er sich lichtet. Ihre Füße versinken bis zu den Knöcheln im purpurnen Teppich des gefallenen Laubes.

»Ja, also, dann gehe ich jetzt«, sagt Peter schon zum dritten Mal, lässt aber Reginas Hand immer noch nicht los. Er ist von einem wunderlichen, zwiespältigen Gefühl beherrscht. Die Ferne lockt ihn unwiderstehlich, aber Regina macht ihm das Fortgehen schwer, obwohl sie sehr tapfer ist und nicht weint.

»Ja, Peter, es hat alles keinen Sinn«, sagt sie endlich entschlossen. »Es muss sein. Leb wohl, Peter, und – vergiss nie, dass ich auf dich warten werde, was auch kommen mag. Denk auch du in allem, was du tust, an unser Ziel und verliere dich nicht in Kleinigkeiten da draußen! Das wäre alles, was ich dir noch zu sagen habe. Und vergiss nicht: Alle Monate ein Brief, postlagernd.«

Peter nickt. Sprechen kann er in diesem Augenblick nichts. Seine Augen brennen, aber er jagt die Tränen gewaltsam zurück. Soll er weniger tapfer sein als sie?

Dann umarmt ihn Regina noch einmal, bevor sie sich abwendet und mit stolzen Schritten davongeht. Erst nach einer langen Weile wendet sie sich um. Da steht er noch immer am selben Platz. Er hebt nun die Hand und winkt.

Über die Moorwiesen flattern ein paar Wildenten. Die weißen Birken wiegen sich leicht im Wind und ganz von fern her kommt der Klang der Mittagsglocke.

Schnell sucht Regina den Heimweg. Sie dreht sich nicht mehr um.

5

Das Geheimnis dieser Liebe bleibt über die nächsten Monate bewahrt, und als das Jahr zu Ende geht, weiß immer noch niemand davon. Peter schreibt, wie er es versprochen hat, alle Monate einen postlagernden Brief, und selbst die Gefahr, dass der Schalterbeamte vielleicht das Postgeheimnis vergessen und schwatzen sollte, weiß Regina zu bannen, indem sie ihn mit den bunten ausländischen Marken beschenkt. Sie erkauft sozusagen das Schweigen des Mannes mit einem kleinen Vermögen, denn diese seltenen Marken stellen für den Sammler einen ganz schönen Wert dar.

Sina hat die Zeit nicht ungenutzt vorübergehen

lassen. Sie hat es verstanden, den jungen Ott und Regina während seines Weihnachtsurlaubes zusammenzubringen. Der zielbewusste, energische Gerichtsreferendar Helmut Ott ist sofort Feuer und Flamme für das Mädchen Regina, das ihm von den zwei Müttern wie auf dem Präsentierteller serviert wird. Es schmeichelt ihm, dass er sie zum Silvesterball führen darf. Sie tanzen zusammen, trinken Wein, und Regina lässt sich von ihm zu gegebener Zeit nach Hause bringen. Vor der Haustür reicht sie ihm die Hand. »Es war ein schöner Abend, ich danke dir, Helmut. Und nun komm gut heim!«

»Na, na«, sagt er ein wenig verblüfft. »So schnell geht es ja nun nicht. Wir müssen die Sache doch einmal ausreden.«

»Welche Sache?«

»Na, erlaube mal, Regina. Es kann dir doch nicht verborgen gelieben sein, dass meine Mutter und deine Mutter sich darüber geeinigt haben, dass wir zwei –«

»Du meine Güte«, lacht sie klingend. »Was Mütter beschließen, kann doch für uns nicht maßgebend sein!«

»In diesem Fall vielleicht doch, denn ich liebe dich. Das musst du doch längst gefühlt haben«, sagt Helmut hilflos.

Regina schlägt den Mantelkragen hoch, weil der Wind so kalt um die Ecke weht. Dann spricht sie an seinem Gesicht vorbei: »Ich will dir einmal etwas sagen, Helmut. Es hat keinen Sinn. Vielleicht habe ich den Fehler begangen, dass ich dir das nicht gleich am Anfang gesagt habe. Es täte mir aufrichtig Leid, wenn du dich falschen Hoffnungen hingegeben hättest.«

Sie sieht, wie es in seinem Gesicht zuckt und ein Schrecken in seinen Augen steht. Da sagt sie in ehrlichem Mitgefühl: »Nimm es nicht schwer, Helmut! Du in deiner Position findest mühelos zehn andere. Ich musste dir's sagen, denn ich kann dich doch nicht belügen.«

»Deine Mutter gab mir zu verstehen –«

»Bitte, Helmut, hier geht es doch um mich und nicht um meine Mutter.«

»Tja, wenn das so ist«, meint er leise mit dem Blick zum Boden und stochert mit der Schuhspitze im Schnee herum. Dann hebt er die Augen. »Du liebst einen andern?«

»Es ist zwar ein Geheimnis. Bis jetzt weiß niemand etwas davon.«

»Kenne ich ihn?«

»Ich glaube, kaum.«

»Dann hat es also wirklich keinen Wert?«

»Nein, Helmut. Es tut mir Leid, aber es ist nun einmal so.«

»Und was soll ich meiner Mutter sagen?«

In diesem Augenblick, bei dieser Frage, schwindet das Mitleid mit ihm. Aber das Lachen verkneift sie sich doch. »Wenn du zur Wahrheit nicht den Mut findest, so sage meinetwegen, dass ich bereits einen anderen liebe. Du kannst mir damit zwar Unannehmlichkeiten bereiten, aber ändern wird es an der Sache nichts.«

»Ich werde natürlich nicht davon sprechen«, meint er nach einer langen Pause. »Das Einzige, was ich tun kann, wird sein, dass ich sehr lange nicht mehr nach Heimatsried komme. Mit der Zeit wird sicher alles wieder zur Ruhe kommen in mir.«

»Ja, sicher«, meint sie und will ihm die Hand geben, aber da dreht er sich mit einem Ruck um und geht davon. Im Schneelicht sieht sie noch kurze Zeit seine breite Gestalt entlang der Rathausmauer dahinstolpern, dann biegt er um die Ecke. Noch ein paar knirschende Schritte im Schnee, dann wird es still.

Während Regina wenig später sich in ihrem Zimmer auszieht, denkt sie darüber nach, dass heute eigentlich etwas Schwerwiegendes in ihrem Leben geschehen ist. Helmut Ott ist der Inbegriff eines gesicherten, sorglosen Lebens. Mit beiden Händen würden andere Mädchen nach so einer Partie greifen. Und sie hat keinen Zweifel, dass er sie wirklich liebt. Aber er ist eben kein Peter.

»Peter!«, flüstert sie vor sich hin. Wo mag er in dieser Nacht wohl sein? Ob er fühlt, dass heute die Versuchung an sie herangetreten ist? Ob er überhaupt jemals begreifen wird, wie sehr sie ihn liebt?

Der Sommer zieht mit vielen Gewittern über das Land, ohne dass irgendetwas Bedeutendes geschähe. Die drei im Tierarzthaus leben in einer friedsamen Gemeinschaft, nichts Aufregendes stört ihre Tage. Das ändert sich erst, als Walter nach Hause kommt, um beim Vater zu praktizieren.

Früher hat Dr. Helmbrecht es sich immer herrlich vorgestellt, gemeinsam mit dem Sohn die weit ausgedehnte Praxis auszuüben. Bald aber muss er erkennen, dass es sich recht schwer arbeitet mit dem jungen bis zum Platzen mit Wissenschaft vollgestopften Sohn. Ihre Meinungen prallen oft hart aufeinander. Zu seinem größten Leidwesen hat Helmbrecht nun auch den alten Wagen hergeben müssen, weil er vor Altersschwäche nicht mehr fahren konnte. Statt seiner steht jetzt ein großer schwarz lackierter Opel in der Garage. Notgedrungen ist Dr. Helmbrecht nun auf den Sohn angewiesen, wenn er über Land muss, denn um den neumodischen Wagen selbst zu steuern, dazu fühlt er sich zu alt.

Walter Helmbrecht ist bereits verlobt. Zuweilen besucht ihn seine Braut, ein großes ungemein stolzes Mädchen mit rot geschminkten Lippen und langen seidigen Wimpern, unter denen sie meist gelangweilt auf die Menschen hervorblickt. Sina findet sie in Ordnung und bemüht sich dauernd, sie Regina als Beispiel hinzustellen. Nur Heinrich Helmbrecht wird nicht recht warm mit ihr, obwohl sich Lydia rechtschaffen Mühe gibt, sich in sein Herz zu schmeicheln.

Eines Sonntags sitzt die Familie im Garten beim Nachmittagskaffee, nur Walter ist nicht dabei. Am Abend vorher war seine Braut gekommen und nun hat er mit ihr eine Fahrt ins Blaue unternommen, nur auf ein paar Stunden, wie er sagte. Sie wollten zum Kaffee zurück sein.

Eine behagliche Stimmung ist unter den Bäumen. Das Gebrumm der Bienen hängt in der Luft, und manchmal bewegt ein linder Hauch die Blätter zu leisem Rauschen. Regina hat sich nach dem Kaffeetrinken den Liegestuhl herausgetragen, macht sich's bequem, indem sie die Füße hochzieht, sich vom Tisch nachträglich noch ein Stück Kuchen heruntergeangelt und mit vollen Backen kaut. Der Vater schaut träumend den blauen Wölkchen nach, die aus seiner Pfeife aufsteigen und langsam zwischen den Blättern davonziehen, und Sina ist in eine Modezeitschrift vertieft. Ein besonders hübsches Kleid findet dabei ihren Gefallen und sie will es Regina zeigen.

»Schau einmal her, Regina, dieses Kleid – aber wie sitzt denn du wieder da?«

»Ja, wie denn?«

»Flegelhaft bis dorthinaus! Da lachst du auch noch, Heinrich?«

»Aber ich bitte dich, Sina, wir sind doch unter uns!«

»Das ist keine Entschuldigung. Lydia würde so etwas nicht tun.«

»Natürlich, Lydia nicht«, entgegnet Helmbrecht lachend. »Tu also deine Füße herunter, Regina, und siehe zu, dass du deiner zukünftigen Schwägerin nachkommst!«

»Höchste Zeit wäre es«, seufzt Sina. »Lydia mag in mancher Hinsicht vielleicht ein wenig exzentrisch sein, aber trotz allem benimmt sie sich immer wie eine Dame.«

Heinrich Helmbrecht lächelt behaglich. »Ich will mit dir nicht streiten, liebe Sina!«

»Ich weiß«, entgegnet Sina heftig. »Lydia entspricht nicht deinem Geschmack.«

»Da hast du Recht«, nickt Helmbrecht und klopft seine Pfeife aus. »Ich an Walters Stelle hätte mir eine andere gesucht.«

»Sooo?«

»Natürlich, das solltest du doch wissen, sonst wäre ja meine Wahl nicht auf dich gefallen. Aber streiten wir nicht darum. Es ist seine Sache. Er ist ja sonst auch so furchtbar gescheit, der junge Herr Doktor. Jedenfalls, das steht fest, bei Regina werde ich die Augen ein wenig besser offen halten. Am besten wird es sein, ich suche ihr selber den Mann aus, der mir für ihre Art geeignet erscheint.«

Regina hat sich bis jetzt an dem Gespräch nicht

beteiligt. Die letzten Worte des Vaters aber haben etwas in ihr angerührt, das ihre Gedanken durcheinanderwirbelt.

Doch da sagt Sina schon: »Wenn du nur nicht zu spät kommst damit, Heinrich.«

Dr. Helmbrecht schaut verblüfft auf. »Wirklich, Regina?«

Regina spürt, wie ihre Ader am Hals heftig schlägt und wie eine Blutwelle ihr das Gesicht rötet. »Ich weiß nicht, was Mama meint.«

Nun lächelt auch Sina, findet Reginas Erröten ganz in Ordnung und freut sich an der Verblüffung ihres Ehegatten. »Übrigens ist Helmut Ott ab Mai wieder avanciert. Er ist jetzt schon – was ist er denn jetzt gleich? Ich weiß nicht, warum in letzter Zeit mein Gedächtnis so nachlässt. Frau Ott hat es mir erst gestern erzählt. Aber du musst es doch wissen, Regina. Oder war der Brief nicht von ihm, den du neulich so schnell vor mir versteckt hast?«

Regina ist zumute, als sei sie mutterseelenallein mitten im Meer und eine riesenhafte Welle stürze sich auf sie. Zum Glück wird sie einer Antwort enthoben, denn das Telefon klingelt und der Vater eilt ins Haus. Diese Gelegenheit nutzt Regina und verschwindet ebenfalls.

Für heute kann sie sich diesem Thema entziehen.

Nach kurzer Zeit kommt Heinrich Helmbrecht missgestimmt zurück. »Natürlich, da hat man's wieder. Der Herr Sohn fährt zum Vergnügen in der Weltgeschichte herum und die Praxis kann ihm gestohlen bleiben.«

»Ärgere dich doch nicht schon wieder, Heinrich! Vielleicht kommt er bald zurück.«

»Er sollte schon längst zurück sein. Aber ich habe dem Eggstätter bereits gesagt, er soll seiner Kalbin ausrichten, sie möchte sich mit dem Kalben noch etwas gedulden«, antwortet Helmbrecht ironisch und beginnt nervös auf und ab zu gehen. »Ich werde es überhaupt so einrichten, dass ich in jedem Stall einen Terminkalender anbringen lasse, an welchem Tag und zu welcher Stunde die Kühe krank zu werden haben.«

Sina ist klug genug, nicht zu antworten. Aber dieses unruhige Herumrennen macht sie schließlich ganz nervös. Sie versucht ihn zu beruhigen: »Ich bitte dich, Heinrich, setz dich, und habe etwas Geduld! Walter muss doch alle Augenblicke zurückkommen.«

Er versucht es, springt jedoch nach kurzem schon wieder auf. »Das ist ja zum Verrücktwerden. Bitte, widersprich mir nicht! Du kennst doch meine Auffassung in solchen Dingen. Kein Bauer ruft den Tierarzt, wenn es nicht unbedingt sein muss. Meist ist es dann immer schon höchste Zeit. Also bitte! Und ich sitze da und bin auf die Gnade meines Herrn Sohnes angewiesen. Aber das muss anders werden. Ich werde mit Reginas Rad fahren.«

»Hoffentlich ist Luft drin«, meint Sina leise, als wüsste sie bereits, dass dies nicht der Fall ist. Sie steht nun doch auf und hilft ihm die Sachen zu packen.

Regina hat von der hinteren Gartenecke aus alles mit angehört. Bis der Vater aus dem Haus kommt, hat sie bereits das Rad aufgepumpt und öffnet ihm das Gartentürchen.

»Auf dich kann man sich wenigstens noch verlassen«, sagt Helmbrecht und streicht ihr über das Haar.

»Fahr nicht wieder so schnell, Papa!«, ruft sie

hinter ihm her und sieht ihm eine Weile nach. Dann schließt sie das Gartentürchen und will verschwinden, aber die Mutter richtet das Wort an sie.

»Papa ist manchmal unausstehlich«, sagt sie. »Wenn es nach ihm ginge, dürfte Walter überhaupt keine freie Stunde haben.«

»Er meint es nicht so, Mama. Wirst sehen, wenn er zurückkommt, hat er alles wieder vergessen.«

Aber nach ein paar Stunden kommt Heinrich Helmbrecht zurück und der Sohn ist immer noch nicht da. »Da hätte ich warten können«, sagt er grimmig.

Frau Sina ist nie verlegen, wenn sie ihren Sohn verteidigen soll. Deshalb sagt sie schnell: »Er wird sicher eine Panne gehabt haben.«

»Panne hin, Panne her. Ich werde ihm heute noch was pfeifen!«

Damit geht er ins Haus, nimmt ein Bad und tritt eine halbe Stunde später fertig zur Jagd angezogen in die Tür. In diesem Augenblick fährt Walter vor. Frau Sina springt schnell und öffnet das Tor. »Bitte, Walter, halt dich zurück! Papa ist sehr schlechter Stimmung.«

Walter fährt bis zur Garage, öffnet den Schlag und reicht Lydia die Hand zum Aussteigen. Dann erst wendet er sich an den Vater. »Du musst entschuldigen, Papa. Wir hatten scheußliches Pech. Auf irgendeine Weise muss Wasser in den Vergaser gekommen sein. Es würde mir sehr Leid tun, wenn meine Verspätung etwa –«

Heinrich Helmbrecht winkt mit der Hand ab. »Strapaziere dich nicht! Und entschuldigen muss ich gar nichts. Aber morgen werde ich mir wieder ein altes gebrauchtes Auto zulegen, mit dem auch ich noch fahren kann.«

»Aber wenn er doch sagt, dass mit dem Vergaser etwas war«, zwitschert Sina eilfertig drein.

Helmbrecht schaut sie an wie ein kleines Kind, das etwas Unvernünftiges nachplappert. Dann greift er an die Tasche seiner Lodenjacke, ob er die Patronen nicht vergessen habe, nimmt die Doppelbüchse und will gehen. Sein Zorn ist bereits wieder verraucht, er will nicht streiten.

Da sagt Lydia in ihrer schnippischen Art: »Ich habe nicht gewusst, Walter, dass du so unter Kuratel stehst.«

Helmbrecht wendet sich rasch um. »Wer steht unter Kuratel? Kümmern Sie sich nicht um solche Sachen, mein Fräulein. Ich weiß wohl am besten, wie ich mit meinem Sohn zu reden habe.«

»Papa, ich verbitte mir diesen Ton meiner Braut gegenüber!«

Helmbrecht kneift die Augen zusammen. An seinen Schläfen treten die Adern hervor. »Gib dir keine Mühe, mich auf meine alten Tage belehren zu wollen, welchen Ton ich anzuschlagen habe!« Seine Hand umfasst die Stahlläufe der Doppelbüchse so hart, dass die Knöchel seiner Faust weiß hervortreten. »Ich gebe dir den guten Rat: Treib die Dinge nicht auf die Spitze! Wenn du meinst, ich hätte nur aus Gutwilligkeit zu deinen sonstigen Anmaßungen geschwiegen, so irrst du dich gewaltig, wenn du glaubst, es müsste bis in alle Ewigkeit so bleiben. Alles hat seine Grenzen und ich kann, wenn es sein muss, recht ungemütlich werden. Das bitte ich zu bedenken.« Damit dreht er sich brüsk um und geht davon.

Walter will ihm etwas nachrufen, aber da legt Lydia ihre Hand auf seine. »Beherrsche dich, Walter!« Dann entnimmt sie ihrem Silberetui eine

Zigarette. »So viel steht jedenfalls fest, dass ich erst dann wiederkomme, wenn dein Vater sich entschuldigt hat.«

»Natürlich muss er das tun«, stimmt Sina in einer unerklärlichen Bereitschaft bei.

Regina ärgert sich maßlos über die Mutter. Untergräbt sie denn damit nicht Vaters Autorität? Oder glaubt sie im Ernst, dass Vater sich jemals so weit demütigen wird? Kennt sie denn den Mann, mit dem sie nun schon ein halbes Menschenalter zusammenlebt, so schlecht? Sie schaut auf Lydia, die genießerisch den Rauch ihrer Zigarette ausstößt, und hätte ihr in diesem Augenblick eine schallende Ohrfeige geben mögen.

Lydia besteht darauf, dass Walter sie zur Bahn bringt. Sina nimmt sich vor, noch an diesem Abend die Angelegenheit mit ihrem Mann zu besprechen. Aber sie kann ihn nicht erwarten. Die Dunkelheit ist längst über das Land gefallen. Schließlich dauert es ihr zu lange und in der weißen Villa verlöschen die Lichter.

Am nächsten Morgen hat Helmbrecht den Vorfall tatsächlich schon vergessen. Regina ist überrascht, als der Vater in strahlender Laune die Terrasse betritt, auf der sie den Kaffeetisch gedeckt hat.

»Guten Morgen, Mädel! Gut geschlafen?« Er gibt ihr einen schmatzenden Kuss auf die Wange.

»Danke, Papa, ausgezeichnet wie immer!« Sie wischt ein Fleckchen eingetrockneter Seife von seinem Ohrläppchen fort, das vom Rasieren zurück geblieben ist. »Hast du dich gestern sehr geärgert über Walter und sein Fräulein Braut, Papa?«

»Ich? Wieso? Ach, über den kleinen Streit

meinst du? Das hab ich schon wieder vergessen. Ich hab gestern einen herrlichen Sechserbock geschossen, der wiegt zehn solcher Lappalien auf. Danke, Mädel, nicht so viel Milch, am besten ganz schwarz. Habe mich da gestern im ›Lamm‹ noch zu einigen Flaschen Wein verleiten lassen. Der Metzgermeister Hopf hat Geburtstag gefeiert, den fünfzigsten. Der Wein hat mir großartig geschmeckt! Haben dir die Ohren nicht gesummt? Es war nämlich auch von dir die Rede.«

»Von mir?«

»Ja. Hopf und noch ein paar andere behaupteten nämlich, dass du das schönste Mädel von Heimatsried wärst. Schade, dass deine Mutter nicht dabei war, sie hätte manche ihrer Meinungen korrigieren müssen.«

»Und du, Paps? Findest du bestätigt, was deine Kumpane in weinseliger Stimmung glaubten feststellen zu müssen?«

»Ich – ja, natürlich. Ich war mächtig stolz. Selbstverständlich lässt man sich das nicht anmerken. Übrigens, weil wir gerade allein sind: Es ist da gestern ein Wort gefallen von deiner Mutter, über das ich seither viel nachgedacht habe. Ich möchte von dir die Wahrheit hören, Mädel, wegen Helmut Ott, meine ich.«

»Wärst du dagegen, Papa?«

»Wenn du dein Glück darin siehst, selbstverständlich nicht. Aber ich habe so das Gefühl, als ob das Ganze eine geschickte Kuppelei von deiner Mutter wäre.«

Regina lächelt und lehnt sich weit im Stuhl zurück. »Nimm es ihr nicht übel, Papa. Sie meint es sicher gut, und es tut mir Leid, dass ich sie enttäuschen muss. Ich liebe Helmut Ott nämlich nicht und habe ihm das auch voriges Jahr bereits gesagt.«

»Da schau! Und davon erfährt man kein Wort? Aber es ist gut. Weißt du, Mädel, ich möchte dich nämlich noch nicht verlieren. Es hat noch lange Zeit, Regina.«

»Lange Zeit? Für mich? Ich werde bald einundzwanzig, Vater.«

»Du meine Güte, so eine steinalte Jungfer schon! Es ist nämlich so, Regina: Wenn du gehst, wird es wieder todeinsam werden. Und darum möchte ich dich noch recht lange für mich behalten. Es ist reiner Egoismus, ich weiß, aber ich glaube, dass alle Väter in dieser Hinsicht egoistisch denken. Daran ist nun einmal nichts zu ändern.«

Regina erschrickt ein wenig. Bald wird Peter zurückkommen, und dann wird die Frage ihrer Zukunft unerbittlich zur Diskussion stehen. »Wenn aber einmal der Rechte kommt, Vater, und ich fühle, dass ich ihn liebe und ohne ihn nicht sein möchte, was wirst du dann tun?«

»Ich werde selbstverständlich niemals deinem Glück im Wege sein. Dazu hab ich dich viel zu lieb. Ich wünsche nur, dass die Zeit noch recht fern ist. So – und nun zu was anderem: Mein gestriges Jagdglück erzeugt verschwenderische Anwandlungen in mir. Was hättest du denn gern? Wünsche dir etwas! Heut reut mich nichts.«

»Du hast mir schon so viel geschenkt, Papa. Ich danke dir und wünsche nur, dass du mir immer gut bleibst, was auch kommen mag.«

»Du bist bescheiden in deinen Wünschen! Das Gegenstück zu deinem Bruder. Wäre besser gewesen, wenn er gestern mit mir zum Hochstand gegangen wäre, damit er einmal gesehen hätte, was es heißt, einen solchen Prachtbock vors Korn zu bekommen. Aber der fährt ja lieber sein Haserl spazieren, der Lapp. Na ja. – Bis nachher, Regina!«

Helmbrecht begibt sich in das kleine Studierzimmer, und Regina beginnt die Tassen wegzuräumen, hält aber plötzlich in der Arbeit inne und schaut sinnend in die Ferne. Sie spürt plötzlich wieder diese schwere Beklemmung des Herzens, von der sie nun schon seit Wochen immer wieder gepeinigt wird.

Seit zwei Monaten hat sie von Peter nichts mehr gehört. Eine dunkle Ahnung bedrängt sie immer wieder, dass er sich in schwerer Not befinde, und in den Nächten sieht sie ihn in ihren Träumen von tausenderlei Gefahren umgeben. Irgendetwas ist mit ihm, sagt sie sich, ich fühle das ganz deutlich. Nur kann sie sich keine klare Vorstellung von der Bedrohung machen.

Da hört sie die Mutter und Walter über die Stiege herunterkommen und sie geht schnell in die Küche.

Wahrhaftig, Heinrich Helmbrecht hat die leidige Affäre vom Sonntag vergessen, wenigstens sieht er über das schmollende, verdrossene Gesicht des Sohnes gleichgültig hinweg. Aber noch ehe diese Woche ganz zu Ende geht, geraten sie hart aneinander.

Heinrich Helmbrecht hat im Schlossgut bei einer kranken Kuh nachgesehen, die Walter am Vormittag behandelt hat. Nach seiner Ansicht hätte Walter dem Tier die schmerzhafte Prozedur eines chirurgischen Eingriffs an zwei Euterstrichen ersparen und eine für solche Zwecke aus natürlichen Heilmitteln hergestellte Salbe verwenden können. Walter aber beruft sich auf wissenschaftliche Grundlagen. Der Alte hält ihm dagegen, dass er mit seiner trockenen Theorie mehr verdürbe, als es für seine künftige Approbation gut sein könnte. Ein Wort gibt das andere, und schließlich denkt Walter, dass es nun doch in einem Aufwaschen gehe, und gibt auf ziemlich hochnäsige Weise zu verstehen, dass Lydia nicht mehr kommen will, solange sich der Vater nicht entschuldigt habe.

»Da wird sie alt und grau«, erklärt Helmbrecht entschieden. »Oder glaubst du vielleicht, mir würde das Herz brechen, wenn sie mich mit ihrem Anblick verschont?«

»Es ist hier nicht von dir die Rede, sondern von mir. Aber meine Interessen in dieser Hinsicht scheinen dir gleichgültig zu sein.«

»Da hast du Recht! Vollkommen gleichgültig!«

»Ich nehme es zur Kenntnis und – werde daraus die Konsequenzen ziehen.«

»Zieh immerzu, solange es dich freut! Diese Angelegenheit bereitet mir wirklich kein Kopfzerbrechen. Dass du auf sie ausgewichen bist, sagt mir, dass dich der eigentliche Fall, nämlich die verschandelte Kuh vom Schlossgut, weniger interessiert. Ich will dir aber jetzt endgültig sagen, dass ich gar nicht daran denke, deine Experimente weiterhin mit meinem Namen zu decken. Für deine Dummheiten übernehme ich keinerlei Haftung. Ja, so ist es! Du sündigst auf meinen guten Namen. Geh unter die Leute und höre, was sie sagen! Der Alte, sagen sie, der ist in Ordnung, aber der Junge taugt nicht viel. Ich sage dir das nicht, weil ich mir etwas einbilde, sondern weil du es als Ansporn nehmen sollst. Also richte dich danach! Im anderen Fall – es muss doch endlich einmal ausgesprochen werden – besteht keine Veranlassung, dass du dein Praktikum bei mir abschließt.«

Walter zerdrückt, blass vor Erregung, die Zigarette im Aschenbecher.

»Soll das heißen, dass ich woanders hingehen soll?«

»Du sollst nicht, aber du kannst, wenn du willst. Und nun Schluss mit dem Thema, das sonst ins Endlose führt.«

Einige Tage spielt Walter den Gekränkten. Doch Sina steht unerschütterlich zu ihm. Helmbrecht bemerkt es mit einem leisen Schmerzgefühl. Und als am darauf folgenden Sonntag Lydia doch wiederkommt, ohne dass er sich entschuldigt hat, gelangt er zu der abschließenden Feststellung: Sie haben alle miteinander keinen Charakter. Nur Regina nimmt er von dieser Feststellung aus. An sie schließt er sich jetzt noch mehr an.

Um diese Zeit trifft bei der Gemeinde Heimatsried das Schreiben einer Hamburger Reederei ein mit der Mitteilung, dass bei den westindischen Inseln der Dampfer »Marbuka« in Seenot geraten und mit Mann und Maus untergegangen sei.

Dies ist für die Gemeindeverwaltung kein weltbewegendes Ereignis, denn von diesem Schiff hat man bisher noch nie etwas gehört. Wesentlich an der Sache ist nur, dass sich auf diesem Containerschiff der Matrose Peter Gigglinger befunden hat. Auch das tut der Gemeindeverwaltung nicht besonders viel, aber es gibt eine Menge Leute, junge Leute hauptsächlich, die von dieser Neuigkeit schmerzlich berührt werden, weil sie diesem Peter Gigglinger ein freundliches Andenken bewahrt haben.

Kann denn das möglich sein, fragen sie sich.

Dieser lustige, verwegene Peter soll nicht mehr kommen? Soll tot auf fremdem Meeresgrund liegen? Es gibt Mädchen in Heimatsried, die bei dieser grausigen Vorstellung zu weinen beginnen.

Es ist eigentlich ein Wunder, dass diese Meldung erst acht Tage später in die Tierarztvilla gelangt. Heinrich Helmbrecht hat die Nachricht im »Lamm« am Stammtisch gehört und flicht nun dieses Ereignis in das übliche Tischgespräch mit ein.

»Ich habe vor ein paar Tagen davon gehört«, sagt Walter, während Frau Sina zum Vergleich die im Norden gelegenen Fischerdörfer heranzieht, die jedes Jahr solcher Hiobsbotschaft gewärtig sein müssten. Nur sei es dort etwas anderes, weil davon jedes Mal mehrere Familien betroffen würden, während ihres Wissens dieser einstmalige Korbflechter in Heimatsried niemanden hinterlasse, der ihm besonders nahe stand.

Bis hierher hat Regina es tapfer ausgehalten, obwohl ihr Gesicht so weiß geworden war wie die Wand hinter ihrem Rücken. Nun fällt ihr klirrend der Teller aus der Hand, den sie zu den übrigen hat stellen wollen, nachdem die Suppe bereits gegessen worden ist.

»Ist dir nicht gut?«, fragt die Mutter und diese Frage ist ehrliche Sorge, denn so hat sie ihre Tochter noch nie gesehen.

Reginas Gesicht schaut aus wie das einer Sterbenskranken. Wie um einen Schmerz zu verbeißen, hält sie den Mund starr geschlossen.

»Regina!«

Sina hat große Angst vor dem, was in Regina eine so erschütternde Verwandlung hat bewerkstelligen können. Regina erhebt sich mit zitternden

Knien und verlässt das Zimmer. Die Zurückbleibenden starren einander an. Was war denn das jetzt? Niemand versteht es. Der Vater will nach Regina sehen, aber sie hat bereits das Haus verlassen und befindet sich auf einer ziellosen Flucht vor sich selber. Sie schaut nicht zurück, als man ihren Namen ruft, sie geht weiter mit verschwommenem Blick und findet erst wieder zu sich selbst, als sie an den Rand der Moorwiesen kommt, auf denen ein schräges Viereck abgezäunt ist. Hier kriecht sie in den Schatten einer Brombeerhecke, hier darf sie nun allein ihren Schmerz erleben, darf sich ihm hingeben mit der ganzen Gewalt ihrer zerstörten Zukunft. Gegenüber den Rufen der Mutter, die nach ihr sucht, bleibt sie teilnahmslos. Erst spätabends findet Regina zurück ins Haus, schließt sich sofort in ihr Zimmer ein und lässt sich durch nichts bewegen zu öffnen.

Am nächsten Tag erscheint sie wohl wieder zur gewohnten Stunde, aber es wagt niemand, eine Frage zu stellen, weil die steinerne Blässe ihres Gesichtes nichts als Abweisung und Verschlossenheit bedeutet. Erst am dritten Tag wagt Sina, sich vorsichtig an Regina heranzutasten. Diese Vorsicht wäre nicht einmal mehr nötig gewesen, denn die drei Tage haben genügt, mit der Erschütterung wenigstens nach außen hin fertig zu werden, und so begegnete Regina dem Bemühen der Mutter bereits mit Gleichgültigkeit.

»Wie du mich erschreckt hast, Kind«, beginnt diese. »Du weißt wohl gar nicht, wie du anzusehen warst. Ein Bild des Jammers. Sag mir doch bloß, warum?«

Keine Antwort.

»Wir müssen wohl darüber sprechen, Regina.«

Ein tiefer Atemzug hebt die Brust des Mädchens. Sie schaut die Mutter eine lange Weile an, wie um zu ergründen, ob sie die Wahrheit sagen solle.

»Was gibt es da viel zu besprechen, Mama? Es ist ja nun vorüber.«

»Weißt du, welchen Eindruck du gemacht hast? Wie jemand, den die Todesbotschaft eines sehr geliebten Menschen erreicht.« Sie lächelt über diese Feststellung. »Dabei war doch nur vom Untergang eines Schiffes die Rede und vom Ertrinken eines Matrosen, zu dem wir in keinerlei Beziehung standen.«

Regina ist mit einem Mal hellwach. Sie fühlt, dass der Augenblick da ist, vor dem sie sich nicht feige und mutlos verkriechen darf. Zu Lebzeiten Peters mag es angegangen sein, ihre Liebe aus Vorsicht zu verschweigen, weil die lieben Mitmenschen mit ihrem Geschwätz ja doch nur mitleidlos zerstört hätten, was rein und schön daran gewesen war. Nun aber, da Peter nicht wiederkehrt, ist sie es ihm schuldig, furchtlos und tapfer zu ihm zu stehen. »Du sagst das ganz leichthin, Mama. So, als ob das ganz egal wäre. Es handelt sich dabei aber um Peter Gigglinger, der mir nicht so gleichgültig gewesen ist, wie du meinst.«

»Aber, Kind, wir wollen doch keine Scherze treiben! Es ist zu abwegig, überhaupt daran zu denken.«

»Mag sein, Mama, dass es dir abwegig erscheint. Das ändert aber nichts an der Tatsache, dass ich Peter Gigglinger wirklich und wahrhaftig geliebt habe.«

Vielleicht hat Regina ein starres Erschrecken erwartet, ein jähes Aufschreien und Zurückweichen vor der entsetzlichen Wahrheit. Doch nichts von dem geschieht. Die Mutter bleibt gütig, weil sie meint, dass noch immer Verwirrung das Gemüt des Mädchens umfangen hält und dass nur ein gütiges Zureden die unerklärliche Wirrnis lösen könne. Aber sie hat kaum ein paar Worte gesprochen, da unterbricht Regina sie unvermittelt: »Bitte, Mama, bemühe dich nicht, mich zu behandeln, als ob ich krank wäre! Es ist genauso, wie ich gesagt habe: Peter Gigglinger und ich haben uns geliebt. Wir hatten auch alle zu erwartenden Widerstände dabei in Rechnung gestellt. Aber nun hat das Schicksal anders entschieden.«

Immer noch glaubt Sina, nicht recht zu hören. Sie legt ihre Hand auf Reginas Stirn, um zu fühlen, ob sie Fieber habe. Doch Regina stößt in aufsteigendem Ärger jäh die Hand fort und erhebt sich. »Ich sehe, dass du die Wahrheit nicht hören willst, Mama.«

»Regina, was ist denn in dich gefahren? Du wirst mir doch nicht zumuten, dass ich diesen Wahnwitz glauben soll?«

»Das darfst du ruhig tun. Ich hätte doch keinen Anlass, dich zu belügen!«

Nun hat Sina endlich begriffen und sie fragt nur noch der letzten Sicherheit wegen: »Wenn ich recht verstehe, so hat sich also die Tochter des Bezirkstierarztes von Heimatsried an einen Korbflechter und Vagabunden verschenkt?«

Regina bemüht sich um den gleichen kalten Ton. »Du hast vollkommen richtig verstanden, Mutter. Aber du solltest einen Toten nicht beleidigen. Und zu deiner Beruhigung will ich dir noch sagen, dass kein Mensch um diese Liebe gewusst hat.«

»Liebe nennst du das?«, schreit Frau Sina grell auf. »Wie kann man Schuld und Verirrung mit Liebe verwechseln? Du hast Recht, es ist ein großes Glück, dass niemand etwas davon weiß! Das fehlte zu allem Überfluss noch, dass wir zum Gespött der Leute würden.«

»Mir wäre nichts gleichgültiger als das! Mögen sie mich meinetwegen für eine Närrin oder sonst etwas halten, es hätte an der Sache doch nichts geändert.«

Die Mutter fährt abrupt herum, wie von einer Viper gestochen, und sagt mit hoch gezogenen Brauen: »Dieser Feststellung habe ich nichts hinzuzufügen.«

Dann geht sie und von diesem Tag an sprechen Mutter und Tochter über viele Wochen hinweg beinahe nichts mehr miteinander.

Das heißt nun nicht, dass Sina die Eröffnung Reginas für sich behalten hätte. Sie ließ es Walter wissen und lag dem Vater damit in den Ohren. Walter allerdings hält es unter seiner Würde, die Schwester wegen dieser Sache zu maßregeln, wie er eigentlich das Recht zu haben vermeint!

Der Vater jedoch will und kann dazu nicht ganz schweigen. Er fällt aber nicht gleich am ersten Tag über Regina her, sondern wartet einige Tage ab und fragt sie dann bei ihrem gemeinsamen Alleinsein am frühen Morgen. »Nun sag einmal, Mädel, wie hast du dir denn das eigentlich vorgestellt? Ich will dir keinen Vorwurf machen, weil ich mir gut denken kann, dass das deine Mutter bereits ausgiebig besorgt hat. Überdies ist ja die Sache nun auch vorbei.«

Regina schaut lange auf ihre Hände nieder. Dann hebt sie den Kopf und schaut den Vater an.

»Man muss dem Schicksal die Hand reichen und muss mit ihm bis dorthin gehen, wo es sich erfüllt.«

»Da hast du wohl Recht. Aber ich habe Bedenken, dass es der richtige Weg gewesen wäre. Das, was du Schicksal nennst, war vielleicht nichts anderes als eine unvernünftige Verliebtheit, wie sie jeden einmal überkommt.«

»Nein, Papa. Ich habe mich bereits damals darauf eingerichtet, dass mich niemand begreifen wird und dass ich allein durch alles würde hindurch müssen. Aber nun ist es ja anders gekommen.«

Darauf antwortet Dr. Helmbrecht nicht mehr. Für ihn ist dieses Kapitel abgeschlossen und er denkt nur noch: In einigen Wochen wird sie schon wieder lachen – sie weiß ja nicht, wie tot unser Haus ist, wenn ihr Lachen fehlt.

Die Einzige, die sich an der Sache begeistert, ist Lydia. Sie findet es ungeheuer romantisch und will Einzelheiten wissen.

Regina aber schweigt. Kein übermütiges Lachen flattert mehr durch die Zimmer und durch den Garten, kein Unsinn wird mehr getrieben, es ist, als wären Frohsinn und Freude diesem Haus entflohen.

Jedoch eines Tages ist es dann doch wieder da, dieses urgesunde, befreiende Lachen. Jawohl, Regina hat sich wieder gefunden. Ihr Wesen strahlt jetzt fast noch mehr beglückende Fröhlichkeit aus als früher. Alles sprüht und blüht an ihr vor Lebendigkeit, und wo sie vorbeigeht, da hat es den Anschein, als würde sich alles aufhellen.

»Siehst du«, sagt Dr. Helmbrecht zu seiner Frau. »Ich habe dir ja immer gesagt, dass Regina schon fertig werden wird mit der Angelegenheit. Nun sei aber vernünftig und bohre nicht von neuem in der Geschichte herum!«

Sina verspricht es, kann es aber dann doch nicht unterlassen, ein paar Bemerkungen zu Regina zu machen. »Ich habe es immer gefühlt«, sagt sie und lächelt süß, »dass du von allein in den Kreis zurückfinden würdest, aus dem du dich nicht hättest fortbewegen dürfen. Es ist gut, dass du nun wieder auf dem richtigen Weg bist! Wer einen Irrtum begeht und es einsieht, ist größer als jeder andere Mensch, der nicht weiß, was irren heißt.«

Aber alle denken und reden an der Wahrheit vorbei. Die Wirklichkeit sieht nämlich ganz anders aus: Peter Gigglinger ist nicht ertrunken im fernen Weltmeer, er lebt und wird wiederkommen.

Ja, bei einem gelegentlichen Gang über den Marktplatz begegnet Regina dem freundlichen Schalterbeamten, dem sie die ausländischen Marken geschenkt hat. Bei seinem Anblick spürt sie einen brennenden Schmerz im Herzen. Der Mann aber zieht schon von weitem freundlich grüßend den Hut und kommt geradewegs auf sie zu. »Guten Abend, Fräulein Helmbrecht. Gut, dass ich Sie treffe. Warum kommen Sie denn nicht mehr vorbei? Seit acht Tagen schon liegt ein Brief für Sie bei mir auf dem Postamt.«

Regina wechselt die Farbe. »Ist das wahr?«

»Aber natürlich! Aus Australien diesmal. Ich darf Sie doch wieder um die wunderschönen Marken bitten?«

»Freilich. Ich will Ihnen mein ganzes Leben lang alle Marken schenken, wenn Sie mir den Brief heute noch geben.«

Der Mann lächelt über ihren Eifer. »Es ist zwar

schon Schalterschluss. Aber kommen Sie nur mit, ich sehe, dass ich Sie nicht länger auf die Folter spannen darf.«

Wenige Minuten später hat Regina den Brief in Händen. Wahrhaftig, er kommt aus Australien und stammt von Peter! Es hat schon seine Richtigkeit: Besagtes Containerschiff ist gesunken. Nur zehn Mann haben sich retten können. Einer davon ist Peter.

»Es war grauenhaft ...«, schreibt er unter anderem. »Wir trieben drei Tage und Nächte auf dem Wasser, ohne noch an Rettung zu glauben. Das Schlimmste von allem war der Gedanke an Dich, liebe Regina, denn es war ja im Grunde genommen alles nicht einmal bis zur Verlobung gereift mit uns beiden und sollte nun schon ein Ende finden, ehe das Leben schön geworden wäre. Man spricht so viel von der rechten Tapferkeit. Aber glaube mir, Regina, wenn man drei Tage und Nächte lang mit dem Tod als Gefährten auf einer schmalen Planke über die Wellen treibt, dann verleiht einem nur allein die Hoffnung die Kraft zum Durchhalten. Am Abend des dritten Tages wurden meine Kameraden und ich von einem australischen Fischkutter aufgenommen. Während einer der Kameraden bedauerlicherweise zwei Tage später im Marinelazarett starb, kann ich Dir von mir berichten, dass ich mich wieder wohlauf und gesund fühle. Unkraut vergeht eben nicht. Aber es will mir fast scheinen, liebste Regina, dass Du mit Deinen drei Jahren recht behältst. Es wird wohl Frühling werden, ehe ich heimkomme ...«

Dies also ist der Grund, warum Regina ihr Lachen und ihre Lebensfreude wiedergefunden hat.

6

Seit zwei Stunden sitzt Heinrich Helmbrecht bereits auf dem Hochstand und wartet auf den starken Sechserbock, den er nur einmal in der Brunft treibend gesehen hat. In Jägerkreisen ist ausgiebig über dieses Prachtexemplar gesprochen worden und heute hat Helmbrecht sich vorgenommen, nicht ohne diese Beute heimzukehren.

Seit Mittag schon lastet eine atembeklemmende Schwüle über dem Talgrund. Die Bäume stehen reglos in der toten Luft. Der Mann auf dem Hochstand sieht nicht, wie alles Licht erlischt und sogar das Summen der Fliegen erstirbt. Erst ein fernes, dumpfes Grollen lässt ihn aufhorchen und nach hinten schauen. Und da sieht er, wie es sich über die Moorwiesen träge und schwefelgelb daherschiebt, ein drohendes Ungeheuer mit zuckenden Flanken.

Enttäuscht nimmt Helmbrecht die Patronen aus der Gewehrkammer und stülpt das grüne Segeltuchfutteral über die Büchse. Dann steigt er vom Hochstand hinunter, kommt aber kaum dreißig Schritt weit, da bricht der Sturm schon los und überzieht den Wald, dass die Bäume sich aufbiegen wie unter einem stampfenden Schlag. Die pausenlos aufzuckenden Blitze nehmen dem Mann die klare Sicht und er sieht ein, dass es zwecklos ist, noch bis zu dem schützenden Heustadel auf der Wiese zu rennen, denn das dumpfe Rauschen, das jetzt den abklingenden Donner übertönt, kommt vom Regen, der in schweren Tropfen fällt.

Da bleibt Helmbrechts Blick an dem Korbflechterkarren am Rand des Gehölzes hängen. Ihn kann er noch leicht erreichen. Unter seinem vorspringenden Dach findet er gerade noch Schutz genug vor den stürzenden Wassern. Als er sich aber mit dem Rücken gegen die Tür lehnt, gibt sie nach, und es ist zu sehen, dass jemand sich schon früher mit Gewalt Eingang in den Raum verschafft hat. Es mag vielleicht keine böse Absicht dabei gewesen sein, ein fahrender Geselle vielleicht, vielleicht ein Liebespaar, das die Verschwiegenheit des dämmerigen Raumes gesucht hat. Es ist schließlich auch gleichgültig, der Karren ist ja nun herrenloses Gut geworden.

Heinrich Helmbrecht setzt sich auf die schmale Bettkante und schaut zu dem kleinen Fenster hinaus. Immer wieder zuckt es grell und gelb auf und der Karren scheint in allen Fugen zu zittern, wenn das Gepolter eines Donnerschlages über ihn hinrast.

Es ist jetzt vier Uhr nachmittags. Bis zum Abend kann das Unwetter vielleicht noch anhalten, überlegt sich Helmbrecht und zieht seine kurze Pfeife hervor. Als er aber die runde Blechschachtel, die den Tabak enthält, hervorzieht, entgleitet sie seinen Händen und rollt unter das Bettgestell. Helmbrecht streicht ein Zündholz an und noch ein weiteres Dutzend, bis er seine Tabakschachtel findet, die hinter eine in der hintersten Ecke abgestellte eiserne Kassette gekugelt ist.

Schau, schau! Eine eiserne Kassette mit einem kunstvoll getriebenen Deckel, eine altertümliche Kostbarkeit, die vielleicht bis zum Jüngsten Tag in völliger Vergessenheit geblieben wäre. Der Staub liegt fingerdick auf ihr, und es hat sie offensichtlich niemand mehr seit des Korbflechters Tod in Händen gehabt.

Helmbrecht ist nicht neugierig, ihn fesselt fürs

erste nur die wunderschöne Filigranarbeit, die ihn an alte Goldschmiedekunst erinnert. Als er die Kassette von allen Seiten betrachtet, merkt er, dass sie gar nicht verschlossen ist.

Was kann ein Korbflechter auch schon an Reichtümern zurückgelassen haben? Armselige, rührende Erinnerungsstücke sind es; ein paar billige Ringe, eine helle Kinderlocke, ein abgegriffenes Bild von einer Frau, ein verblasstes blaues Schulheft, eine schmale Kette aus Kupfer.

Helmbrecht blättert gedankenlos in diesem Schulheft. Sieh mal einer an! Da hat also der Sebastian Gigglinger so eine Art Tagebuch geführt. Helmbrecht blättert die ersten Seiten flüchtig durch und will es schon wieder in die Kassette legen, da weiten sich plötzlich seine Augen. Und gleich darauf ist ihm, als durchschneide ihn etwas. Erschrocken starrt er auf die sauber geformten Buchstaben, während sein Kinn sich vorstreckt wie im Krampf.

In den Sekunden zwischen dem Aufflammen eines Blitzes und dem nachschlagenden Donnergepolter gelangt Heinrich Helmbrecht zur Kenntnis, dass er vor mehr als zwanzig Jahren von seiner Frau betrogen worden ist. Da gibt es nichts zu bemänteln und zu verschleiern. In diesem blauen Heft steht es einfach, klar und wahr, wie das Leben dieses Waldschratts einfach und wahr gewesen ist. Nur er, der am meisten davon Betroffene, war ein großer Narr gewesen, weil er nie das Geringste bemerkt hat.

Helmbrecht steckt das Heft in seine Jackentasche und schiebt die Kassette mit dem Fuß unter das Bettgestell zurück. Dann reißt er die Tür weit auf, weil er meint, er müsse in diesem Raum ersticken.

Plötzlich durchfährt ihn eine Erinnerung – die Erinnerung an einen schönen Sommermorgen, als er mit seinem Wagen einem entgegenkommenden Auto nicht ausweichen konnte. Eine dunkle Röte der Scham springt ihm ins Gesicht, als er sich des Mannes erinnert, der ihn so herzlich und freundschaftlich begrüßt hat. Und saßen in diesem Wagen nicht zwei junge Mädchen, eines davon hell und schmal, seiner Regina wie aus dem Gesicht geschnitten?

Seiner Regina? Heinrich Helmbrecht lehnt im Türgerüst des Korbflechterkarrens und spürt, wie ihm ein kalter Schauer über den Rücken rieselt. Von aller Enttäuschung, die diese Stunde in sein Leben warf, ist dies die grässlichste und schmerzlichste. Regina wäre also demnach gar nicht –?

Er findet nicht den Mut, diesen Gedanken zu Ende zu denken. Und doch muss es so sein. Regina ist nicht seine Tochter. Ihm ist, als würde ihm plötzlich ein Schleier von den Augen gezogen. Darum also ihr fremdes Wesen, denkt er.

»Nein, nein, nein!«, schreit er plötzlich und schlägt mit geballter Faust gegen den Türbalken. »Das darf sie nie und nimmer erfahren. Es muss alles so bleiben, wie es ist.«

Das Gewitter ist nun bereits abgezogen, nur weit in der Ferne grollt zuweilen noch sein ungestümes Donnern herauf. Der Regen hat sich in ein dünnes Gerinsel verwandelt, während die Wolken rötlich glänzen.

Heinrich Helmbrecht zieht die Tür hinter sich zu und geht in den Wald. Der Gedanke an Jagd und Beute ist zerronnen. Ihn gelüstet nach nichts mehr. Nur eine unendliche Traurigkeit hält ihn umklammert, die ihren Ursprung nicht einmal in der Tatsache hat, dass er vor zwanzig Jahren betrogen worden ist, sondern vielmehr darin, dass Regina nicht seine leibliche Tochter sein soll.

Ein Häher schreit im Geäst. Es tönt wie Hohngelächter. Und wie zum Spott tänzelt vor ihm nun ausgerechnet der herrliche Sechserbock über die Lichtung. Hoch über den Lusern leuchten die weißen Spitzen. Helmbrecht denkt nicht ans Schießen. Ihm ist die Lust zu allem vergangen. Und dort, wo es niemand sieht, weil der Wald wieder dicht und stumm ist, lehnt der Mann sich an einen Föhrenstamm und weint.

Spät in der Nacht kommt er heim. Trotzdem warten Sina und Regina auf ihn. Sie haben Angst um ihn gehabt wegen des Gewitters, sagt Sina.

»Angst? Um mich?«, fragt er und es zuckt dabei um seinen Mund.

»Natürlich, das Gewitter war schlimm. Und du warst mitten im Wald. Gewiss hast du den Bock auch nicht schießen können. Ich hätte dir den Abschuss von Herzen gegönnt, weil ich weiß, wie versessen du darauf bist. Na, tröste dich, vielleicht hast du bei der nächsten Gelegenheit mehr Glück.«

»Hoffen wir es«, antwortet er mit belegter Stimme. »Es ist ja nicht so wichtig. Ich habe – manchen Bock geschossen in meinem Leben.«

Niemand erkennt den Doppelsinn seiner Worte. Nur Regina schaut etwas aufmerksamer in sein Gesicht, das ihr grau und verfallen erscheinen will.

»Ist dir nicht gut, Papa?«

»Mir? Wieso? Mir ist ausgezeichnet zumute.«

»Die Hauptsache ist, dass du jetzt da bist«, meint Sina. »Wir haben uns wirklich Sorgen gemacht. Wenn ich gewusst hätte, in welcher Richtung du gegangen bist, hätte ich dir Walter mit dem Wagen entgegengeschickt.«

»Die Sorge war unbegründet. Ich habe ein trockenes Plätzchen gefunden und bin, wie du siehst, überhaupt nicht nass geworden.«

Als Helmbrecht wenig später im Badezimmer seine Jacke über den Stuhl hängt, fällt das blaue Heft heraus. Er nimmt es und schließt es im untersten Fach seines Schreibtisches unter alten abgelegten Papieren ein.

Nichts geschieht in der nächsten Zeit, was im Gleichmaß des täglichen Lebens eine Änderung in der Tierarztvilla bewirkt hätte. Zwischen Vater und Sohn zieht sich weiterhin eine Mauer der Fremdheit, über die hinweg sie nur ab und an zu einem Verstehen finden. Und da Helmbrechts Zärtlichkeiten schon seit Jahren kaum über ein Streicheln oder einen flüchtigen Kuss auf die Wange hinausgingen, findet Sina nichts Besonderes dabei, dass auch diese plötzlich ganz aufhören.

Indessen kommt der Herbst über das Land und löscht alle Farben des Sommers aus. Nur das helle Rot der Vogelbeeren leuchtet noch etwas länger zwischen dem Grün der Tannen, bis es Mitte November dann plötzlich endgültig Winter wird.

Es ist, als hätte das neue Jahr schon von Anfang an die Bestimmung in sich getragen, die Menschen in der weißen Villa gründlich durcheinanderzurütteln.

Lydia wird in der Silvesternacht beim Bleigießen mit einem Säbel bedacht und sie meint, dass dies auf Zank und Streit hindeute. Dazu hätte es zwar nicht des Orakels bedurft, denn in der Tierarztvilla ist jetzt zuweilen die Luft wie elektrisch geladen. Helmbrecht selbst ist gereizt und oft so schlechter Laune, dass man mit ihm umgehen muss wie mit einem rohen Ei. Sina leidet neben ihrer schon sprichwörtlich gewordenen Migräne neuerdings auch noch an Rheuma und will im Frühjahr ein Heilbad aufsuchen.

In dieser gespannten, lauernden Stimmung genügt oft schon ein Wort und der schönste Krach bricht los. »So war es doch nie«, jammert Sina und Lydia verlässt tief beleidigt das Haus, weil der alte Herr in seiner groben Manier wieder einmal nicht die rechten Worte gefunden hat.

Nun wartet sie auf seine Entschuldigung, an die Heinrich Helmbrecht natürlich nicht denkt.

So trotten die Tage und Wochen hintereinander her, schleppen sich mit Schneematsch und Föhnwind durch den Februar und erst Mitte März fällt der Frühling über die Landschaft her und weht mit verliebtem Atem über die Wiesen und Felder hin, flüstert um die Weidenbüsche, so dass sie nach ein paar Tagen schon ihre silbernen Kätzchen zeigen, und bringt hinter den Gartenzäunen die Veilchen zum Blühen.

Endlich wird es Mai. Sina wird von Walter im Auto nach Bad Wiessee gebracht, damit sie dort ihr Rheuma auskurieren kann.

Ja, Sina Helmbrecht fährt fort und – Peter Gigglinger kommt.

Eines Abends erreicht Peter Gigglinger, hoch gewachsen und braun gebrannt, Heimatsried. Er steht eine lange Weile, schaut über die Moorwiesen hin in das Abendrot und atmet tief und dankbar den Geruch der heimatlichen Erde.

Vom kleinen Kirchturm in Heimatsried läuten

die Abendglocken. Ruhig und wie in tiefer Beglückung geht der Blick des Heimgekehrten über die Häuser hin und bleibt schließlich an dem weißen Gemäuer der Tierarztvilla hängen.

Ob Regina ahnt, dass er in der Nähe ist? Er hat den Tag seiner Heimkehr nicht genau mitteilen können. Aber durch ihre Briefe weiß er bereits, dass er in Heimatsried totgesagt ist, und er freut sich nun kindlich darauf, wie es sein wird, wenn er zur Gemeinde geht, damit man ihn aus dem Buch der Toten streiche und ihn wieder einreihe in die Kartei der Lebenden, die Steuern und Abgaben zu entrichten haben.

Das letzte Rot erstirbt im Schein der aufkommenden Wolken. Am hohen Himmel nimmt die blasse Mondsichel einen gelben Glanz an und schüchtern beginnen die Sterne zu blinken.

Langsam geht Peter zur Lichtung, wo der Karren steht. Es wundert ihn, dass die Tür nicht verschlossen ist. Er hat doch Regina vor Jahren den Schlüssel gegeben. Etwas erregt streicht er ein Zündholz an und bemerkt auf dem Tisch einen schmiedeeisernen Halter mit einer roten Kerze. Bei ihrem spärlichen Schein sieht er, dass vor kurzem erst Ordnung gemacht worden ist, wahrscheinlich heute erst, denn der Boden ist noch feucht und riecht ein wenig nach Schmierseife. Über den Tisch ist eine rot gewürfelte Decke gebreitet, das Bett ist frisch überzogen, ein frisches Handtuch hängt über dem Stuhl. Das alles duftet ein wenig nach Lavendel. Jetzt erst gewahrt er auch den Blumenstrauß in der Ecke, ein mächtiger, wunderschöner Feldblumenstrauß, und darinnen versteckt ein kleines Brieflein.

»Ich sehe«, schreibt Regina unter die Willkommensworte, »von meinem Fenster aus zur Lichtung hinüber. Wenn Du das Handtuch an dem Gipfel der Föhre anbringst, weiß ich, dass Du da bist.«

»Nicht schlecht, diese Idee«, sagt Peter lachend vor sich hin. »Gut, setzen wir also morgen bei Sonnenaufgang das Segel.«

Dann geht er daran, den kleinen Handkoffer auszupacken. Zwei schwere Schiffskoffer hat er noch an der Bahnstation zurückgelassen, die er in den nächsten Tagen abholen will.

Er birgt nicht viel, sein Handkoffer, aber es sind immerhin Kostbarkeiten, denen man einen Wert zuerkennen kann: eine weiße Perlenkette, ein paar Ohrringe, eine Brosche, die mit roten Korallen besetzt ist, zwei Kistchen Havannazigarren und ein Plan mit Grundrissen und Berechnungen für ein kleines Haus. Jawohl, ein Bauplan, von einem Architekten freundlicherweise angefertigt, den er in einem Hafen kennen gelernt hat. Dieses Stückchen Papier scheint ihm im Augenblick das Wichtigste zu sein. Er will nicht lange zögern, sondern gleich in den nächsten Tagen zu bauen beginnen, denn es kann Regina nicht zugemutet werden, in diesen Karren zu ziehen.

Obwohl er sehr müde ist, liegt er dann noch lange wach und starrt in die Dunkelheit. Freudig bewegt malt er sich den Augenblick des Wiedersehens mit Regina aus. Er denkt auch, wie viel schöner es wäre, wenn er einfach hingehen dürfte in das helle Haus des Tierarztes und dort willkommen wäre.

»Da bin ich nun wieder, Regina«, könnte er sagen. »Ja, es ist nun mein fester Wille, hier sesshaft zu werden. Gestatten, Frau Helmbrecht, eine klei-

125

ne Aufmerksamkeit! Diese Korallenbrosche trug einmal die Frau des Stammeshäuptlings. Wie bitte? Jawohl, auf der blanken, schwarzen Haut. – Gestatten, Herr Doktor – ein Kistchen Havannazigarren, die Lieblingsmarke des australischen Außenministers ...«

Hirngespinste! In der Dunkelheit zaubert Peter diese freundlichen Bilder vor sich hin, obwohl er weiß, dass die Wirklichkeit ganz anders aussieht. Ja, es wird ein schwerer Schock sein für die Herrschaften, wenn sie gewahr werden, dass Peter Gigglinger es vorgezogen hat, zu leben, anstatt am Grunde eines fremden Meeres von Haien gefressen zu werden!

Über diesen Gedanken fallen ihm endlich die Augen zu. Er sinkt in einen tiefen Schlaf, den nur einmal um Mitternacht das Rauschen der Bäume stört. Und da meint er, es sei das Rauschen des weiten Meeres.

Aber gleich in der Früh setzt er das Segel.

»Das ist einfach unerhört!«, ruft Walter Helmbrecht und rennt in dem kleinen Labor auf und ab. »Regina benimmt sich einfach unmöglich und macht uns zum Gespött im ganzen Marktflecken.«

»Dich auch?«, fragt Dr. Helmbrecht ruhig, ohne von seiner Arbeit aufzublicken.

»Natürlich, das geht uns alle an, Papa! Nicht genug, dass sie zu diesem hergelaufenen Kerl in Beziehungen steht, die einem die Schamesröte ins Gesicht treiben, jetzt steht sie draußen am Bau und macht einen gewöhnlichen Maurerhandlanger. Wie kommt dieser Vagabund überhaupt dazu, zu bauen? Ich muss dich dringlichst ersuchen, zum Bezirksbaumeister zu gehen und zu verlangen, dass er sofort Maßnahmen trifft, damit der Bau eingestellt wird. Ich wollte dir nur nicht vorgreifen, sonst hätte ich es schon selbst erledigt.«

Dr. Helmbrecht schiebt die Brille auf die Stirn und schaut zum Fenster hinaus. »Das hätte bei dir genausowenig Erfolg, als wenn ich hinginge! Der Bau ist, soweit ich informiert bin, vorschriftsmäßig genehmigt und würde auch auf unseren Antrag hin nicht eingestellt.«

»Aber man muss doch irgendetwas tun, Papa!«

»Sehr richtig! Aber was? Auf dem Bau, sagst du, hilft sie mit? Wenn es nicht ausgerechnet unsere Regina wäre, müsste man Respekt haben vor dem Mädel. Aber du hast Recht, es muss ernsthaft versucht werden, sie davon abzubringen.«

»Das dürfte doch wirklich nicht schwer sein, wenn du ein väterliches Machtwort sprichst und sie auf die Folgen aufmerksam machst.«

»Welche Folgen denn? Meinst du Enterbung, Verstoßung aus der Familie und wie diese Dinge so schön heißen? Ich will dir einmal etwas sagen, Walter: Regina ist eine eminent selbstbewusste junge Frau. Überdies ist sie seit kurzem volljährig. Wenn wir sie zur Einsicht bewegen können, dann nur mit Güte, niemals mit Zwang.«

»Die Wahl der Mittel ist ja schließlich gleichgültig. Jedenfalls habe ich Mama bereits telefonisch verständigt. Sie wird spätestens morgen Abend hier sein.«

»Das war voreilig und unvernünftig. Mama – temperamentvoll, wie sie nun einmal in solchen Dingen ist – wird das Drama höchstens um eine effektvolle Steigerung bereichern, ohne dass der Sache dabei gedient ist.«

»Ich denke, Papa, dass wir wenigstens dieses

eine Mal alle drei zusammenhalten und unser Möglichstes tun sollten. Regina wird doch dann einsehen, dass sie ihre Familie nicht auf eine solch beschämende Weise bloßstellen darf.«

»Gut, ich werde heute noch mit Regina reden. Vermutlich wird sie ja zum Essen heimkommen, dann schick sie zu mir!«

Regina kommt aber zu Mittag nicht. Sie kommt erst am Abend. Walter steht gerade am Gartentürchen und raucht eine Zigarette.

»Du sollst sofort zu Papa kommen«, sagt er mit kaltem Blick.

Regina lächelt über sein dummes Gehabe und sagt: »Das trifft sich gut. Ich wollte ihn nämlich auch sprechen.«

»Ha! Vermutlich in deiner pikanten Liebesaffäre?«

»Sehr richtig. Eben in dieser Angelegenheit – nur dass es keine Affäre ist.« Regina wirft den Kopf zurück und geht an ihm vorbei ins Haus, wäscht sich zuerst gründlich und sucht dann ihren Vater auf. Abgestreift ist nun von ihr mit einem Schlag alles Beklemmende. Durchglüht von dem Willen, jedem Hieb und Stoß, der sie jetzt treffen wird, sofort zu begegnen, in nichts nachzugeben und keinen Augenblick schwach oder demütig zu werden, steht sie jung und in schlanker Schönheit vor dem Vater, dessen graue Schläfen sie in diesem Augenblick mehr als bisher gewahr wird, so dass sie sekundenlang denkt: Ich möchte ihm nicht weh tun, diesem wunderbaren Vater, der mir bisher jede Stunde verschönt hat.

»Walter sagte mir, Vater, dass ich zu dir kommen soll.«

»Ja, Regina.« Er nimmt die Brille ab und putzt

sie mit dem Taschentuch, haucht die Gläser an und putzt wieder. Nichts als Verlegenheit ist der ganze Mann. »Bitte, nimm Platz«, sagt er dann und schaut durch die Brillengläser, ob sie endlich blank seien. »Es ist nämlich einiges zu besprechen hinsichtlich des – hm ...«

»Komm, Vater, ich will es dir leichter machen«, unterbricht ihn Regina. »Ich weiß genau, was los ist, ich habe Walter heute Vormittag in der Nähe des Baues herumschleichen sehen. Wir haben heute das Dach eingedeckt, und dabei habe ich geholfen. Das ist alles. Es wäre meinem Herrn Bruder keine Perle aus seiner Krone gefallen, wenn er auch ein wenig zugepackt hätte, anstatt heimzulaufen und mich zu verpetzen.«

»In diesem Punkt muss ich Walters Handlungsweise ausnahmsweise einmal billigen. Und – erlaube mal, Regina, du sprichst immer von ›wir‹. ›Wir‹ haben das Dach eingedeckt und so. Willst du mir das bitte näher erläutern?«

»Ach, Vater, was sollen wir darüber noch lange reden! Ich habe dir doch meinen Standpunkt damals genau klargelegt, als es hieß, dass Peter ertrunken wäre. Ich stehe heute noch genauso zu meinem Wort.«

»Und über alle etwaigen Folgen bist du dir klar?«

»Durchaus! Beschließt über mich, was und wie ihr wollt! Eines ist jedoch sicher, von Peter wird mich niemand wegbringen.«

»Du wirst verstehn, Regina, dass ich diesen deinen Standpunkt weder begreifen noch gutheißen kann!«

»Das ist schade.« Reginas Mund zuckt ein wenig vor Traurigkeit. »Ich habe zwar nicht erwartet, dass du begeistert sein wirst von meiner Wahl, aber immerhin hätte ich gedacht, dass du besser zu deinem Wort stehen würdest.«

»Wann hätte ich ein derartiges Wort gegeben, das dich berechtigt, jetzt darauf zu pochen?«

»Ich könnte dir den Tag und die Stunde genau sagen, wo du mir versichert hast: Ich werde selbstverständlich deinem Glück niemals im Wege sein.«

»Ich konnte doch damals nicht ahnen, dass du jemals auf die absurde Idee verfallen könntest, dich in einen Menschen zu verlieben, von dem man bisher noch nie etwas Vernünftiges gehört hat.«

»Weil ihr ihn nicht kennt.«

»Ich lege auch gar keinen Wert darauf, ihn näher kennen zu lernen! Sag mir doch bloß einmal: Wovon wollt ihr denn eigentlich leben? Etwa vom Korbflechten?«

»Wenn es nicht anders sein soll, ja.«

»Nette Aussichten!« Dr. Helmbrecht ist aufgestanden und geht gereizt hin und her, klappert mit den Schlüsseln in seiner Hosentasche und bleibt dann dicht vor Regina stehen. »Ich hätte nicht gedacht, Regina, dass du mir einmal solchen Kummer machen würdest.«

»Das will ich ja gar nicht, Vater, und es tut mir Leid, aber ich kann es nicht ändern. Du warst für mich bisher der beste und gescheiteste Mensch. Warum sollst ausgerechnet du nicht begreifen können, dass die Liebe eine Macht ist, der man nicht entrinnen kann? Und außerdem: Ich habe Peter einmal Treue geschworen und du weißt, ich bin noch immer und überall zu meinem Wort gestanden. Das muss ich doch vererbt bekommen haben.

Ich weiß, dein ganzes Denken und Sinnen geht nur darum, mich in ein gesichertes Leben voll Wohlstand und Ehre zu bugsieren.«

»Sehr richtig, denn – ein hungriger Magen singt keine Liebeslieder«, meint Helmbrecht und nimmt die Wanderung durch das Zimmer wieder auf. »Du siehst dies alles jetzt aus deinem verliebten Blickwinkel heraus und willst daher keine Schatten dulden. Was ist aber dann, wenn die Not kommt, die Sorgen um das tägliche Brot? Da wirst du dann schon sehen, wie schnell die Liebe vertrocknet.«

»Das ist ja gar nicht deine wahre Überzeugung, Vater. Du weißt genau, dass ich vor keinen Widerwärtigkeiten des Lebens kapituliere. Es ist ja bloß – du solltest dir einmal die Mühe machen und Peter kennen lernen, wie er wirklich ist. Es ist doch oft so, dass einer in seiner frühesten Jugend ein Luftikus ist und später ein zuverlässiger Mensch und Kamerad wird!«

»Zugegeben. Ich zwicke ja dem Peter Gigglinger von seiner Ehre nichts ab. Nur meine ich, der richtige Mann dürfte er für dich trotzdem nicht sein. Schließlich hast du ja eine Erziehung hinter dir, die dich zu anderen Erwartungen berechtigt.«

Regina steht nun auf, obwohl der Vater das Gespräch noch nicht beendet hat.

»Ich sehe, Papa, wir reden aneinander vorbei, anstatt uns näher zu kommen. Das tut mir aufrichtig Leid, denn dich wollte ich wirklich nicht vor den Kopf stoßen. Deine Güte und Liebe wollte ich mir auf alle Fälle bewahrt wissen, denn – ich weiß heute schon – gerade deine Güte werde ich einmal sehr vermissen und ich werde vielleicht weinen um deine Liebe, weil sie ein Stück von meinem Leben ist. Wie hätte ich dieses Dasein all die Jahre ertragen sollen? Mama hatte doch dauernd an mir etwas herumzunörgeln und Walter tapst wie ein gelehriger Pudel in ihren Fußstapfen. Wie oft habe ich, seit Peter wieder da ist, mit dem Gedanken gespielt, ob es denn nicht möglich wäre, euch beide näher zu bringen. Von Mama freilich habe ich von vornherein kein Verständnis erwartet, weil ihr dazu jede Voraussetzung fehlt. Bei ihr fängt ja der Mensch erst beim Akademiker an. Und so möchte ich dich herzlich bitten, Papa, mach dir wenigstens die Mühe und sprich mit Peter! Du wirst sehen, dass es nur eine Voreingenommenheit ist, die dich bisher geleitet hat. Wenn der Mensch versucht, zum andern Menschen zu finden, lassen sich manche Zweifel ausräumen.«

»Und zu diesem Zweck denkst du, soll ich dem Herrn auch noch nachlaufen?«

»Nein, das nicht! Peter kommt natürlich gerne her, wenn du es haben willst.«

»Na, vielleicht komme ich zufällig in den nächsten Tagen einmal da draußen vorbei. Wir wollen bis dahin das Thema nicht mehr erörtern.«

Regina geht und Dr. Helmbrecht hat das Gefühl, dass wohl alle Mittel nichts helfen werden, Regina von diesem Peter abzubringen. Da bleibt nur noch zu hoffen, dass vielleicht mit dem Burschen irgendeine vernünftige Vereinbarung getroffen werden könnte. Vielleicht ist er zu bewegen, wieder auf Reisen zu gehen. Man könnte diesem Wunsch vielleicht mit einer entsprechenden Geldsumme Nachdruck verleihen. Daher ist es wohl am besten, man lässt ihm sagen, dass er doch vorsprechen soll hier im Haus, und zwar noch bevor Sina zurückkommt.

Aber Peter kommt nicht, obwohl er es im Sinn hatte. Das hat Walter Helmbrecht gründlich verpatzt.

Walter hat zunächst unterm Fenster eine Weile gelauscht, und als ihm die Unterredung zwischen Vater und Tochter wenig Erfolg zu versprechen schien, hat er den Wagen aus der Garage genommen und ist zu den Moorwiesen hinausgefahren, an deren südlicher Grenze, am Rande des Waldes, das Haus aus dem Boden gewachsen ist. Im Rohbau steht es bereits fertig da, und auf dem First flattern fröhlich ein paar bunte Bänder an einem Tannenbuschen im Abendwind.

Es wäre für Walter entschieden besser gewesen, zu Fuß hinzugehen, anstatt so hochmütig angefahren zu kommen, dann zwanzig Meter vor dem Neubau zu halten und mit der Hupe so lange aufreizend zu randalieren, bis der Hausherr staubbedeckt und arbeitsmüde in einer Fensterhöhle sichtbar wird. Nun hätte Walter vielleicht aussteigen und dem anderen die Hälfte des Weges abnehmen sollen. Statt dessen aber bleibt er sitzen, macht nur den Finger krumm und winkt, wie man einen Taxifahrer herbeiwinkt oder einen Gepäckträger. Peter Gigglinger jedoch ist geduldig und fromm wie ein Lamm, solange er nicht gereizt wird. Er geht also zum Wagen und sagt mit seinem unbekümmerten Knabenlächeln: »Na, da kommst du also nachschauen? Nett von dir! Komm mit, ich zeige dir das Haus von innen!«

Walter zieht wie in einem Schmerzgefühl die Brauen hoch. Er ist von dieser Liebenswürdigkeit überrumpelt und muss sich erst finden.

»Ich bin nicht gekommen, um zu besichtigen, was hier großspurigerweise Haus genannt wird.

Vielmehr möchte ich in einer sehr ernsten Angelegenheit einen grundlegenden Irrtum richtig stellen, und außerdem möchte ich Sie darauf aufmerksam machen, dass ich meines Wissens nach noch keine Schweine mit Ihnen gehütet habe.«

Wie gesagt, Peter ist geduldig und lammfromm. Aber das geht ihm denn doch gegen den Strich, noch beherrscht er sich aber. »Schweine gehütet? Nein, das allerdings nicht. Dazu wäre dir ja die Nase zu hoch gestanden. Man hat dich ja sowieso nie zu etwas Vernünftigem brauchen können. Dagegen kann ich mich gut erinnern, dass ich mir einmal in der Schule für dich den Hintern habe vollhauen lassen, weil du zu feige warst, zur Wahrheit zu stehen.«

»Wenn geglaubt wird, aus längst verjährten, lächerlichen Angelegenheiten irgendwelche Rechte ableiten zu können, so ist das eine Täuschung. Mit welchen Mitteln es verstanden wurde, meiner Schwester den Kopf so zu verdrehn, dass sie zu keinem klaren Gedanken mehr fähig ist, soll hier nicht zur Debatte stehen. Fest steht allerdings, dass wir es unter gar keinen Umständen dulden werden. Regina wird, wenn es nicht anders geht, mit Gewalt gehindert werden, nochmals hierherzukommen.«

»Sooo? Und wer hindert sie? Du vielleicht? Geht es dich überhaupt etwas an?«

»Ich denke wohl, denn schließlich ist ja die ganze Familie blamiert und bloßgestellt, wenn Regina sich so weit vergisst. Es ist überhaupt eine Frechheit ohnegleichen, daran zu denken, unser Ansehen, unseren Stand, unsere Familie mit Ihrer fragwürdigen Abstammung zu –« Walter Helmbrecht verstummt plötzlich, denn Peter hat einen federnden Schritt nach vorn getan. Seine Augen werden ganz schmal vor Zorn, und er hätte nun leicht mit ein paar herzhaften Griffen an der gepflegten Gestalt Walter Helmbrechts einige bedeutende Veränderungen vornehmen können. Er hat wahrhaftig schon ganz andere Kerle in die Mangel genommen als diesen. Aber er tut es nicht – Regina zuliebe bezähmt er sich.

Er will jetzt nur nicht mehr geduldig schweigen und sagt daher laut und deutlich: »Dein Vater müsste kommen. Dem stünde schließlich das Recht zu. Aber nicht dir. Was bist du denn schon? Ein eingebildeter Laffe, weiter nichts. Sei du nur still jetzt, wenn ich rede, das will ich dir anraten! Was hast du denn schon fertig gebracht? Zeit deines Lebens bist du deinem Vater auf der Tasche gelegen! Oder hast du dir vielleicht schon selbstständig ein Stück Brot verdient? Vermutlich weißt du gar nicht, wo das Brot herkommt. Und so einer redet von meiner fragwürdigen Abstammung! An deiner Dummheit gemessen, muss man sich wundern, dass du in der Wahl deines Vaters so vorsichtig warst. Aber die Welt, von der du ja noch nichts gesehen hast, die fragt nicht, woher man stammt, die fragt nur, was man leistet. Aber du hast ja Holzwolle dort, wo andere Menschen Gehirn haben. Und wenn du glaubst, Regina irgendwie beeinflussen oder gegen mich aufhetzen zu können, so versuch es doch! Vergiss aber nicht, dass sie volljährig ist und ihren eigenen Willen hat! Nur bei Regina allein liegt die Entscheidung und nicht bei dir.«

Peter tritt wieder zurück. Dieser hochnäsige Tropf interessiert ihn nicht mehr.

Aber da sagt Walter: »Das werden wir ja sehen.

Von einem Herumtreiber lasse ich mich nicht ungestraft beleidigen. Ich bin gekommen, um –«

»Wart einen Augenblick!«, ruft Peter und läuft auf den Karren zu.

Als er kurz darauf wieder erscheint, hat er eine kleine Pistole in der Hand.

»Für den ›Herumtreiber‹ könnte ich dir jetzt leicht eine Kugel in den Schädel jagen. Aber die Scherereien bist du mir nicht wert. Ich zähle jetzt nur bis drei, und wenn du dann nicht fort bist, kannst du zu Fuß heimlaufen, denn ich werde dir die Reifen kaputtschießen!«

Da heult der Motor schon auf, mit einem Satz springt der Wagen an und verschwindet hinter den Bäumen, Peter lässt die Pistole lächelnd in die Hosentasche gleiten und geht dann zum Neubau zurück, denn es ist noch nicht Nacht und er kann noch einiges erledigen.

Sina kommt. Blühend und frisch im Aussehen, innerlich aber beladen mit Grimm und Bitterkeit. Ihr fällt es natürlich nicht ein, zu den Moorwiesen zu gehen, denn sie erinnert sich, dass sie schon einmal vor Jahren diesen Weg unternehmungsfreudig gegangen ist, und es war ihr damals nicht gut bekommen. Zwar war es damals der Alte, an dem sie ihre Macht ausprobieren wollte. Wer weiß aber, ob dieser wirklich sein Geheimnis mit ins Grab genommen hat? Wer bürgt dafür, dass der Sohn nicht irgendetwas weiß? Es ist ja oft so, dass das Gute sich spurlos verliert, das Böse aber unerbittlich wie ein roter Faden durch die Jahre nachzieht.

Nein, sie geht auf gar keinen Fall dorthin! Sie sagt, dass sie es unter ihrer Würde finde. Sie fällt lieber über Regina her. Aber auch das will nichts fruchten, denn Regina hat sich angesichts der Drohungen und der dargebotenen Gewalt zu einem Steinbild verwandelt, an dem alles Ungemach abprallt.

Sina weint einen Tag lang und versucht es erneut. Aber das Steinbild wankt und weicht nicht. Es lächelt kühl und unnahbar. Schließlich wird Sina ungerecht wie so oft, wenn sie ihren Willen nicht durchsetzen kann: Sie überfällt den Mann mit aller Art von Vorwürfen.

Heinrich Helmbrecht sagt zuerst nichts. Er kennt das schon. Aber dann hebt er den Kopf und in seinem Gesicht ändert sich etwas, weil die Frau herausschreit: »Diese halsstarrige, bockbeinige Veranlagung kann sie nur von dir vererbt bekommen haben.«

»Überleg dir einmal genau, was du da sagst, Sina!«

Es klang wie eine leise Drohung.

Sina aber hört diese Drohung nicht, sie fühlt nicht die Gefahr, in die sie sich selber hineinmanövriert, sondern schreit unbeherrscht weiter: »Was gibt es da zu überlegen? Deine burschikose Art, deine Neigungen, die gesellschaftlichen und sozialen Gesetze zu missachten, haben sich sinnfällig auf Regina vererbt. Du hast –«

»Schweig!«, unterbricht er sie heftig. Dann geht er hin, schließt das Fenster und zieht die unterste Schublade des Schreibtisches heraus. Sina verfolgt sein Gebaren mit gereizter Nervosität. Sie sieht, wie er ein blaues Schulheft hervorzieht und darin blättert.

»Setz dich einmal hin!«, befiehlt er ihr. Es ist ein so zwingender Ton in seiner Stimme, dass sie willenlos gehorcht. »So – und nun lies das einmal!«

Längst hat die Frau zu Ende gelesen. Trotzdem bringt sie es nicht fertig, die Augen von den Notizen des Korbflechters Gigglinger zu lösen. Ihr Gesicht ist verfärbt bis in den Haaransatz hinein und mit einer furchtbaren Deutlichkeit steigen die Bilder der Vergangenheit herauf, die sich in dieser Stunde zu Schande und Scham verwandeln.

Endlich ergreift der Mann wieder das Wort. Sina kommt es vor, als habe sein Schweigen eine halbe Ewigkeit gedauert. »Vielleicht hättest du von diesen Aufzeichnungen niemals etwas erfahren, wenn du dich nicht dazu hättest hinreißen lassen, Reginas Verirrung als eine ausschließlich von mir herkommende Erbanlage zu bezeichnen. Ich glaube aber das Recht zu haben, zu behaupten, dass dieser Hang zum Abenteuerlichen wohl ein Erbteil von dir ist.«

Mit dem Mut der Verzweiflung versucht Sina die Situation nochmals zu beherrschen, indem sie die Aufzeichnungen als Hirngespinste eines einfältigen Narren bezeichnet, der sein Geschreibsel – ein Beweis seiner niederen Gesinnung – ihm in die Hände gespielt habe.

Helmbrecht macht eine abwehrende Bewegung mit der flachen Hand.

»Du irrst dich, Sina, in beiden Fällen. Und du weißt genau, dass diese Aufzeichnungen wahr sind. Durch einen Zufall kam das Heft in meine Hände und ich möchte fast sagen: Gott sei Dank, dass ich es gefunden habe und nicht irgendein anderer. Es ist heute viel zu spät, dir Vorwürfe zu machen. Auch zieht man nach zweiundzwanzig Jahren keine Konsequenzen mehr. Vielleicht lag die Schuld damals auch ein wenig an mir. Wer will das heute noch genau feststellen? Ich weiß nur, dass ich dich geliebt habe, dein kaltes Herz und deinen Stolz – auf meine Art eben geliebt –, bis zu der Stunde, da mir dieses Heft in die Hände gefallen ist. Da brach eine Welt in mir zusammen. Aber ich hätte geschwiegen, wenn du mir jetzt nicht mit Anschuldigungen gekommen wärst, die nur auf dich selber zurückfallen. Ich hätte schon deswegen geschwiegen, weil Regina nie die Wahrheit erfahren darf.«

Bei diesen Worten beginnt er langsam das Heft in kleine Stücke zu zerreißen, steckt sie in den Ofen und hält ein Streichholz daran. Mit starrem, leblosem Gesicht schaut Sina ihm zu. Scham und Zerknirschung, Ehrfurcht und Bewunderung beherrschen ihr Denken. Hat sie wirklich ein halbes Leben lang dazu gebraucht, um die einfache und wundervolle Größe dieses Mannes zu erkennen? Sie hätte sich ihm vor die Füße werfen mögen, aber sie fühlt, dass sie damit diese Szene nur lächerlich gemacht hätte. Und während sie nach passenden Worten ringt, fährt Helmbrecht schon wieder zu sprechen fort:

»Dessen ungeachtet will ich natürlich nicht behaupten, dass ich mit Reginas Plänen einverstanden bin. Es hat nur keinen Zweck, täglich und stündlich auf das Mädel einzureden. Aber sie muss wissen, dass sie den endgültigen Bruch mit diesem Haus zu erwarten hat, wenn sie nicht zur Besinnung kommen sollte. Mit dem Gigglinger zu reden, halte ich ebenfalls für zwecklos, nachdem Walter bereits den Versuch unternommen hat. Allerdings bin ich überzeugt, dass er in der Wahl seiner Worte nicht übermäßig klug gewesen ist. Vielleicht aber kommt Regina eines Tages doch noch von selbst zur Vernunft.«

Für Sina gibt es nicht viel zu sagen. Sie ist verwirrt. Auch erkennt sie den Widersinn, angesichts ihres offenbar gewordenen Fehltritts als Kämpferin gegen eine vielleicht wirkliche und echte Liebe aufzutreten, der sie nur bei sich den Ausdruck jugendlicher Verirrung zubilligt. Jawohl, Sina hat ein großes Maß an Selbstsicherheit verloren. Sie verfällt in der Folgezeit auf die verzweifeltsten Auswege und vermeint sogar, dass sich Gott bestechen ließe, indem sie ihm verspricht, eine Wallfahrt zu Fuß nach Altötting zu machen, und wenn das noch nicht helfen sollte, gar noch bis nach Birkenstein zu pilgern, falls Regina wieder auf den richtigen Weg zurückfände.

7

In Heimatsried ist das Leben in jenem gemütlichen Gleichmaß weitergegangen, das solch kleinen Marktflecken, die abseits der großen Straßen liegen, für alle Zeiten anhaftet. Technik und Fortschritt haben sich zwar da und dort eingenistet, aber sie beherrschen bei weitem nicht das tägliche Geschehen. Im Vordergrund steht immer noch der Klatsch über die kleinen und großen Ereignisse des Lebens. Immer noch ist das Kaffeekränzchen der Ort, an dem man alle Dinge erfährt, neuerdings freilich auch der Friseur, der ein gutes Geschäft mit Dauerwellen macht.

O ja, es gibt immer etwas Neues in Heimatsried.

Seht, da ist der bereits stark ergraute Wuschelkopf der Frau Landrat Hecht über Nacht wieder rabenschwarz geworden. Der neue Friseur ist wahrhaftig ein Zauberer. Die Handarbeitslehrerin

Hirner stirbt an gebrochenem Herzen, weil ein Elektrotechniker von den Überlandwerken über Nacht Heimatsried verlässt, wo sie doch gedacht hatte, mit ihm ein spätes Glück zu finden. Der einäugige Veri vom Armenhaus segnet das Zeitliche und vererbt der Gemeinde für wohltätige Zwecke sage und schreibe sechstausend Mark. Und Hermine, die Sekretärin im Landratsamt, hat nun endlich den Sohn des Bezirksbaumeisters bekommen. Sie trägt seit kurzem eine goldene Brosche mit roten Korallen.

Aber wie gesagt, das alles sind nur Bagatellen gegenüber dem, was sich bei den Moorwiesen draußen abspielt! Das ist »der Skandal«, nach dem man schon lange gesucht hat. Regina Helmbrecht und der Korbflechter-Schiffsmatrose stellen mit ihrem Liebesabenteuer alles andere in den Schatten.

Nein, ist denn das menschenmöglich? Diese Regina Helmbrecht!

»Ich habe es schon immer gesagt, dass nie etwas Rechtes aus ihr wird«, erklärt Frau Landrat in selbstgerechter Zufriedenheit. Sie besteht energisch darauf, noch immer als Frau Landrat angesprochen zu werden, obwohl ihr Mann schon seit mehreren Jahren pensioniert ist.

Sina soll in ihrer Verzweiflung sogar zum Pfarrer gegangen sein, damit er die Trauung verhindere. Der aber hätte ihr erklärt, dass er dazu keine Befugnisse habe. Mittlerweile sei es zum endgültigen Bruch zwischen Regina und ihren Angehörigen gekommen. Regina habe das Elternhaus bereits verlassen und halte sich nun nur noch draußen bei den Moorwiesen auf.

Wie genau doch die Leute alles wissen! Selbst von der Korallenbrosche sickert etwas durch. Einmal soll sie eine Negerfürstin getragen haben und jetzt trägt sie Hermine.

Darüber kann nun zufällig die Frau Regierungsrat Offner Auskunft geben. Peter Gigglinger habe Hermine die Brosche geschenkt, damit sie sich bei ihrem Schwiegervater, dem Bezirksbaumeister, verwende, dass er den Bauplan des Gigglinger umgehend genehmige.

Ja, das muss gesagt werden: Erreichen kann anscheinend dieser Gigglinger alles, was er sich in den Kopf setzt. Kommt als Totgesagter zurück und sagt: Ich baue mir ein Haus. Und wenn man durch das Südtor von Heimatsried geht und zum kleinen hinteren Friedhof hinaufsteigt, kann man dieses Haus wahrhaftig stehen sehen. Weiß hebt es sich vom grünen Hintergrund ab, und vor ihm liegen zwei Streifen dunklen, umgebrochenen Landes inmitten der Moorwiesen. Wie eine Insel des Friedens liegt alles da. Es lohnt sich, einen Spaziergang dorthin zu machen, um in angemessener Entfernung vorüberzuschlendern. Wohlgemerkt: in angemessener Entfernung, denn der junge Mann hat Wildwestmanieren und ist nicht ungefährlich. Hat er nicht dem Walter Helmbrecht sogar eine Pistole auf die Brust gesetzt?

Eines aber muss ihnen der Neid lassen: Diese beiden Menschen sind blühend jung und schön, sind herrlich anzuschauen in ihrem selbstbewussten, stürmischen Tatendrang. Man müsste Respekt haben vor der Regina, die auf der Leiter steht, von früh bis spät arbeitet, allen Widerwärtigkeiten zum Trotz. Sie ist genau darüber im Bilde, was über sie gesprochen wird. Aber sie gibt nicht nach, tapfer und aufrecht, nichts über sich duldend als die Macht der Liebe, um derentwillen sie wie ein

Maurer arbeitet. In acht Tagen soll die Hochzeit sein, dann wird das Tor geschlossen hinter dem Weg ihres bisherigen Lebens, den sie sicher und unbeirrt gegangen ist.

In acht Tagen. Das weiß auch Sina. Und sie ist nicht gewillt, die Flinte ins Korn zu werfen. Mit verbissener Leidenschaft kämpft sie gegen die Schande, die ihrem Haus widerfahren soll. Immer wieder öffnet sich ein Weg vor ihr, ein Ausblick, ein Hoffnungsstrahl.

Deshalb steht sie eines Tages auf dem Stationszimmer der Polizei und erklärt Kommissar Pfeifer, dass sie sich an die nächste Instanz wenden werde, wenn seine Erhebungen etwa negativ verlaufen sollten, nachdem die Fälle doch klar erwiesen sind: verbotener Waffenbesitz, Bedrohung eines Menschen mit der Schusswaffe, Konkubinat.

Darum also erscheint eines Morgens Herr Pfeifer vor der jungen Siedlung, lehnt sein Fahrrad an den neu gesetzten Gartenzaun und betrachtet zunächst die jungen Kohlrüben, die zwar etwas spät daran sind, aber trotzdem ganz üppig sprießen. Da wird er plötzlich angesprochen: »Ah, mein alter Freund! Das ist aber nett, dass Sie einmal herschauen zu uns. Andere Leute machen gewöhnlich einen weiten Bogen um uns. Na, kommen Sie nur! Ich habe ein paar extrafeine Zigarren für Sie im Haus liegen.«

Pfeifer verzieht den Mund ein wenig, denn er findet die Anrede nicht ganz in Ordnung. Es scheint ihm doch ein wenig zu viel, als alter Freund dieses braun gebrannten Burschen zu gelten. Außerdem ist er dienstlich hier und das mit den Zigarren hängt ganz von dem Ergebnis seiner Erhebungen ab. Er rückt sein Koppel zurecht.

»Wie geht's, wie steht's? Was gibt's Neues?«

»Lauter Neues«, lacht Peter und deutet mit einer Handbewegung seinen Besitz an.

»Ja, sehr schön, großartig, wie Sie das alles gemacht haben! Wenn man bedenkt, vor kurzem noch lauter Moorwiesen. Respekt, Respekt! Aber was wollte ich jetzt gleich sagen? Ja – richtig! Wie ist es denn mit einem Waffenschein? Haben Sie einen Waffenschein?«

»Nein, hab ich nicht! Brauch ich auch gar nicht.«

»Denken Sie! Das mag vielleicht in Afrika so Brauch sein, aber hier ist es anders. Jeder, der eine Waffe besitzt, braucht auch einen Waffenschein. Außerdem sollen Sie kürzlich einen Menschen mit einer Pistole bedroht haben.«

Peter pfeift durch die Zähne. »Ach so! Aus diesem Loch weht also der Wind. Regina!« – Die junge Frau erscheint in der Haustür. – »Denk dir nur, Regina, dein Bruder hat mich nun angezeigt wegen der Pistole.«

Regina wird blass im Gesicht. »Das sieht ihm ähnlich«, sagt sie verbittert.

»Haben Sie die Pistole?«, fragt Pfeifer. »Die muss ich natürlich beschlagnahmen.«

»Wie Sie meinen«, sagt Peter, geht ins Haus und holt die Pistole. »Hier, bitte, Herr Kommissar. Allerdings handelt es sich hier um eine Scheinpistole, aus der gar nicht scharf geschossen werden kann. Soweit ich unterrichtet bin, ist dazu kein Waffenschein nötig.«

»Dazu allerdings nicht.« Pfeifer untersucht die Pistole sehr genau und stellt schließlich fest, dass es sich hier tatsächlich um ein Spielzeug handelt. Er lässt sich vorsichtshalber auch die Munition noch zeigen. »Haben Sie wirklich nur dieses Ding da?«

»Ich habe keine andere Waffe.«

»Und mit der haben Sie gedroht?«

»Natürlich. Außerdem hätte ich nur ein Stück Holz in die Hand zu nehmen brauchen und auch davor wäre er geflohen, feige, wie der Herr nun einmal ist.«

Pfeifer gibt die Pistole wieder zurück. »Das wäre also in Ordnung.«

Also damit ist er nicht zu überführen, dieser Peter Gigglinger. Die aufgebrachte Sina Helmbrecht wird das zwar nicht glauben wollen und wird vielleicht wirklich die nächste Instanz bemühen.

Aber auch die nächste Instanz würde sich umsonst mit dem Fall befassen, denn hier ist alles in Ordnung, soweit der Kommissar Pfeifer festgestellt hat.

Erfreut und ohne Hemmung nimmt er die zwei Zigarren von Peter und entschuldigt sich, dass er schon so früh eingebrochen ist in die Stätte des Friedens.

»Es ist eine Oase hier«, sagt er. Er weiß zwar nicht, woher er das Wort hat, aber es gefällt ihm, und er wiederholt es: »Ja, ja, wirklich wie eine Oase.«

Regina erklärt ihm, dass er ja nur seine Pflicht getan habe, und zu entschuldigen hätten sich nur diejenigen, die ihn hergeschickt hätten, aber von diesen wäre eine Entschuldigung sicherlich nicht zu erwarten.

Nein, von diesen war so etwas wirklich nicht zu erwarten. Sina bekam einen Nervenzusammenbruch, als sie hörte, dass auch ihr letztes Mittel nicht geholfen habe. Und was Walter betrifft, wäre es an der Zeit gewesen, sich zu schämen, dass er vor einem niedlichen Spielzeug Reißaus genommen hatte. Aber er denkt nicht daran, sondern bezichtigt Herrn Pfeifer einer groben Dienstverletzung, weil er sich mit einer Scheinpistole habe abspeisen lassen, anstatt eine Hausdurchsuchung nach der wirklichen Pistole vorzunehmen.

Doch da spricht endlich der Tierarzt Helmbrecht das entscheidende Wort, indem er erklärt, dass er diese Aufregungen nun satt habe. Man müsse sich jetzt wohl oder übel in das Unvermeidliche fügen, denn es sei ja offensichtlich, dass Regina durch kein Mittel mehr von ihrem Entschluss abzubringen sei.

Überhaupt hat Heinrich Helmbrecht seit Tagen das Gefühl, dass man etwas voreilig den Stab über Regina gebrochen habe. Er fühlt sich nicht ganz wohl in seiner Haut und sein Gewissen ist wie mit einem schweren Stein belastet, weil man Regina ohne alle Hilfe ihrem Schicksal überlassen hat. Ein untrügliches Gefühl sagt ihm, dass diese beiden Menschen die Hindernisse, die ihnen das Leben in den Weg stellt, bezwingen werden und dass sie zu irgendeinem Zeitpunkt von aller Sorge und Not frei sein würden.

Wie aber würde man dann dastehen? Er sinnt Tag und Nacht, wie er noch etwas tun könnte, ohne sich dabei etwas zu vergeben. Jedoch das Rechte fällt ihm nicht ein und mit einem Mal ist der Tag der Hochzeit herangekommen.

Es ist eine Hochzeit wie bei den Ärmsten der Armen. Doch die beiden stört das wenig und sie fühlen kaum die stechenden Blicke auf dem Weg zu Rathaus und Kirche. Regina geht in einem grauen Straßenkostüm, Peter in einem dunklen zweireihigen Anzug. Nach außen wirkt alles alltäglich, im Innern der beiden Menschen aber leuchtet es festtäglich hell.

Am Nachmittag schaffen sie das ganze Heu unter Dach. Dies scheint ihnen ratsam, weil es aussieht, als ob das Wetter umschlagen wolle. Das Heu duftet schwer und süß nach Kräutern und Erde.

Am Abend sitzen Regina und Peter auf der weißen Birkenbank vor dem Haus.

Rasten sie nun und feiern sie ihren Tag? Nein, sie rasten nicht, sie rechnen. Sie haben ein paar Rettiche aufgeschnitten, essen Butterbrote dazu und rechnen. Es ist alles bezahlt, jawohl, alles, bis auf ein paar Kleinigkeiten. Insgesamt sind jetzt noch tausend Mark vorhanden.

»Ich könnte meine Perlenkette verkaufen«, sagt Regina. »Ich brauche wirklich keine Perlenkette.«

Peter aber meint: »Natürlich brauchst du sie. Wenn wir Besuch empfangen und so …«

»Kindskopf«, lacht sie. »Wer sollte uns denn besuchen? Wir zwei sind auf uns ganz allein gestellt, wie das erste Menschenpaar.«

»Ja, nur etwas fortschrittlicher. Bedenk doch: Die beiden mussten im Feigenblatt herumgehen, wir aber haben ein Haus und zwei Betten dazu.«

»Die Küche nicht zu vergessen. Sie ist mein besonderer Stolz.«

»Da wirst du also nun tagtäglich vor dem Herd stehen und für mich kochen.«

»Nicht für dich allein, mein Lieber. Du musst nicht so von dir eingenommen sein, weil ich heute so schnell und unüberlegt ja gesagt habe.«

»Unüberlegt?«

»Ja, es ist mir nämlich erst danach eingefallen, was die Heilige Schrift sagt. Warum muss nur das

Weib dem Mann untertan sein? Warum heißt es nicht, dass auch der Mann dem Weib zu gehorchen habe?«

»Der liebe Gott wird schon gewusst haben, was er vom Weib zu halten hat. Er hat ja doch seine Erfahrung gemacht mit der Eva.«

Lauter so dummes Zeug reden sie vor lauter Verliebtheit. Regina erwähnt dabei auch die Korallenbrosche.

»Sie stammt natürlich nicht von einer Negerfürstin«, gesteht er. »Ich habe sie in Santa Cruz auf dem Jahrmarkt gekauft. Aber man muss den Menschen nur irgendetwas erzählen, dann glauben sie es und sind glücklich.«

»Muss ich das auch auf mich beziehen?«

Der Kuss, mit dem er sie bedenkt, überzeugt sie vom Gegenteil.

»Aber es ist doch richtig, dass du Hermine die Brosche gegeben hast?«

»Es ist richtig, doch es hat nichts zu bedeuten.«

»Ja, das weiß ich, Peter. Aber wenn du mich wirklich einmal betrügen solltest, weißt du, was ich dann tue?«

»Vermutlich das, was alle Frauen tun: so lange weinen und wehklagen, bis der Mann zerknirscht ...«

»Da täuschst du dich aber gewaltig, Herr Gemahl! Ich würde dich nämlich umbringen.«

Darauf lachen sie beide von Herzen und versinken in neue Zärtlichkeiten. Sie fassen sich bei den Händen und gehen in den Wald. Es ist so still und kühl wie in einer Kirche, und Peter sagt ihr ins Ohr, dass er sie liebe.

»Ich liebe dich auch, Peter. Und dies gilt nicht bloß für jetzt, sondern für alle Ewigkeit.«

Sie wandern Hand in Hand. Die Bäume sehen ihr Glück, die Sträucher, die Quelle, der Vogel im hohen Geäst. Alle sehen das große Glück, das diese zwei Menschen in sich tragen. Peter muss daran denken, dass er einmal geglaubt hat, er könne nie sesshaft werden. Die Welt ist weit und schön und voller Wunder. Peter hat die Wunder erlebt. Aber nun hat er Anker geworfen, nun will er Wurzeln schlagen.

In einem weiten Bogen kehren sie zu ihrem Haus zurück.

Drei Tage später geht Peter eines Morgens fort, und als er gegen Mittag heimkommt, zieht er eine Kuh am Strick hinter sich her. Wahrhaftig, eine Kuh!

»Peter, welche Überraschung!«, sagt Regina und schlägt die Hände zusammen. »Wie hast du das wieder gemacht?«

Die Kuh ist ein kleines schwarzfleckiges Tier mit krummen Hörnern und auch sonst nicht mit Schönheit gesegnet. Peter führt sie in den Stall, in dem bereits drei Hühner Quartier bezogen haben. Dann stehen sie bei der Kuh, betrachten sie eingehend und einigen sich auf den Namen Elsa.

»Ich habe sie nur wegen des Heus gekauft«, sagt Peter. »Du musst zugeben, Regina, dass wir eine Menge Heu haben. Es wäre eine Schande, wenn wir keine Verwendung dafür hätten.«

Regina lobt seine Umsicht. Kein Wort fällt, dass eigentlich sie die Anregung dazu gegeben hat in einem abendlichen Gespräch, bei dem sie die Zukunft nach allen Seiten hin erwogen haben.

Peter melkt die Kuh am Morgen und am Abend. Sie gibt acht Liter Milch und Regina lässt die Hälfte davon stehen und gewinnt Butter davon. Auch sonst ist sie sehr gewissenhaft. Alles, was sie einkauft – sie tut es lieber in Haslach als in Heimatsried –, schreibt sie säuberlich in ein Notizbuch und über jeden Pfennig geben sie sich Rechenschaft. Auch Peter führt Buch über seine Arbeiten. Er greift wieder auf das vom Vater gelernte Handwerk zurück. Der dritte Raum zu ebener Erde dient ihm als Werkstatt und der leere Platz im Stall ist voll von Ruten und Weiden.

Es ist eine Voreingenommenheit, wenn die Menschen über das Handwerk eines Korbflechters geringschätzig denken. Freilich ist es bislang das Handwerk fahrender Leute gewesen. Weiß Gott, warum. Aber ist es nicht genauso ein ehrbares Handwerk wie Schuster oder Schneider?

Regina denkt viel darüber nach. Sie wird gezwungen, darüber nachzudenken, denn auch im Dorf, wo sie einkauft, hat sie das Gefühl, dass die Menschen sie geringachten. Was ist sie schon? Eine Korbflechtersfrau. Die Tochter des Bezirkstierarztes von Heimatsried, jawohl, aber letzten Endes doch nur eine Korbflechtersfrau. Regina weiß genau, was die Menschen denken, und leidet zuweilen ein wenig darunter. Sie grübelt oft über einen Weg nach, wie den Leuten eine andere Meinung beizubringen wäre.

»Du kannst mir gelegentlich ein paar Körbe mitbringen«, sagt der Fleischer eines Tages herablassend zu ihr.

»Wie bitte?«

»Ein paar Körbe. Jawohl, so bin ich. Leben und leben lassen, heißt es bei mir. – Du kannst etwas Fleisch dafür haben.«

Nun hat Regina sich gefasst. Sie fühlt unerbittlich, dass sie sich gegen eine solche Art der Behandlung wehren muss. Die Menschen sollen ja nicht glauben, dass sie ihrer Gnade und ihrem Mitleid ausgeliefert wären.

»Erstens bin ich für Sie nicht du –«, sagt sie, »und zweitens verkaufen wir unsere Körbe nicht einzeln wie Hausierer, sondern wir haben ein Geschäft wie Sie auch. Wenn Sie etwas brauchen, wir wohnen bei den Moorwiesen. Guten Tag!«

»Ja, ja, ich weiß«, sagt der Mann ganz verdattert und starrt der hohen Gestalt verblüfft nach, während sie die Straße überquert und in einen Feldweg einbiegt. Weich fällt der Rock um ihre Beine. Sie trägt immer so hübsche, geschmackvolle Kleider. Eigentlich hätte er sich denken können, dass man so eine Frau nicht mit du anredet.

Dieser Vorfall gibt Anlass zu einer Besprechung zwischen dem jungen Ehepaar.

»Wir müssen mit den alten Überlieferungen endgültig brechen«, verlangt Regina kategorisch. »Der Schneider trägt ja auch seine Anzüge nicht ins Haus und der Schreiner nicht seine Möbel. Die Leute kommen zu ihnen, nicht wahr? Und wer einen Korb braucht, der soll zu uns kommen.«

»Das ist alles ganz recht und schön, Regina, aber sie werden es nicht tun.«

»Sie werden es tun, verlass dich darauf! Man muss nur konsequent sein, Peter. Man muss den Leuten zeigen, wer man ist, man muss ihnen eine andere Meinung beibringen, auch wenn es schwer fällt. Verhungern werden wir dabei nicht gleich.«

Verhungern? Davon kann keine Rede sein. Es ist doch Elsa da mit ihren acht Litern. Es gibt drei Hühner, die täglich Eier legen. Und falls es einem einfällt, sich hinzusetzen, um zu brüten, ist Peter keineswegs damit einverstanden. Er sperrt es unter ein Schaff und schüttet einen Kübel voll Wasser über sein Gefieder. Da hört es sogleich zu brüten auf. Nein, niemand in dieser Hausgemeinschaft kann sich Extravaganzen erlauben. Ein jedes muss mithelfen, Mensch und Tier.

Sie sprechen dann nicht mehr darüber, aber Peter tut ein paar Tage recht geheimnisvoll, schabt an einer alten Blechtafel herum und bestreicht sie mit schwarzem Eisenlack.

»Was tust du denn da, Peter?«, fragt ihn Regina.

»Ich? Eigentlich nichts. Sie verrostet sonst nur, diese Tafel.«

Aber als Regina eines Abends vom Einkaufen zurückkommt, hängt die Tafel über der Haustür und darauf ist mit weißen Buchstaben gemalt:

»Korbmacherei Peter Gigglinger.«

Da hängt nun also dieses Schild. Niemanden stört es, niemand kommt. Die Wochen vergehen, in der blauen Tasse zeigt sich allmählich der blanke Boden. Ein paarmal schon will Peter weich werden und mit Körben losziehen. Ja, er spürt wahrhaftig eine verdammte Lust dazu, sich den breiten Ledergurt über die Brust zu legen und über Land zu fahren mit dem Handkarren. Die alte Wanderlust prickelt ihm in allen Poren. Aber da ist der unerbittliche Wille seiner jungen Frau.

»Bitte, Peter, tu mir das nicht an! Wir haben jetzt damit angefangen und müssen durchhalten, wenn es auch schwerfällt.«

Da steht er nun, verlegen und unschlüssig. Er ist ein wenig zornig und will sich beherrschen. Sie sieht das zum ersten Mal an ihm und ist betroffen von dem spöttischen Ton, mit dem er ihr zu wissen gibt: »Schön, warten wir noch eine Woche, dann wirst du anders darüber denken.«

»Da kennst du mich aber schlecht, Peter.«

»Ich werde mir die größte Mühe geben, dich besser kennen zu lernen.«

»Ach, rede doch keinen Unsinn, Peter!«

»Es wird sich ja erweisen, wer Unsinn redet.«

Damit geht er hinaus und die Tür fällt nicht gerade sanft hinter ihm zu. Ein kleines Zerwürfnis ist da. Eigentlich ohne Grund, aber es ist da. Es ist entstanden aus dem Unmut des Mannes, weil man seinem Wanderwillen Fesseln angelegt hat.

Diesmal lass ich dich aber warten, beschließt sie und beginnt am Herd zu hantieren. Nach etwa einer Stunde öffnet sich die Tür zu einem kleinen Spalt.

»Hast du mich gerufen, Regina?«

»Nein, mein Guter. Ich wüsste nicht, warum ich nach dir rufen sollte.«

»So, so! Na ja, natürlich. Dann habe ich mich eben getäuscht.«

Sie ruft ihn erst, als es Zeit ist zum Mittagessen. In der Zwischenzeit hat sich aber auch Peter gewappnet. Nur nicht nachgeben, sagt er sich. Sie hat das Zuckerstückchen ausgeschlagen, das ich ihr durch den Türspalt hingehalten habe. Nun mag sie selbst Mittel und Wege finden zu einem Ausgleich.

Der Ausgleich liegt aber immer meist schon in greifbarer Nähe. Es ist ja nicht das erste Zerwürfnis. In solchen Fällen wird Peter dann immer betont höflich.

»Bitte schön«, sagt er dann. Und: »Danke, danke!« Er springt von seiner Arbeit auf und hilft ihr aus dem Mantel, wenn es sich gerade so ergibt. Nichts als übertriebene Höflichkeit ist der ganze Peter, bis Regina den Schabernack nicht mehr länger mitmachen kann und in Lachen ausbricht.

Dann schwört er, dass er nie wieder hässlich sein will, und sie erkennen beide, dass eine Ehe nichts wäre ohne diese kleinen, köstlichen Festlichkeiten des Wiedergutwerdens.

An diesem Tag dauert der kleine Unfrieden nur bis Mittag, als die Zeitung kommt, die der Postbote immer in den hölzernen Kasten vorn an der Straße steckt. Regina hat sie hereingeholt und Peter greift gierig danach. Nun hat er wenigstens etwas, womit er sich befassen kann, und braucht nicht mehr so hochnäsig in eine andere Richtung zu sehen, wenn er den Augen seiner Eheliebsten begegnet. Regina hat jetzt übrigens sowieso am Herd zu tun. Plötzlich hört sie mit einem Ausruf höchster Überraschung:

»Regina, hast du das schon gelesen? Schau einmal her!«

Sie aber trocknet weiterhin bedächtig das Geschirr ab und tut ganz gleichgültig. »Was soll ich gelesen haben?«

»Na, pass auf, ich lese dir vor: ›Körbe jeder Größe in bester Qualität jederzeit lieferbar. Korbmacherei Gigglinger, Heimatsried, Moorwiesenstraße 1.‹«

Regina beugt sich über seine Schulter und kostet jedes dieser gedruckten Worte einzeln aus. Sie hat das Inserat vorige Woche aufgegeben.

Peter hat nur zuweilen eine lange Leitung. Aber er fasst sich schnell und sagt: »Gerade heute wollte ich hingehen und ein ebensolches Inserat aufgeben.«

»Wirklich? Wolltest du das? Übrigens fehlt an dem Inserat einiges.«

»Natürlich fehlt etwas, das habe ich gleich gesagt.«

Er sieht, dass sie lächelt, aber das ist ihm in diesem Augenblick gleich. Er ist sogar recht froh darüber, dass es wieder da ist, dieses glückliche, überbrückende Lächeln. Gierig horcht er auf ihre Worte.

»Körbe ist nämlich ein weiter Begriff, mein Lieber. Es gibt Kartoffelkörbe, Holzkörbe, kleine und große, deine Spezialität sozusagen. Aber es gibt doch auch Blumenkörbe, in vielerlei Formen sogar, mit Silberfarbe bestrichen und mit einem Seidenband durchflochten. Es gibt auch Papierkörbe, wie man sie in den Büros hat. Aber ich denke, dass du diese Dinge nicht recht fertig bringst.«

»Wer bringt sie nicht fertig?«

»Ich meine, dass dir diese Dinge weniger liegen.«

Er schiebt sich hinter dem Tisch hervor, steht mit gespreizten Beinen da und schaut zum Fenster hinaus. Seine Eitelkeit ist wieder einmal ordentlich gekränkt worden. Warte nur, denkt er, ob mir diese Dinge nicht liegen! Da steht sie plötzlich neben ihm, fasst mit voller Hand in sein Haar und zieht sein Gesicht zu sich heran.

Das morgendliche Zerwürfnis ist vergessen. Sie sitzt auf seinem Schoß und hat den Arm um seinen Hals gelegt. In solchen Minuten wie diesen hätte sie alles bei ihm erreichen können. Aber sie hat keine Wünsche, sie ist so wunschlos glücklich, besonders in letzter Zeit. Peter hätte das merken müssen, doch er ist keiner, der sich große Gedanken macht, er ist keiner, der sich aus vielen kleinen Nebensächlichkeiten etwas zusammenreimen könnte. Und so sieht er auch jetzt nur ihren Mund, diesen leuchtenden roten Mund. Und darum bemerkt er auch nicht, dass Regina noch glücklicher aussieht als sonst. Denn sie weiß, dass sie ein Kind bekommt.

»Ich weiß nicht, woran es liegt«, sagt sie. »Ich mag dich immer lieber, du Lausbub.«

Er will sagen, dass dies auch ganz in Ordnung sei, aber er bleibt stumm vor diesem Geständnis. Es schmeichelt ihm gewiss, aber er bleibt stumm. Sie fühlt nur am Streicheln seiner Hände, an seinem Kuss und an dem, was ungesprochen bleibt, dass auch er sie von ganzem Herzen liebt.

»Ja«, sagt er dann nach einer langen Weile. »Nun muss ich wieder an die Arbeit. Es wird wohl überall gelesen werden, das Inserat?«

»Natürlich wird es überall gelesen, Peter.«

»Es ist nur zu dumm«, sagt er und schnippst mit den Fingern, »dass mir nichts anderes liegt als Kartoffel- oder Holzkörbe.«

Regina lächelt hinter ihm her. »Du lieber, dummer Lausbub«, flüstert sie.

Eine Weile bleibt sie noch auf der Bank sitzen und schaut dem breiten Streifen Sonnenlicht zu, der durch das Fenster fällt und alle Dinge des Raumes vergoldet.

In diesem Augenblick spürt sie zum ersten Mal, dass sich das Kind bewegt. Sie verhält sich ganz still und jeder Zug in ihrem Gesicht ist gespannt. Da ist es wieder – dieses zarte Klopfen.

Jawohl, das Inserat wird gelesen, und – man lächelt darüber. Sina Helmbrecht lacht sogar laut und spitz auf und lässt das Zeitungsblatt fallen, als habe sie sich die Hände daran verbrannt. Man lächelt also darüber und lacht, aber man braucht keine Körbe. Es hat niemand den Mut, dort am Rand des Waldes einen Korb zu kaufen. Ja, nichts anderes ist es als Feigheit und Mutlosigkeit. Man will sich nichts vergeben, man will nichts gemein haben mit den Leuten da draußen bei den Moorwiesen. Das sollte Regina doch längst gemerkt haben.

O ja, Regina hat es gemerkt. Frühere Freundinnen gehen schnell auf die andere Straßenseite oder schauen geflissentlich in ein Schaufenster, nur um sie nicht anreden zu müssen. Einzig und allein Hermine schließt einen Kompromiss zwischen alter Anhänglichkeit und Feigheit, indem sie Regina eines Tages auf der Straße anspricht.

»Wie geht es dir?«, fragt sie und beugt sich dabei zu dem weißen Spitz nieder, den sie an einer geflochtenen Leine mit sich führt.

»Danke, mir geht es gut«, antwortet Regina.

»So? Na, das hört man gerne. – Sei artig, Hasso«, verwarnt sie den Spitz, der Anstalten macht, an Regina hochzuspringen. »Man sieht dich so selten, Regina.«

»Das heißt, man will mich selten sehn. Es ist überhaupt ein Wunder, wenn jemand den Mut aufbringt, mit mir zu reden. Aber ich lege gar keinen so großen Wert darauf. Immerhin freut es mich, dass du anders zu denken scheinst.«

»Ach ja, was geht's mich an? Ich frage dich, Regina, was geht's mich an? Jeder liegt so, wie er sich bettet. Du hast deinen Willen durchgesetzt und es ist schließlich deine Sache, wie sich dein Leben abspielt.«

»O ja, es ist meine Sache. Und müsste ich nochmals wählen, ich würde es ein zweites Mal nicht anders machen.«

Hermine ist überrascht, dies zu hören, denn man ist allgemein der Ansicht, dass Regina ihren

Schritt schon längst bereut. Sie tätschelt den Hund, und als sie sich wieder aufrichtet, sieht sie Reginas Mutter über den Marktplatz kommen. Und nun fehlt auch Hermine der letzte Rest von Mut und Beständigkeit. Sie hat es auf einmal sehr eilig.

»Mach's gut«, wispert sie schnell und eilt davon.

Sina aber verhält sichtbar in leisem Erschrecken den Schritt, bleibt stehen wie zur Salzsäule erstarrt, und eilt dann schnurstracks in das nächstbeste Geschäft, obwohl sie ursprünglich sicher nicht dorthin wollte.

So ist das nun also. Früher war man geachtet und geehrt und in einen wohlbehüteten Kreis aufgenommen. Das Leben spielte sich innerhalb fester Grenzen ab, hinter einem schützenden Zaun gewissermaßen. Regina ist herausgeschlüpft hinter diesem Zaun und hat die Ehrlichkeit, sich einzugestehn, dass sie gar nicht mehr dorthin möchte, woher sie gekommen ist. Sie will sich eine eigene Welt aufbauen. Dieser Glaube an eine bessere Zukunft ist unerschütterlich in ihr und sie ist auch dort noch zuversichtlich, wo Peter nichts als abgesteckte Grenzen sehen will.

8

So gehen die Tage dahin und reihen sich zu Wochen. Das Laub ist längst von den Bäumen gefallen, nur hin und wieder sieht man ein rotbraunes Blatt im kahlen Buchengeäst. Und eines Nachts hebt ein wilder Sturm an. Um das kleine Haus im Moorgrund rauscht und braust es wie in dumpfen Orgeltönen bis zum ersten Schimmer des neuen

Tages. Dann aber wird es still und es beginnt zu schneien.

Als Regina zu gewohnter Uhrzeit die Fenster weit öffnet und die Fensterläden der Schlafkammer aufstößt, liegen die Moorwiesen weiß da, und wo der Lichtschein aus dem Fenster fällt, strahlt der Schnee auf wie ein glitzerndes Wunder. Aus der Dunkelheit ertönt hell die Frühglocke, die zur Adventsmesse ruft.

Ohne dass sie es will, wird Regina von den Erinnerungen an die Kindheit überwältigt, in der diese Wochen vor Weihnachten wie von einem geheimnisvollen Zauber bekränzt und durchleuchtet waren. Von der Stunde an, in der in der großen Wohnstube der Adventskranz über dem Tisch aufgehängt wurde, drängten sich der Zauber und das Geheimnis verstohlen durch alle Türritzen und wichen nicht mehr bis zum Heiligabend.

Immer noch läutet das Glöcklein. Regina dehnt sich in wohligem Behagen, atmet in tiefen Zügen die frische Luft ein und schließt dann das Fenster wieder. Von Peter ist nicht viel mehr sichtbar als seine schwarzen Locken, so tief hat er sich unter die Bettdecke gewühlt.

»Komm, mein lieber Faulpelz«, sagt Regina und zieht ihm die Decke fort.

Ohne aus seinem tiefen Schlaf zu erwachen, greift er nach der entgleitenden Decke. Aber weil Regina nicht nachgibt, öffnet er schließlich blinzelnd die Augen. »Wie kannst du mich nur aus dem schönsten Traum reißen, du Scheusal?«

»Was hat dir denn Schönes geträumt?«

»Wart nur, lass mich erst einmal nachdenken! Gib mir die Decke, geliebtes Frauenzimmer, ich kann nicht denken, wenn ich friere. Es waren da so viele Körbe, ganze Berge von Körben, große und kleine, weißt du. Ich weiß selber nicht mehr genau, was es mit ihnen auf sich hatte. Du hast mich ja aus dem schönsten Traum herausgerissen. Vielleicht hätte ich sie gerade verkauft.«

»Das kann ich dir genau sagen, wie dein Traum weitergeht, Peter. Du wirst jetzt aufstehen, wir werden frühstücken, und dann wirst du wieder in deine Werkstatt gehn und neue Körbe zu dem Berg von alten dazumachen, bis unsere kleine Welt hier ganz mit Körben verbaut ist und wir nicht mehr sehen können, was sich außerhalb so alles abspielt.«

Bei diesen leicht hingeworfenen Worten ist Peter hellwach geworden. Er lebt nun immerhin mit Regina schon so lange zusammen, dass er sofort merkt, dass in ihrem überstürzten Ton eine Niedergeschlagenheit mitgeschwungen ist. Er legt den Arm um ihre Schultern und zieht ihren Kopf an sich. »Sei nicht traurig, liebes Mädchen! Wir werden schon ein Loch finden, durch das wir schlüpfen können.«

»Ja, weißt du, Peter – ich habe gestern den letzten Geldschein aus der Tasse genommen. Nun sind wir fertig.«

Er schaut sie erschrocken und verzweifelt an und nimmt diese schwerwiegende Mitteilung hin wie eine Hiobsbotschaft. Aber das dauert nur ein paar Sekunden, dann hat er sich wieder in der Gewalt, dann gewinnt sein leichtes Blut wieder die Oberhand.

»Der Herr hat's gegeben, der Herr hat's genommen, und der Herr wird es wieder geben«, sagt er orakelhaft und greift nach seiner Hose, die auf einem Stuhl neben dem Bett liegt. Dabei fällt ihm neben ein paar verbogenen Nägeln auch ein Kupferpfennig aus dem Hosensack. Er hebt ihn mit wehmütiger Gelassenheit auf und betrachtet ihn lange mit ernster Miene.

»Du bist nun vorläufig der Letzte deines Geschlechtes«, sagt er theatralisch. »Dich will ich ehren, du sollst dich vermehren, du sollst uns Glück bringen. Jawohl, du sollst unser Glückspfennig sein, du bleibst in der blauen Tasse!«

Nun muss auch Regina wieder lachen.

»Wenn du nur nicht ein so großer Kindskopf wärst!«

Peter schiebt den Pfennig aber nicht mehr in die Hosentasche, sondern legt ihn behutsam auf den nun wirklich blanken Boden der blauen Tasse, wo er für alle Zeiten aufbewahrt werden soll. Nach dem Frühstück bindet sich Peter die blaue Schürze um und geht in die Werkstatt.

»Zu den alten Körben neue Körbe«, spricht er die Worte Reginas nach und schaut zum Fenster hinaus. Er hält die kurze Pfeife zwischen den Zähnen und raucht kalt, denn auch der Tabak ist ihm vor Tagen schon ausgegangen.

»Das wird ja sauber«, spricht er vor sich hin. »Und dabei steht Weihnachten vor der Tür.«

Er versucht sich einzureden, dass es schon irgendwie wieder klappen werde. Hat das Leben ihn nicht schon oft in die Zwickmühle genommen, und hat er sich nicht immer wieder daraus hervorgeschlängelt? Freilich, damals war er noch für sich allein. Aber nun ist auch Regina da. Er fühlt eine ungeheure Verantwortung in sich aufsteigen, ein Gefühl, das ihm bisher fremd gewesen ist und ihn plötzlich schwer bedrückt.

Die Flocken fallen weich. Ein paar Krähen ziehen träge über die kleine Lichtung und fallen mit heiserem Schrei in den Wald ein, aus dem die Dunkelheit der Nacht noch nicht ganz entflohen ist. Seufzend wendet sich Peter ab und beginnt mit der Arbeit. Aber er ist nicht ganz bei der Sache. Von Zeit zu Zeit geht er hinüber in die Küche und stellt schließlich mit Befriedigung fest, dass sich Reginas Depression bereits wieder gelegt hat.

Und doch soll dieser Tag zu einem der bedeutungsvollsten in ihrem jungen Eheleben werden. Sie wissen nicht, warum und wieso, sie ahnen nur dumpf, dass er etwas Wichtiges für sie bereit hält. Irgendetwas hängt sozusagen in der Luft, das noch nicht zu greifen ist.

Zunächst geschieht etwas, das Regina einen heillosen Schrecken einjagt. Bei einem zufälligen Hinaussehen bemerkt sie einen Mann auf das Haus zukommen, von dem sie weiß, dass er Geld haben will.

»Peter!«, ruft sie. Sofort erscheint er auf der Schwelle. »Der Bote vom Elektrizitätswerk kommt zum Kassieren.«

»Olala …«, sagt er und seine Nasenflügel weiten sich ein wenig, wie immer, wenn ihn etwas Unangenehmes ankriecht. »Dumm, dass es wenig nützt, wenn man sich einfach totstellt. Du hast also wirklich nichts mehr?«

»Nein, Peter, wirklich, keinen roten Heller mehr«, antwortet sie niedergeschlagen.

»Na schön, lassen wir die Sache an uns herankommen! Wo nämlich nichts ist, hat der Kaiser das Recht verloren.«

Da klopft es bereits und der Mann vom Elektrizitätswerk tritt ein. Er liest gewissenhaft die Kilowattstunden vom Zähler ab und gibt dann zu wissen, dass er achtzig Mark und achtzig Pfennig zu bekommen habe. Regina schaut Peter an und Peter schaut Regina an. Sie geht zum Küchenschrank und öffnet das Türchen. Aber in der blauen Tasse glänzt einsam und verlassen nur der kupferne Pfennig.

»Du wirst kein Kleingeld mehr haben?«, sagt Peter endlich mit gelassener Ruhe und sucht seine Brieftasche hervor. »Da wird es jetzt einen Haken haben. Ich habe nämlich nur einen Tausendmarkschein. Können Sie wechseln?«

»Mann, glauben Sie vielleicht, ich sei ein Bankinstitut? Aber wie viel sagten Sie? Tausend Mark?«

»Jawohl, tausend Mark.« Peter schwenkt dabei einen braunen Schein mit genießerischer Wollust zwischen den Fingern. »Tja, was machen wir nun? Siehst du, Regina, ich habe dir schon vor einigen Tagen gesagt, du sollst ihn wechseln lassen. Unvermutet kommt etwas daher und es ist kein Kleingeld im Haus.«

»Na ja«, meint dann der Bote sichtlich beeindruckt von dieser hohen Zahl, »dann lege ich den Betrag inzwischen aus bis zum nächsten Mal.«

»Sehr liebenswürdig und es tut mir wirklich Leid.« Peter wühlt in seiner Brieftasche noch ein wenig umher und schüttelt dann den Kopf. »Nichts zu machen, es ist wirklich kein kleiner Schein da.«

»Machen Sie sich kein Kopfzerbrechen deswegen! Bei einer solchen Sicherheit kann ich den kleinen Betrag aus meiner Tasche leicht riskieren.«

Peter begleitet den Mann hinaus und ist in strahlender Laune. Regina aber empfängt ihn mit bekümmerter Miene.

»Ach, Peter, das war aber doch sehr gewagt. Gesetzt den Fall, der Mann hätte nun wirklich den Schein wechseln können?«

»Um diese Zeit? Nein, da hat er noch nicht so viel zusammen. Es ist ja erst neun Uhr. Im Übrigen weiß ich jetzt, dass unweigerlich etwas geschehen muss. Und ich bin mir auch klar darüber, was geschehen wird. Ich werde nämlich morgen mit meinen Körben hausieren gehn. Bitte, widersprich mir nicht! Diesmal ist mein Entschluss unabänderlich. Oder willst du immer noch behaupten, dass es nicht notwendig sei?«

Regina antwortet nicht. Sie sieht ja selber keinen Ausweg mehr.

Nein, nein, Regina Gigglinger, geborene Helmbrecht, es hilft wirklich nichts. Steig nur herab! Brich sie nur heraus, die Perlen aus der Krone deines Stolzes! Wovon willst du denn noch leben? Du brauchst dir gar nichts mehr vorzumachen.

So ist sie denn schon halbwegs geneigt, sich damit abzufinden, dass Peter morgen über Land ziehen wird. Sie muss ihn nur dazu bewegen, dass er um Heimatsried einen großen Bogen schlagen und nur die entfernter liegenden Dörfer aufsuchen soll, wo ihn niemand mehr kennt.

Bis zu diesem Kompromiss hat sie sich durchgerungen, zumal sie überzeugt ist, dass sie Peter von seinem Entschluss nicht mehr abbringen kann.

Allein, der Tag ist noch nicht zu Ende. Er birgt noch ganz andere Überraschungen.

Um die Mittagszeit ist plötzlich draußen ein Geräusch zu hören. Die beiden springen auf und sehen einander überrascht an. Wahrhaftig, es ist ein Auto vorgefahren. Und nun steigt ein Mann aus, den die beiden noch nie gesehen haben.

»Hoffentlich will er kein Geld«, orakelt Peter.

»Der sieht nämlich so aus, als ob er meinen Tausender wechseln könnte.«

»Deinen außer Kurs gesetzten Tausender, musst du sagen«, erinnert ihn Regina und gleichzeitig sagen sie dann: »Herein!«

Nein, dieser fremde Herr will kein Geld. Er sieht ganz so aus, als habe er davon in reichlicher Menge.

»Zimmermann ist mein Name, gestatten, Zimmermann«, sagt er und nimmt seinen Hut ab, einen schwarzen Hut mit hellgrünem Band und einem kleinen Gamsbart. »Sie wohnen ja verdammt weit draußen. Und dazu keinen richtigen Weg. Na ja, wenigstens ist es behaglich warm bei Ihnen.« Er zieht die Handschuhe aus und hält die Hände über den Herd.

Regina stellt ihm einen Stuhl hin. »Bitte, nehmen Sie Platz!«

»Danke, danke!« Und dann kommt er zur Sache. »Sie haben doch inseriert, dass Sie Körbe in allen Größen haben. Und ich brauche Körbe in allen Größen. Mit Ihnen ein Geschäft zu machen, ist nämlich der Zweck meines Besuches!«

Peter starrt unentwegt auf die spiegelnde Glatze des Herrn Zimmermann, die sich über der tiefen Stirn bis weit über den Hinterkopf zieht und von gekräuseltem Blondhaar spärlich umrahmt ist.

»Wie bitte?«, fragt er dann endlich.

»Aber du hörst es doch, Peter«, sagt Regina voll brennendem Eifer. »Herr Zimmermann braucht Körbe.«

»Da haben Sie Glück gehabt«, sagt Peter. »Es sind noch einige da.«

Daraufhin dreht sich Herr Zimmermann mit erstaunlicher Schnelligkeit auf dem Stuhl herum und sieht Peter aus seinen kleinen mausgrauen Augen aufreizend an.

»Mein Lieber, glauben Sie denn, dass ich wegen ein paar Körben von Ankirchen herüberfahre? Die hätte ich dort auch haben können und ich hätte Benzin gespart und Reifen geschont. Ich will Geschäfte machen, mein Gutester. Ich nehme jedes Quantum, vorausgesetzt, dass wir uns wegen des Preises einig werden. Kann ich die Ware einmal sehen?«

»Ja, bitte«, beeilt sich Regina zu sagen.

Aber nun ist auch Peter erwacht. Er hat begriffen.

Sie bleiben eine geraume Zeit in der Werkstatt, gehen dann auch in den Schuppen und stehen dann beisammen im Tor. Regina beobachtet sie vom Fenster aus. Peter steht ein wenig breitbeinig, die Hände in den Hosentaschen, und schaut auf das beschneite Moor hinüber. Herr Zimmermann redet und redet. Peter blickt ihn zuweilen flüchtig an und nickt dann. Endlich kommen sie zurück in die Küche. Herr Zimmermann lacht behäbig und zufrieden.

»Es sind noch einige da!«, ruft er lachend. »Zweihundert sind es! Aber, wie gesagt, ich bin Geschäftsmann. – Wenn ich bei Ihnen en gros kaufe, müssen Sie mir natürlich einen anderen Preis berechnen. Ich zahle Ihnen für die großen das Hundert zu sechshundertfünfzig Mark, die kleinen zu fünfhundertachtzig und für die Blumenkörbe können wir meinetwegen das Stück zu fünf Mark berechnen. Ich nehme an, dass auch Sie so viel Geschäftsmann sind, um zu verstehen, dass mein Vorschlag auf einer gesunden Basis ruht. Zudem haben Sie ja von jetzt ab keinerlei Absatzsorgen mehr. Ich schicke morgen einen Lastwagen her und die Sache ist erledigt. An Ihrer weiteren Fabrikation bin ich laufend interessiert. – Was wollen Sie eigentlich noch mehr?«

»Nichts, nichts«, sagt Regina hastig. »Der Vorschlag ist tragbar, Peter. Ich weiß nicht, warum du noch zögerst.«

»Ich zögere nicht, ich wollte nur hören, was du sagst.«

»Na also, dann wären wir ja einig.« Herr Zimmermann zieht die Brieftasche heraus und zählt fünfzehnhundert Mark auf den Tisch. Der Rest soll am nächsten Tag beim Abholen der Körbe bezahlt werden.

Nein, Herr Zimmermann hat wirklich keine Ahnung, dass er wie ein rettender Engel in dieses Haus kam! Sie begleiten ihn beide hinaus und da erst erinnert sich Herr Zimmermann, dass er neben der geschäftlichen auch eine private Meinung haben könne.

»Schön wohnen Sie«, sagt er. »Schön, aber einsam. Für so ein blitzsauberes junges Frauchen eigentlich verdammt einsam.«

»Ja, wir spielen hier sozusagen Adam und Eva«, scherzt Peter, worauf Herr Zimmermann so herzhaft lachen muss, dass seine Äuglein hinter den Fettpolstern der Tränensäcke fast verschwinden. Dann steigt er in sein Auto, reicht vom Schlag heraus den beiden noch einmal die Hand und lässt den Motor anspringen. Bevor er in die Hauptstraße einbiegt, winkt er nochmals zurück und da steht dieser junge Korbflechter mit windzerzaustem Haar und hat seinen Arm um die Schultern seiner schönen Frau gelegt. Erst als der Wagen um die letzte Wegbiegung verschwunden ist, sieht Peter seiner Regina in die Augen.

»Was sagst du nun?«

In ihren Augen spielen goldene Lichter. »Hier draußen sag ich dir gar nichts. Aber komm nur hinein!«

Drinnen schlingt sie mit einem stammelnden Jubelschrei beide Arme um ihn.

»Nicht so stark, du Wilder!«, ruft sie. »Du erdrückst mit deinen Armen wahrhaftig noch unser Kind.«

Peter reißt den Kopf zurück und blinzelt, als würde ihn das Sonnenlicht blenden, hält Regina dann weit von sich ab und schaut ihr tief in die Augen.

»Du – sag das noch einmal!«

»Ja, Peterl, so ist es. Heute ist ein so froher Tag, dass ich mein Geheimnis nicht länger für mich behalten will.«

Behutsam nimmt er Reginas Gesicht in seine Hände.

»Das ist so wunderbar, Regina ...«

Dann lässt er sie jäh los und geht schnell hinaus. Aber sie hat noch gesehen, dass seine Augen sich mit Tränen füllten.

Er bleibt lange draußen, füttert und tränkt Elsa und streichelt ihr Fell. Dann sperrt er die Stalltür gewissenhaft ab und steht eine Weile in der Dunkelheit; es wird gerade Nacht. Die Mondsichel hängt wie eine Glasscheibe am Himmel, ein paar Sterne flimmern und es sieht aus, als könnten sie vor Frost nicht zum Leuchten kommen. Erst als Regina ihn zum Essen ruft, ermahnt er sich und geht ins Haus.

Als sie sich diesen Abend schlafen legen, sagt Peter: »Du musst diesen Tag rot anstreichen, Regina, damit wir ihn nie mehr vergessen.«

»Habe ich längst getan, Peter. Es ist der zwölfte Dezember.«

Peter greift nach ihrer Hand. Und so schlafen sie ein, zwei glückliche Kinder, zu denen schon vorzeitig das Christkind gekommen ist.

9

Eines Spätnachmittags geht Regina vom Haus schnurstracks zu den ersten hohen Bäumen hinüber, auf einen Schatten zu, den sie längst beobachtet hat und für den es bereits zu spät ist, davonzulaufen.

»Guten Abend, Vater!«, sagt sie.

»Guten Abend! Ja –, guten Abend.« Heinrich Helmbrecht schiebt seine Büchse weiter hinter die Achsel. »Ist gut, dass du kommst. Ich habe nämlich gleich da drüben ein paar Fuchseisen gelegt. Durch einen Zufall könnte schließlich einer von euch hineintreten.«

Ein kaum merkliches Lächeln spielt um Reginas Mund.

»Jawohl, durch Zufall. Und wenn ich dich nicht zufällig hier hätte stehen sehen, wäre also deine Warnung unterblieben?«

»Du wirst doch hoffentlich begreifen, dass ich – nicht in dieses Haus gehen kann?«

»So? Dann warte bitte hier, damit ich dir das Taschentuch geben kann, das du vorige Woche dort vor dem Fenster verloren hast«, sagt Regina und will zurückgehen.

»Erlaube mal, du wirst doch nicht annehmen, dass ich vor dem Fenster dort –«

»Ich nehme das gar nicht an, ich weiß es genau.

Es war ja auch nicht das erste Mal, daß du dich hier aufhältst. Ich habe dich schon öfters bemerkt, Vater.«

Es ist ihm sichtbar peinlich. Heinrich Helmbrecht streicht sich das Kinn und wirft einen schnellen Seitenblick auf Regina. Dann nimmt er den Kopf zurück.

»Weiß er es?«

»Wenn du mit dem ›er‹ meinen Mann meinst, nein. Ich habe es für mich behalten und es so gedeutet, dass mir deine Liebe doch nicht ganz verloren gegangen ist.«

»Wahrhaftig, da hast du Recht. Aber was sollte ich denn tun?«

Regina tritt wieder vor ihn hin und schaut ihm in die Augen. »Was du tun sollst? Mir eine kleine Freude machen!«

»Hm – es käme mir schließlich gar nicht darauf an. Was soll es denn sein?«

»Komm mit! Sieh dir wenigstens mein Zuhause an!«

Ohne seine Antwort abzuwarten, hängt sie sich in seinen Arm und führt ihn ins Haus.

Es ist wahr, Neugierde und der Vorsatz, gewisse Dinge aufzurollen und richtig zu stellen, vielleicht auch beseelt von dem Wunsch, irgendwie zu helfen, haben ihn zu diesem Schritt verleitet. Und nun sitzt er da zwischen den beiden Menschen und nicht die leiseste Andeutung eines Vorwurfs ist zu vernehmen. Daher gibt es keine Gelegenheit für ihn, die Sprache auf das zu bringen, was sie die ganzen Monate getrennt hat. Nein, es ist vielmehr so, als habe er immer schon hier gesessen und die Füße so wohlig von sich gestreckt. Mit Heißhunger greift er nach den belegten Brötchen, die Regina ihm reicht, und trinkt heißen, aromatischen Tee dazu.

Und in dieser abendlichen Stunde erlebt er an den beiden jungen Menschen etwas, das er selber nie an sich erleben durfte: einen tiefen seelischen Kontakt und ein gegenseitiges harmonisches Verstehen. Sie geben sich ihm gegenüber so natürlich und halten ihm sozusagen ihre offenen Herzen hin, dass es ihn plötzlich tief beschämt. Nach einer Stunde ist er so weit, dass er die Frage gar nicht mehr über die Lippen bringt, ob und wie er ihnen helfen könnte, denn er sieht, dass die beiden sich bereits selber geholfen haben und herrlich wie kraftstrotzende Blüten im jungen Frühling ihres Lebens stehen. Es ist beschämend für ihn. Hat es denn wirklich erst dieses Wiedersehens bedurft, um zu erkennen, was dieser Peter Gigglinger für ein prächtiger Mensch ist?

»Eigentlich«, sagt Peter mitten im Gespräch, »weil du gerade da bist, könntest du nach unserer Elsa sehen. Sie soll ein Kälbchen bekommen.«

War es nur ein Vorwand, den alten Herrn hinauszulocken? Jedenfalls nimmt Peter die Gelegenheit gleich wahr, Heinrich Helmbrecht wissen zu lassen, dass er nun bald Großpapa werde. Inwieweit Dr. Helmbrecht von diesem Geständnis beeindruckt wird, ist nicht zu erkennen. Er schaut nur seinen Schwiegersohn lange an und sagt dann etwas stockend:

»Hör einmal – jetzt sind wir unter uns, und du kannst mit mir reden, wie dir der Schnabel gewachsen ist. Wie schaut es denn aus? Verdienst du denn einigermaßen? – Hier, steck dir eine Zigarre an! – Tja, es lässt mir schon die ganze Zeit keine Ruhe. Es war eigentlich eine Gemeinheit –«

»Was war eine Gemeinheit?«

»Die ganze Angelegenheit. Ich hätte Regina nicht so fallen lassen dürfen, das sehe ich heute ein. Aber ich will gern einiges nachholen. Du brauchst mir bloß zu sagen, wie ich euch am besten helfen kann.«

»Helfen? Uns helfen?« Peter schüttelt den Kopf. »Wir brauchen eigentlich keine Hilfe.« Peter macht ein paar Züge an der Zigarre. »Ich suche nur ein paar Gehilfen, damit ich mit meinen Aufträgen fertig werde.«

»Geht dein Geschäft so gut? Das hätte ich nicht erwartet.«

»Allerdings, wenn ich auf die Heimatsrieder gewartet hätte, wären wir alle beide verhungert. Wo der Pfennig geschlagen wird, gilt er meistens nichts. Gestern habe ich beim Bichler Körbe ausgestellt gesehen, die ich sofort als die meinen erkannt habe. Man hat sie aber nicht von mir gekauft, sondern vom Zimmermann in Ankirchen, der sie wiederum von mir bezogen hat. Aber nun komm mit! Ich will dir gern etwas zeigen.«

Peter führt den alten Herrn in seine Werkstatt, wo er hinter einem Bretterstapel Verschiedenes zum Vorschein bringt. »Ich halte das versteckt«, erklärt er, »weil es für Regina zu Weihnachten sein soll.«

Heinrich Helmbrecht betrachtet voll Staunen und wachsendem Interesse die zum Teil bereits fertigen und halbfertigen Stücke; eine ganze Garnitur Korbmöbel, zwei einzelne Korbstühle und – eine Wiege. Es ist eine geschmackvolle, bis ins kleinste durchgefeilte Arbeit, sauber in den Linien und in der Ausführung. Peter hat durchweg nur einjährige Weiden verarbeitet, die sich weich und geschmeidig um die Formen schmiegen. Peter erklärt Einzelheiten dazu und lässt durchblicken, dass er sich mehr und mehr auf solche Sachen umstellen will.

Helmbrecht ist überrascht und verblüfft zugleich. Aber er ist sich sofort im Klaren darüber, dass man diesem jungen, strebsamen Mann unter die Arme greifen muss.

Das überlegt er auf dem Heimweg nach allen Richtungen hin. Er weiß, dass es in seinem Haus eine scharfe Auseinandersetzung geben wird. Der Name Regina ist nie mehr gefallen, seit sie ihr Elternhaus verlassen hat. Aber seit heute Abend ist vieles anders geworden. Die harte Schale, die sich um sein Herz gelegt hatte, ist geschmolzen, und Dr. Helmbrecht fühlt zutiefst, dass er Regina die alte Liebe bewahrt hat und dass sie seinem Herzen näher steht als jemals zuvor.

Wie ist sie großzügig über alle erlittene Unbill hinweggegangen! Kein Wort ist aus ihrem Mund gekommen über das, was geschehen war. Sie scheint nicht darüber sprechen zu wollen und ist nicht nachtragend. Wie gut ihm das tut. Immer wieder bleibt er stehen und schaut zurück.

Da leuchtet wie ein zur Erde gefallener Stern das Licht aus dem kleinen Häusl am Wald. Er braucht nun nicht mehr daran vorbeizuschleichen wie ein Dieb und braucht auch nicht mehr verstohlen am Fenster zu stehen wie ein Bettler in der Dämmerung. Vielleicht ist dies der Grund für seine Heiterkeit, die ihn noch bewegt und einhüllt, als er zu Hause ankommt.

Es ergibt sich nicht sogleich, die Sprache auf das zu bringen, was Heinrich Helmbrecht sich an jenem Abend vorgenommen hat. Regina selber ist es, die ihn immer wieder mahnt, es vorläufig so bleiben zu lassen, wie es ist. Sie glaubt nicht daran, dass die Mutter heruntersteigen werde von der Höhe ihres Stolzes. Man sollte es dem Zufall überlassen, meint sie. Irgendwie wird sie es doch sicherlich einmal in Erfahrung bringen, dass der Vater die Brücke geschlagen hat und nun fast alle paar Tage bei ihnen vorbeischaut.

So geht Weihnachten vorüber. Es wird Ende Januar. Der Frost bricht und ein beinahe frühlingshaftes Tauwetter bringt den Schnee zum Schmelzen. Es tropft von den Dächern, das Schneewasser gurgelt in den Straßenrinnen.

An so einem Tag geschieht es, dass in der Tierarztvilla um die Mittagszeit das Telefon läutet. Walter steht auf und geht hinaus. Als er nach einer Weile wiederkommt, zeichnet sich in seinem Gesicht jene Spur Hochmuts ab, wie er nur ihm zu eigen ist.

»Wer war's denn?«, fragt Dr. Helmbrecht.

Walter nimmt die Serviette wieder auf und sagt mehr für sich: »Das ist doch schon die Höhe! Ruft dieser Kerl, dieser Gigglinger, an, der Tierarzt solle sofort kommen, weil die Elsa krank sei!«

»So eine bodenlose Frechheit!«, piepst Sina. »Wer ist überhaupt Elsa?«

»Es dürfte sich wahrscheinlich um eine Kuh handeln«, meint Helmbrecht.

»Ja, natürlich wird es so sein«, kräht Walter und ist ganz heiser vor Zorn. »Das zeigt wieder einmal deutlich, wie es mit dem Charakter dieses Burschen beschaffen ist.«

Heinrich Helmbrecht schaut ruhig von einem zum andern.

»Wieso Frechheit? Wieso Charakter? Ein Tier braucht Hilfe, weiter nichts.«

Sina legt erschrocken Messer und Gabel fort und sieht schockiert ihren Mann an.

»Dass dieser Mensch sich einfallen lässt, hier Hilfe zu fordern, das ist es, was ich mit Frechheit meine.«

»Reg dich nicht auf, Mama!«, meint Walter. »Ich denke ja gar nicht daran hinzugehen.«

»Das habe ich auch gar nicht erwartet von dir«, antwortet Helmbrecht nicht ohne Schärfe. »Aber zum Glück ist es ja noch nicht so, dass es auf dich allein ankäme.«

Sina gibt es einen gewaltigen Ruck: »Das soll doch nicht heißen, dass du –?«

»Doch, meine Liebe, ich werde hingehen. Es wäre das erste Mal, dass ich jemandem die Hilfe verweigere.«

Sina bringt den Mund nicht mehr zu. Sie versucht ihren Mann schnell noch an etwas zu erinnern: »Aber du wolltest doch mit mir zum Begräbnis der Frau Landrat Hecht gehn?«

»Wollte ich, ganz richtig, wollte ich. Aber nun ist eben etwas dazwischengekommen. Soll Walter dich meinetwegen begleiten!«

Mit schweren Schritten geht Heinrich Helmbrecht an Sinas Stuhl vorbei und verlässt kurz darauf das Haus.

Als er spät am Abend heimkommt, trifft er Sina allein im Wohnzimmer an. Gleich bei seinem Eintreten merkt er, dass sie sich reserviert verhält. Sie scheint auf ihn gewartet zu haben. Aber das stört ihn durchaus nicht. Er sucht Pfeife, Tabak und Zündhölzer zusammen und rekelt sich dann behaglich in dem bequemen Ohrensessel. Nachdem er die ersten Rauchwölkchen genießerisch vor sich aufsteigen lässt, wirft er die Frage hin: »Viele Leute beim Begräbnis?«

Ohne von ihrer Handarbeit aufzusehen, antwortet sie: »Ja, viele Leute. Die Honoratioren waren bis auf den Herrn Bezirkstierarzt vertreten.«

»Das wird mir die Frau Landrat Hecht, Gott hab sie selig, nicht weiter verübeln, zumal wir uns sowieso nicht recht schmecken konnten. Im Übrigen bin ich überzeugt davon, dass mein Sohn Walter mich würdig vertreten hat.«

»Ganz richtig, dein Sohn weiß sich zu benehmen. Aber du wirst Hunger haben. Ich will gleich nachsehen.«

»Danke, bemühe dich nicht! Ich habe bereits gegessen. Ausgezeichnet sogar«, antwortet er seiner Frau in ruhigem Ton.

»Ja? Wo bist du denn eingekehrt?«

»Eingekehrt? Nirgends! Ich habe bei Regina gegessen.«

Die Häkelnadel fällt mit leisem Klirren zu Boden. »Bei wem? Ich glaube, ich habe dich nicht recht verstanden.«

»Doch, du hast schon richtig gehört. Bei Regina habe ich gegessen. Das Mädel hat mir einen Rostbraten aufgetischt, wie ich selten einen gegessen habe.«

»Und – du hast dich nicht geschämt?«, fragt Sina empört.

»Wieso? Ich habe bei unserer Tochter zu Abend gegessen. Was ist da Beschämendes dabei?«

»Wenn du das nicht selber fühlst – ich möchte darauf verzichten, dir meine Meinung darüber näher zu erläutern.

»Ich habe schon etwas gefühlt, Sina. Nämlich,

sauwohl habe ich mich gefühlt da draußen. Schau mich nur nicht so überrascht an! Ich würde dir raten: Geh selber einmal hin und überzeuge dich, wie warm und schön einem bei den beiden alles anmutet!«

»Das ist ja interessant! Sonst hast du mir nichts zu sagen?«

»Doch, doch! Ich bin ja erst am Anfang. Zunächst also muss ich dir mitteilen, dass Regina in Bälde Mutter wird.«

Bis hierher hat Sina in verbissenem Ehrgeiz Ruhe zu bewahren versucht. Bei dieser Mitteilung aber gerät ihre steife Würde ein wenig ins Wanken. Durch den grauen Schleier der Tabakwolken betrachtet Heinrich Helmbrecht sie mit halb zugekniffenen Augen. Er sieht, wie über das strenge Gesicht eine fahle Blässe zieht, er sieht, wie ihre Schläfen pochen und in ihren Augen etwas aufleuchtet, das vielleicht Erinnerung sein mochte an einen längst vergangenen Maienmorgen, als Regina geboren wurde.

Eine schwere Stille ist im Zimmer, ein Schweigen fast ohne Atem. In diesem Schweigen aber findet Sina wieder zu sich selbst und zu ihrem hochmütigen Stolz. Sie legt mit Absicht einen stilisierten Singsang in ihre Stimme, damit ihr Standpunkt aus eisigen Höhen herabkomme.

»Du sagst das so, als erwartetest du von mir, dass ich daran Anteil nähme? Das ist ein Irrtum. Meine Tochter ist mir fremd geworden und jene Fremde interessiert mich nicht.«

»Du lügst«, sagt Heinrich Helmbrecht ungewöhnlich heftig. »Jawohl, du lügst dir etwas vor! Aber ich sage dir, dass ich diesen Unsinn nicht mehr mitmache!«

»Welchen Unsinn?«

»Dieses törichte Spiel des Schuldsuchens und Verdammens. Mir ist heute unverständlich, wie ich mich einmal dazu habe hergeben können.«

»So plötzlich?«

»Nein! Aber jedenfalls seit dem Tag, da ich zum ersten Mal in Reginas Haus gekommen bin. Du sollst es ruhig wissen, dass dies schon vor Wochen geschehen ist. Und ich bin seitdem immer wieder hingegangen, weil ich bei den zwei Menschen das finde, was bei uns fehlt, nämlich häuslichen Frieden und Behaglichkeit.«

Sina lacht grell auf. »Das ist ja köstlich. Ich kann mir ganz gut vorstellen, dass Regina die Gelegenheit gleich beim Schopf genommen hat, dich gegen mich und ihren Bruder aufzuhetzen.«

»Das magst du glauben, aber es ist nicht so. Man muss erst gesehen haben, wie die beiden mit dem Leben fertig geworden sind, obwohl sie ganz allein auf sich selber gestellt waren. Das nötigt einem Achtung ab, wenn man nicht aus Voreingenommenheit die Augen verschließt. Jedenfalls zwingt es mich zum Nachdenken. Und bei diesem Nachdenken bin ich zu der Überzeugung gekommen, dass nicht das, was Regina getan hat, Schuld gewesen ist, sondern vielmehr das, was wir getan haben, indem wir sie fallen ließen.«

»Ach so? Da hinaus soll es. Du willst also noch eine Lektion Pädagogik loswerden? Gut, ich habe dich verstanden. Dass ich aber von dem, was du mir gesagt hast, besonders gerührt sein würde, das hast du wohl selber nicht erwartet? Oder hast du geglaubt, dass ich gleich vor Freude aus der Haut fahren würde, weil es denen einfällt, mich zur Großmutter zu machen?«

Mit einem Ruck steht Heinrich Helmbrecht auf. Es zuckt ein wenig um seinen Mund. »Ich stelle fest, dass du in deiner Eitelkeit verletzt worden bist. Damit habe ich das Gegenteil von dem erreicht, was ich wollte. Das tut mir Leid um – um Reginas willen. Ich habe mich geirrt wie schon so oft und war vermessen genug, zu glauben, dass auch in dir inzwischen der Wille zur Versöhnung Wurzeln geschlagen habe. Es ist ja schließlich Sache des Gefühls, die Falschheit dessen zu erkennen, was wir getan haben. Mut zur Erkenntnis braucht es – eine klare und saubere Trennung der Begriffe. Jedenfalls habe ich von jetzt an, und das möchte ich besonders unterstreichen, nicht mehr die Absicht, eure sture Haltung zu teilen, und darum werde ich meine Taschen nicht mehr zugeknöpft halten wie bisher.«

»Bitte, das steht in deinem Ermessen. Vermach ihr meinetwegen alles, was wir haben, und lass dafür deinen Sohn als Bettler von uns gehn!«

»Rede keinen Unsinn! Walter steht mit der Hälfte des Vermögens immer noch besser da als ich am Anfang meiner Praxis. Es bleibt wahrscheinlich doch auch zu erwarten, dass seine Braut etliches zubringt, ansonsten könnte ich mir wirklich nicht erklären, aus welchen Gründen Fräulein Lydia für sich das Recht ableitet, über ihre Schwägerin und ihren Schwager die Nase zu rümpfen. Bisher hat man es vorgezogen, mich über diesen Punkt nicht zu informieren.«

Nun ist es so weit, dass Sina müde wird, über dieses Kapitel zu streiten. Abschließend sagt sie: »Gut! Tu meinetwegen, wozu deine Gefühlsduselei dich treibt! Verlange aber von mir nicht das Gleiche, ich bleibe unerbittlich hart.«

»Und grausam –«, fällt er ihr ins Wort. Hat er sich bisher bemüht, ruhig und sachlich zu bleiben, so erfüllt ihn die Halsstarrigkeit der Frau nun mit maßloser Empörung und lässt ihn seine Worte nicht mehr so vorsichtig abwägen. Auf einen groben Keil gehört ein grober Klotz, denkt er.

»Ich bin bereits schon früher darüber belehrt worden, dass du dort, wo andere Menschen das warme Herz haben, möglicherweise einen Stein hast. Dass du deiner Tochter gegenüber diesen kalten Stolz zeigst, begreife ich einfach nicht. Dass du dich auch jetzt jedem Nachgeben verschließt, geht über meine Begriffe. Regina erwartet ihr erstes Kind, und du, als ihre Mutter, bleibst taub dagegen. Es wäre vielleicht verständlich – wenn ich – in diesem Fall – deine Haltung an den Tag legen würde –«

Kaum merklich zuckt die Frau zusammen. Ihre Hände umklammern die Stuhllehnen so heftig, dass die Knöchel weiß hervortreten. Aber nur Sekunden dauert es, dann strafft sie sich und steht auf. »Was du mir da zuletzt gesagt hast, zeigt mir, dass dein Entschluss bereits unumstößlich ist. Mach meinetwegen, was du willst, ich werde dich nicht hindern. Ich bitte dich nur, mich künftig mit allem zu verschonen, was mit Regina zusammenhängt«, sagt sie entschieden.

Noch ehe er etwas erwidern kann, ist sie draußen und schlägt die Tür hinter sich zu.

Helmbrecht erwartet nun für die kommenden Tage noch einige heftige Auftritte, zumal er an Walters hochmütigem Gesicht erkennt, dass dieser bereits informiert ist. Aber nichts geschieht. Sina ist still und voll betonter Höflichkeit. Sie tut so, als habe es nie eine Aussprache über Regina gegeben.

Sie verschanzt sich aber auch nicht hinter einem böswilligen Schweigen, sondern holt die Gespräche zuweilen weit her und steht viel zu sehr über der Sache, als dass sie einen schiefen Mund ziehen würde, wenn sie merkt, dass ihr Mann wieder einmal einen Besuch bei Regina und ihrem Mann gemacht hat.

Nur als sie erfährt, dass Regina einen Sohn geboren hat, ist sie ein paar Tage nachdenklicher, versteinert sich aber sogleich wieder, als Walter ihr berichtet, dass der Vater die Absicht habe, an der Taufe teilzunehmen.

Ihr könnt mir alle zwei den Buckel runterrutschen, denkt Heinrich Helmbrecht, packt neben anderen Leckerbissen ein paar Flaschen ausgezeichneten Weines in seinen Rucksack und feiert mit Behagen und glückseliger Fröhlichkeit im Moorhäusl draußen das Fest der Taufe des kleinen Matthias Gigglinger.

10

Das Leben geht weiter. Der Frühling blüht im Land und schenkt seine Schönheit dem Sommer. Die schwere Glocke auf dem Kirchturm von Heimatsried kündet ihren Stundenschlag mit Genauigkeit. Es ist wie immer. Menschen kommen, Menschen gehen. Leben und Tod halten einander die Waage. Aber sonst geschieht nichts Überwältigendes in Heimatsried. Es liegt noch immer abseits der großen Straße und das hektische Leben der Zeit dringt nur mit seinen letzten kleinen Ausläufern bis in den Marktflecken.

Im Kaffeekränzchen versetzt plötzlich ein neues

Ereignis die Gemüter in Aufregung. Über ein Jahr war der Name Regina Helmbrecht nicht mehr erwähnenswert gewesen. Auf einmal aber drängt sich dieser Name wieder auf.

Es hat ein Kind gegeben da draußen. Man hat es in Frühlingstagen zuweilen unter dem Schatten der Bäume schlummern sehen; ein süßer Junge mit braunen Locken, Freude und Stolz der jungen Eltern. Doch nun will der schwarze Engel nach diesem blühenden Leben greifen. Fast eine ganze Woche fährt Dr. Hinterholzer dreimal täglich zum Moorhäusl hinaus, um nach dem kranken Buben zu sehen. Man weiß nichts Genaues über den Verlauf der Krankheit, und als Sina im Kreis erscheint, schweigt man sofort davon, weil alle wissen, dass man von ihr in diesem Fall unmöglich eine Antwort erwarten kann.

Für Sina wäre es die letzte Möglichkeit gewesen, alles Bittere zu vergessen und abzuschließen, wenn sie auf den einfachen und klaren Ruf der Tochter gehört hätte. Während der Niederkunft hat Regina wohl zwischen den ziehenden Wehen in einer Art sehnsüchtigem Erinnern an die Mutter gedacht, dass es gut und köstlich sein müsste, ihre Hände zu fühlen auf der heißen Stirn oder dass sie vielleicht mit einem tröstenden Wort zur Tapferkeit ermuntert hätte, wo es allein zum Tapfersein nicht mehr reichen wollte. Aber alles war gut vorübergegangen und Regina ist froh, keine bittende Nachricht geschickt zu haben. Dies tat sie erst, als das Kind von einer schweren Krankheit gepackt und dem Tode nahe schien. In dieser schrecklichen Not braucht sie mehr als nur die Liebe eines Mannes und die Güte des Vaters. So ist aus dieser Erkenntnis ein Ruf an die Mutter geworden, dass sie ihr beistehen möge in diesen dunklen Stunden.

Aber auch jetzt bleibt Sina die Frau mit dem steinernen Herzen. Vielleicht kämpft minutenlang in ihr die Erwägung, ob sie der Bitte folgen solle. Aber dann spricht sie entschieden ihr Nein.

Nunmehr, da der Knabe wie durch ein Wunder gerettet ist, schickt Regina zum zweiten Mal durch den Vater eine Botschaft, die ebenso eindeutig ist und klar wie der erste Ruf nach Hilfe.

»Jetzt brauche ich dich wirklich nie mehr in meinem Leben, Mutter«, lässt sie sagen. Mit diesem Entschluss hat Regina gleichsam ihr Dasein endgültig herausgetrennt aus Sinas Leben und es begreift dies wohl niemand besser als Heinrich Helmbrecht.

Im Hochsommer dieses Jahres heiratet Walter Helmbrecht. Von einer Hochzeitsfeier wird abgesehen, weil man ja schon wegen der Leute notgedrungen Regina hätte dazu einladen müssen. Deshalb verlässt das junge Paar gleich nach der Trauung Heimatsried und begibt sich im Wagen auf eine Hochzeitsreise in Richtung Süden.

Sina aber kauft indessen ein sehr schönes Hochzeitsgeschenk, eine vollständige Korbmöbelgarnitur, wie sie in letzter Zeit im Kaufhaus Kümmel ausgestellt sind, und richtet die Glasveranda damit äußerst geschmackvoll ein. Sie will damit das junge Paar bei der Rückkehr überraschen und fällt beinahe vor Schreck in Ohnmacht, als Heinrich Helmbrecht ihr nicht ohne Schadenfreude sagt, dass sie sich doch auch einmal das Etikett auf der Rückseite der Möbelstücke ansehen solle.

Da steht es aufdringlich, zumindest für Sinas angespannte Nerven: »Korbmöbelfabrik Peter Gigglinger, Heimatsried, Moorwiesenstraße 1.«

Am liebsten hätte sie die ganze Einrichtung an den Nächstbesten verschenkt, so groß ist ihre Wut über ihre Unbedachtheit. Hat sie doch ihrer Freundin, der Kommerzienrätin Wolf, die gediegene Ausführung dieser Möbelstücke geschildert. Und nun diese Enttäuschung! Es ist jedoch unmöglich, das verschwenderisch verschenkte Lob auf diesem verhassten Peter Gigglinger stehen zu lassen. In ihrer Verzweiflung kann sie nur sagen: »Und dabei sind diese Möbel auch noch ausgesprochen teuer.«

Heinrich Helmbrecht lacht, wie er schon lange nicht mehr gelacht hat, und erwidert: »Wenn sie von einem andern wären, würdest du den Preis sicher nicht zu hoch finden.«

»Das allerdings, denn schließlich ist ja der Kerl doch nur ein Korbflechter.«

»Er beweist dir aber doch ganz deutlich, dass er auch etwas anderes kann. Tröste dich, du bist nicht die Einzige, die Geschmack an seiner Arbeit gefunden hat. Ich könnte dir Dutzende von Familien aufzählen, die sich mit diesen Korbmöbeln eingedeckt haben. Mich wundert nur, dass dir das bisher entgangen ist. Der da draußen – dessen Namen auszusprechen dir so schwer fällt – arbeitet heute mit fünf Gesellen, und wenn mich nicht alles trügt, hat er seinen Betrieb in ein paar Jahren ums Dreifache vergrößert.«

»Du bist ja genau unterrichtet, wie ich sehe.«

»Allerdings. Und nun, Sina, sei wenigstens einmal im Leben ehrlich zu dir selber! Dich freut es doch auch, du willst es dir nur nicht eingestehen, du willst dir keine Blöße geben vor mir. So ist es doch?«

Sina schaut ihn ganz offen an und sagt in einer Anwandlung von Ehrlichkeit: »Du hast vielleicht

Recht. Aber es ändert nichts daran, dass ich ihn hasse!«

»Er weiß es, liebe Sina, verlass dich darauf, er weiß es ganz genau. Aber es stört ihn nicht.«

Noch nie ist es in der Gemeinderatssitzung in Heimatsried so heftig zugegangen wie in der am 21. September. Die Meinungen prallten aufeinander, als gelte es darüber zu entscheiden, ob Heimatsried abgebrochen und dem Erdboden gleichgemacht werden solle.

Es sind vor allem die jüngeren Vertreter im Gemeinderat, die sich dem Starrsinn der Alten so heftig widersetzen. Sie wollen eine Bresche schlagen, sie gebärden sich revolutionär, haben wenig Ehrfurcht vor der Weisheit des Alters. Schließlich gelingt es dem Bürgermeister doch, in einer kleinen Pause dieses Widerstreits das Wort an sich zu reißen.

»Also, meine Herren, so kommen wir nicht weiter. Wir müssen uns endgültig darüber klar werden, ob wir die gesamten Moorwiesen an den Gigglinger verkaufen wollen oder nicht. Ich für meinen Teil bin dafür, weil erstens ...:

»Kommt gar nicht in Frage!«, unterbricht ihn der Seilermeister Wörndl schreiend.

»Lass mich doch erst einmal ausreden, Wörndl! Wir müssen uns einmal darüber klar sein, dass für uns dadurch überhaupt kein Nachteil entsteht. Das Straßen- und Flussbauamt baut jedenfalls eine Straße durch, wie wir wissen. Dagegen ist nichts mehr zu machen.«

Hier sieht der Gutsherr von Halmstätt eine günstige Gelegenheit, den Bürgermeister zu unterstützen, indem er sagt:

»Hier können wir deutlich den Beweis sehen, dass die oberen Instanzen ein Interesse zeigen und dem Aufbau einer heimischen Industrie gegenüber nicht so abgeneigt sind wie es hier ein gewisser Kreis ist.«

»Der Herr von Halmstätt kann ruhig sagen, wen er mit dem ›gewissen Kreis‹ meint«, kräht der Bäckermeister Hammerer mit rollenden Augen.

»Wenn Sie sich betroffen fühlen, kann ich nichts dagegen machen, Herr Hammerer. Ich sehe eben alles vom fortschrittlichen Standpunkt.«

»Den Fortschritt kennen wir schon. Im Übrigen ist ja auch der Landrat dagegen.«

»Das glaub ich schon«, trumpft der junge Federl auf. »Der Landrat ist ein Freund vom jungen Helmbrecht, und der hetzt, wo er kann, weil er seinem Schwager das Wasser zur Brotsuppe nicht vergönnt.«

»So geht es auf keinen Fall«, entscheidet der Bürgermeister endlich. »Wenn der Landrat dagegen ist, ist das für uns keinesfalls stichhaltig, weil es sich um eine rein innergemeindliche Angelegenheit handelt. Im Übrigen bin ich davon unterrichtet, dass Frau Gigglinger in dieser Angelegenheit bereits bei der Regierung persönlich vorgesprochen hat. Es ist kaum anzunehmen, dass der Gigglinger wegen ein paar Quertreibern seine einmal gefassten Pläne nicht verwirklicht. Dann hätte man ihm damals schon den kleinen Teil der Moorwiesen nicht geben dürfen.«

»Wer hat denn damals wissen können, dass der sich so ausbreitet?«, fragt der Seilermeister bockig.

»Es liegt in der Natur des Menschen, dass er strebt und sich ausbreitet«, belehrt ihn Herr von Halmstätt.

»Ich erinnere die Herren an eine Gemeinderatssitzung vor vielen Jahren«, sagt der Bürgermeister. »Damals hat man sich gestritten, weil man glaubte, dieser Peter Gigglinger falle der Gemeinde zur Last. Heute streiten wir uns, weil derselbe Gigglinger von der Gemeinde ein Grundstück erwerben will, von dem wir noch niemals einen Nutzen hatten und voraussichtlich auch nie haben würden.«

»Das ist nicht gesagt. Man müsste bloß die Moorwiesen entwässern und dann als Baugrundstück aufteilen«, schlägt der Bäcker Hammerer vor.

»Wer entwässert denn?«, fragt der Bürgermeister ärgerlich über die neuerliche Unterbrechung. »Du nicht und ich auch nicht. Seid doch nicht gar so halsstarrig! Seht ihr denn nicht, wie der Peter Gigglinger überall seinen Willen durchsetzt? Wenn es ihm in knapp drei Jahren möglich war, einen Gewerbebetrieb aufzubauen, in dem er heute schon zwanzig Arbeitskräfte beschäftigt, so kann man ihm schon zutrauen, dass er in zehn Jahren eine Fabrik auf die Füße stellt, die sich sehen lassen kann.«

»Ja, dem Gigglinger ist alles zuzutrauen«, sagt Hammerer. »Hat man aber auch schon bedacht, dass bei einer solchen Weiterentwicklung unter Umständen dann sogar die Bahn einmal hierher verlegt werden könnte? Und dann ist es aus mit unserer Gemütlichkeit. Wir können uns dann nicht mehr retten vor lauter Fremden. Mehr sag ich nicht.«

Herr von Halmstätt hat während der ganzen Zeit mit seinem Bleistift gespielt. Nun hebt er rasch den Kopf: »Da könnten Sie Recht haben mit der Bahn – die wir übrigens schon längst hätten, wenn die Heimatsrieder Bürger das von der Regierung geplante Projekt vor einem halben Jahrhundert nicht vereitelt hätten. Was glauben Sie, meine Herrn, welchen Nutzen unserem Ort eine Bahnverbindung gebracht hätte! Aber wir schweifen vom Thema ab. Es steht weder der Bau einer Bahnlinie zur Debatte, noch gilt es zu beraten, welche Pläne Herr Gigglinger für die Zukunft hat oder nicht hat. Es handelt sich lediglich darum, dass er zwecks Vergrößerung seines Betriebes die Moorwiesen kaufen will. Ich nehme an, dass darüber abgestimmt wird. Sollte das Gesuch des Herrn Gigglinger aus Oppositionsgründen abgelehnt werden, so glauben Sie nicht, meine Herrn, dass er deswegen in seinem Vorhaben gehindert ist. Erstens verfügt er selber noch über genügend Grund und zweitens hat er bei mir bereits vorgesprochen wegen Erwerbs des Waldgrundstückes südlich seines Hauses. Ich möchte nur zu bedenken geben, dass dieses Grundstück in die Gemarkung der Gemeinde Haslach fällt. Diese hätte somit dann auch den Nutzen aus allem, was Herr Gigglinger für die Zukunft plant.«

»Wir wollen jetzt abstimmen«, entscheidet der Bürgermeister.

»Ich wette meinen Kopf, dass der alte Helmbrecht dahintersteckt«, flüstert der Hammerer dem Wörndl zu. »Wo hätte denn der Gigglinger auf einmal das Geld her?«

»Mit seinen Korbmöbeln verdient er zwar wie ein Schmied«, meint der Wörndl. »Aber dass wir uns klar sind: Für was stimmst denn du?«

»Dagegen natürlich. Wie käm ich denn dazu? Der hat mir noch kein halbes Bier abgekauft.«

»Gut, dann stimme ich auch dagegen.«

Aber trotzdem fällt das Abstimmungsergebnis zugunsten Peter Gigglingers aus. Mit drei Stimmen Mehrheit entscheidet man, dass er die Moorwiesen käuflich erwerben könne. Allerdings ist man mit dem Preis ein wenig in die Höhe gegangen. Peter jedoch kommt ein paar Tage später aufs Gemeindeamt, nimmt den Federhalter und unterschreibt, ohne ein Wort zu verlieren, den Kaufvertrag.

Ja, so erfolgreich ist er geworden, dieser Peter Gigglinger. Die Umstellung seines Betriebes auf Korbmöbelerzeugnisse hat seine Lage mit einem Schlag geändert. Es ist zwar richtig, dass Heinrich Helmbrecht ihm ein wenig Kapital zur Verfügung gestellt hätte, aber heute ist das nicht mehr erforderlich. Als er den Kaufvertrag unterschrieben hat, wollen die Herren neugierig Näheres über sein eigentliches Ziel wissen. Peter lächelt jedoch nur, ruhig und höflich. Von einem Ziel könne gar keine Rede sein, weil er ja selber nicht wisse, wie sich in nächster Zukunft alles entwickeln werde.

11

Zuweilen ist es gut, wenn der Mensch sich eine stille Stunde nimmt und in aller Ruhe Rückschau hält auf den Weg, den er gegangen ist. Da gibt es Stationen, an denen man schnell vorübergehen möchte, in der Erkenntnis, dass sie es gar nicht wert gewesen sind, sie erlebt zu haben. An anderen Stationen wiederum möchte man über Gebühr lange verweilen, um sich alle Einzelheiten nochmals zu vergegenwärtigen und sie nochmals nachzuleben. Leuchtende Punkte vermischen sich mit dunklen Schatten und das Ganze ist dann doch das Leben gewesen.

So eine stille Stunde haben sich Regina und Peter Gigglinger an einem Sommertag gegönnt. Es ist ein Tag mit tausend Herrlichkeiten. Über den weiten Wiesen flirrt und glitzert das Licht und in den Wipfeln der Bäume schwingt traumhaft schön das Lied der Vöglein.

Es ist ein besonderer Tag. Zehn Jahre sind es her, seit sie sich versprochen haben, das Leben miteinander zu verbringen. Sie sitzen zusammen auf der Terrasse aus Tuffsteinen vor ihrem Haus und halten Rückschau. Es sind schöne und gern gelebte Jahre gewesen. Sie wollen keines vermissen, auch das erste nicht, in dem es ihnen so schlecht gegangen ist.

In einem Eiskübel stecken ein paar Flaschen Wein. Peter hat eine davon entkorkt und füllt die Gläser mit dem trockenen Badischen Wein. »Worauf wollen wir trinken, Regina?«

»Auf die nächsten zehn Jahre, Peter und – auf unsere Kinder.«

»Vielleicht auch auf dein Werk?«, fragt er glücklich.

»Es ist doch unser gemeinsames Werk, Peter.«

»Das schon, aber du warst doch in allem die treibende Kraft. Nur nicht so bescheiden sein, kleine Frau! Weißt du noch, wie ich damals das Schild über unsere Haustür gemacht habe: Korbmacherei Peter Gigglinger?«

»Ja, und weißt du noch, Peter, wie du damals den Boten vom Elektrizitätswerk mit dem falschen Tausendmarkschein geblufft hast?«

Er nickt lachend.

»Kürzlich habe ich dem Mann übrigens von der

Sache erzählt. Meine Güte, zehn Jahre ist das her! Damals hatten wir noch kein Kind.«

»Und heute haben wir vier.«

»Du siehst aber immer noch so jung und blühend aus wie damals, Regina. Du bist immer noch wie ein Mädchen.«

»Es war deine Liebe, Peter, die mich so jung erhalten hat.«

Ein Sonnenstrahl huscht durchs Geäst und verfängt sich in Reginas blondem Haar. Ihr Gesicht ist noch immer von jener ebenmäßigen klaren Schönheit und kein Fältchen gibt es um Mund und Augen. Ihr Lachen, obwohl es nicht mehr so oft und so unüberlegt aufklingt wie früher, hat noch immer den perlenden, jubelnden Klang.

Der Mann allerdings hat sich etwas verändert. Er ist ruhiger, gesetzter geworden und das leichtblütige Wesen seiner jungen Jahre hat sich beruhigt. Er ist nun selbstbewusster, rasch und sicher in seinen Entschlüssen, aber niemals unüberlegt oder voreilig handelnd. An seinen Schläfen zeigen sich, obwohl er erst ein paar Jahre über die Dreißig ist, feine Silberfäden. Dies deutet darauf hin, dass nicht immer alles nach Wunsch gegangen ist. Es gibt eben auch Rückschläge und nicht immer läuft alles so gerade, wie der Mensch es eingefädelt hat und weiterspulen will.

»Weißt du, Regina, woran ich jetzt oft denke?«, nimmt er den Gesprächsfaden wieder auf. »Mein Vater hat mir auf dem Sterbebett gesagt, dass es noch nie einem Gigglinger gelungen sei, sich sesshaft zu machen. Ich wünsche oft, er käme noch einmal herüber, um sich das alles anzuschaun.«

»Haben wir denn vor zehn Jahren selber geglaubt, dass es einmal so weit kommen würde?

Das Schicksal war uns gut gesinnt. Wir bilden uns oft ein, dass wir Herr sind über das, was wir tun. Doch es gehört schon auch Glück dazu und das haben wir immer gehabt. Und schau, Peter, wenn ich heute alles so betrachte, unser ganzes Werk, kommt es mir vor, als wären wir uns nie mehr so nahe gewesen wie in der allerersten Zeit. Da gehörten wir wirklich uns allein. Heute haben wir für so viele dazusein, es kommt so vieles auf uns zu und drängt sich in unser Leben. Wie war unser Häusl damals klein! Heute ist es fast zweimal so groß. Damals hat uns kaum jemand besucht in unserer Einsamkeit. Heute will jedermann unser Gast sein.«

»Sehr richtig. Wer hätte zum Beispiel geglaubt, dass dein Herr Bruder sich einmal bewegen lassen würde, das Werk zu besichtigen?«

»Das kam nur daher, Peter, weil seine Frau es nicht mehr länger ertragen hat, hinter den anderen zurückzustehen. Als Halmstätts uns ihre Aufwartung machten, hat Lydia es nicht mehr länger aushalten können.«

In diesem Augenblick zerreißt ein heller Ton die Stille der Stunde. Die Fabriksirene verkündet den Feierabend und unmittelbar darauf strömen die Menschen am Portierhäuschen vorbei durch die breiten Eisentore, über denen in großen Metallbuchstaben zu lesen ist: Korbmöbelfabrik Gigglinger.

Die Motoren schweigen, die Dampfsägen verklingen mit singendem Ton, die Maschinen stehen still. Nur auf dem Industriegeleise schiebt eine Lokomotive fauchend ein paar Güterwagen in die Halle. Durch das offene Fenster des Kontorgebäudes dringt noch leise das Geklapper einiger

Schreibmaschinen, dann verstummen auch sie. Das große Fabrikgelände liegt ruhig und von der Abendsonne umflossen da. Die Menschen, etwa vierhundert Männer und Frauen, verlieren sich nach allen Richtungen, die meisten zum westlichen Rand des Geländes hin, wo eine Reihe von kleinen Siedlungshäusern steht.

»Unsere Kinder werden es einmal leichter haben«, sagt jetzt Regina.

»Leichter? Das Leben ist immer eine harte Nuss und es bleibt dem Einzelnen überlassen, wie er sie aufbeißt. Übrigens, was die drei Buben betrifft, es soll keinem etwas geschenkt werden. Sie müssen das Handwerk von der Pike auf erlernen. Marianne überlasse ich gern dir. Aus ihr wirst du schon eine selbstständige Frau machen.«

»Ja, unsere Marianne! Dieses Kind ist leicht zu lenken. Auch die zwei jüngeren Buben. Nur der Matthias macht mir etwas Sorgen. Er hat so etwas Herrisches an sich.«

Peter Gigglinger lächelt ein wenig.

»Bei ihm schlägt die Art seiner Mutter ein wenig durch. Aber nur keine Angst! Lass ihn nur erst ein paar Jahre älter sein, dann nehme ich ihn schon in die Kur.«

»Dann musst du dir aber schon etwas mehr Zeit nehmen, Peter. Bis jetzt bist du immer nur ein flüchtiger Gast in unserer Familie. Ich finde, du solltest dich mit der Arbeit mehr zurückhalten. Es reicht doch jetzt für uns.«

»Es reicht, jawohl. Aber was wäre mein Leben ohne die ständige Weiterentwicklung? Es ist doch eigentlich merkwürdig, dass der Mensch nie zufrieden ist. Hat er ein Ziel erreicht, so sieht er in der Ferne schon das nächste.«

Es ist recht seltsam: Früher hat Peter gern einmal länger geschlafen. Regina hat ihn oft genug bei seinem schwarzen Haarbüschel gepackt und geweckt. Heute, wo er es sich leisten könnte, ist er mit dem ersten Hahnenschrei hellwach, sammelt schnell seine Gedanken und steht auf.

Noch ist nichts los im Werk drüben, nur der Nachtwächter ist da und ein paar Kesselheizer. Er geht durch alle Räume, sein scharfes Auge entdeckt jede noch so kleine Unordnung. Die schreibt er auf dem Schreibtisch des Chefingenieurs auf einen eigens dafür bestimmten Block. Meist lässt er sich mit den Heizern in ein kurzes Gespräch ein, gibt ihnen eine von seinen goldgelben Zigaretten und geht dann hinüber ins Haus zum Frühstück.

Kaum aber verkündet die Sirene den Arbeitsbeginn, geht er wieder hinüber ins Werk, zunächst in die Verpackungsräume und dann in die Tischlerei, in der man bei dem Kreischen der Bandsägen und Hobelmaschinen sein eigenes Wort kaum versteht. Es gibt ja auch nicht viel zu reden. Peter Gigglinger redet nur mit den Augen, mit einer knappen Geste klärt er alles und deutet seinen Willen an. Am längsten hält er sich im Zeichenraum bei den Modellzeichnern auf. Hier ist das Aufgabengebiet etwas komplizierter. Von diesem Raum hängen Gedeih und Ansehen der Firma ab. Es gilt, immer wieder neue Modelle zu entwerfen und Vorhandenes zu verbessern. Dieses Gebiet scheint unerschöpflich und Peter Gigglingers nie ermüdende Phantasie findet immer wieder neue Möglichkeiten, tonangebend und trendsetzend zu sein. Dabei lässt er jedem der Zeichner freie Hand. Es braucht sich keiner zu schablonisieren und keiner braucht Angst zu haben, dass eigene schöpferische Ideen nicht anerkannt und verwirklicht würden. Hat einer einen guten Einfall, so greift Peter ihn sofort auf. Er wird genau besprochen, berechnet und in Angriff genommen. Jeder seiner Leute kennt und weiß es: Es ist ein befriedigendes Arbeiten mit diesem Mann! Dabei ist ihm nicht die mindeste egoistische Einstellung vorzuwerfen, er gibt die schöpferischen Gedanken eines anderen nicht als die eigenen aus, und außerdem ist er jederzeit bereit, den andern mit einem bestimmten Prozentsatz am Gewinn zu beteiligen. Auf diese Weise schafft er sich einen Mitarbeiterstab, der ihm restloses Vertrauen schenkt. Darauf baut sich die ganze Zusammenarbeit auf, die bis ins letzte Getriebe hinein beispielhaft funktioniert.

Ähnlich ist auch das Verhältnis zu den übrigen Arbeitern. Das Leben hat ihn selber so frühzeitig in eine harte Schule genommen, dass er die Nöte und Sorgen eines Arbeiters genau kennt. Niemals verschließt er sich einer berechtigten Bitte, wird aber sofort kühl bis hinein in die Fingerspitzen, wenn man ihm mit unangemessenen Forderungen kommt.

Vom Zeichenraum aus setzt er seinen Kontrollgang durch die Büros zum Zimmer des Chefingenieurs fort. Die Mädchen an den Schreibmaschinen schauen ihm verstohlen nach. Zuweilen lächelt er ihnen zu, aus einer alten Gewohnheit heraus vielleicht, aber es wird ihm kaum bewusst, dass sie allesamt ein wenig in ihn verschossen sind, denn es hat sich verschiedenes hinübergerettet aus seinen Jugendjahren in diese Zeit. Die Mädchen wissen von jener Halbgöttin Dhaliva und von der roten Korallenbrosche einer Negerfürstin. Und so umgibt den Peter Gigglinger auch jetzt noch der faszinierende Zauber eines Abenteuerers, die seine Jünglingsfantasie zu wundersamen Berichten angereizt hatte.

Während der Besprechung mit dem Chefingenieur Wilhelm Neuthaler schaut Peter mitunter in den Fabrikhof. Da unten geht es zu wie in einem Ameisenhaufen. Kleine Elektrowagen laufen geräuschlos aus der großen Halle der Schreinerei in die Drechslerei. Die Flechter entladen einige Waggons ausländischer Weiden, im Sägewerk poltern die schweren Stämme über die Gatter. Die Antriebsmotoren summen, die Maschinen stampfen, kreischen und singen. Es ist eine gewaltige Sinfonie werktätigen Lebens, die durch die Tage rauscht in rhythmischer Wiederkehr.

Ein wenig Stolz will den Mann bei solch einem Anblick schon überkommen. Aber es ist nur ein tiefes Gefühl des Glückes, das ihn in solchen Minuten übermannt, und auch Dankbarkeit, weil seine Arbeit so sichtlich gesegnet ist.

So spulen sich seine Stunden und Tage in nimmermüder Arbeit durch die Wochen. Zuweilen verreist Peter. Die Geschäfte führen ihn bis nach England, hinauf nach Skandinavien und Finnland. Der Trieb zum Wandern – von dem sein Vater einst gesagt hat, dass er ihn nie verlassen werde – begegnet ihm in dieser Art des Reisens in neuer Form. Und wenn sein dunkler Mercedes eine Chaussee dahinrast, denkt Peter zuweilen zurück an die Zeit seiner Kindheit und frühen Jugend, als er und sein Vater noch mit dem Handkarren über die Landstraßen zogen.

Es ist nicht mehr viel übrig geblieben von jenem Handkarren. Nur mehr ein einziges altes Rad. Dieses alte Wagenrad aber ist gleichsam zum Wappen des Hauses geworden. Es hängt in einer gusseisernen Gabel an der getäfelten Decke des großen Empfangsraumes und Peter Gigglinger hat noch nie an der Wahrheit vorbeigeredet, wenn fremde Besucher fragten, was es mit dem Rad für eine Bewandtnis habe.

»Mit diesem Karren bin ich mit meinem Vater noch gewandert«, sagt er dann und gibt dem Rad gern einen kleinen Schubs, damit es sich dreht. Man sieht, in seinen Fugen verborgen, noch den Staub vieler Landstraßen. Und wenn es sich langsam um die Achse dreht, ist es so, wie wenn sich in einem Buch die Blätter wenden und Bilder zeigen und von schattigen Wäldern zur Frühlingszeit erzählen, von blühenden Weizenfeldern im Hochsommer, von bissigen Hunden an fremden Zäunen und rieselndem Regen im Herbst.

O ja, an all diese Dinge erinnert sich Peter gerne und mit Stolz. Er erzählt seinen Kindern davon und singt ihnen manchmal mit etwas rauer Stimme das alte Landstraßenlied seines Vaters vor:

»Schön ist's, zu wandern zur Sommerzeit
im Licht vom jungen Morgen.
Wir wandern bis zur Ewigkeit
und leben frei von Sorgen ...«

Dann denkt er, dass seinen Kindern eigentlich etwas sehr Schönes verloren geht, weil sie das alles nicht mehr erleben können. Solche Erlebnisse, denkt er, formen das ganze Leben. Gar mancher verliert den Boden unter den Füßen, wenn er aufs hohe Ross kommt. Peter Gigglinger aber ist trotz allem der Gleiche geblieben. Seine Weltanschauung basiert einzig und allein auf der Erkenntnis, dass es nur auf die innere Einstellung ankomme, ein guter und anständiger Mensch zu sein.

Er ist auch keineswegs nachtragend. Nein, so kleinlich ist er nicht. Er kann seiner Schwägerin mit dem verbindlichsten Lächeln der Welt sein Zigarettenetui anbieten, ohne dabei daran erinnert zu werden, dass gerade Lydia einmal gedroht hat, die Verlobung rückgängig zu machen, weil dieser Gigglinger als Schwager nicht tragbar sei. Auch Walter gegenüber verzieht er keine Miene, wenn dieser etwa sagt: »Mein lieber Schwager, ich bin wirklich entzückt von dem erlesenen Geschmack, mit dem du dein Haus eingerichtet hast.«

Es hat keinen Sinn, nachtragend zu sein, denkt Peter bei solchen Gelegenheiten und es steht mir wohl auch nicht zu, ein Urteil über die Charakterlosigkeit anderer Menschen zu fällen, weil man ja selber auch nicht ganz ohne Fehler ist.

Nur zu Sina Helmbrecht hat er noch keinen Weg gefunden. Aber dies auch nur deswegen, weil sie selber es ist, die den Riegel vor dem verschlossenen Tor nicht zurückschiebt. Ihr Stolz lässt es nicht zu, sich einzugestehen, dass sie sich geirrt hat, wenn auch Heinrich Helmbrecht berichtet, dass sie in letzter Zeit den Liegestuhl im Garten immer so zu stellen pflegt, dass sie die Fabrikanlage sehen kann.

Auch Regina zeigt ein ähnliches Verhalten wie Peter. Die Zeit, da ihre einstigen Freundinnen durch bedachtsames Ausweichen und Verleugnen Abstand von ihr gehalten haben, ist vergessen. Sie lässt alles Kränkende, das man ihr zugefügt hat, in eine verschleierte Ferne rücken. Wie eine verjährte Schuld verstaubt alles. Lebendig bleibt nur die Fremdheit zu ihrer Mutter. Nie wieder hat sie in irgendeinem Winkel ihres Herzens etwas entdeckt, das nach Versöhnung gedrängt hätte.

Sina aber ist in dieser Zeit gealtert, obwohl sie sich mit allen Mitteln dagegen wehrt. Sie hat die Fünfzig vollendet und freut sich gefallsüchtig, wenn ihr jemand sagt, dass sie wie vierzigjährig aussehe. Zuweilen schaut sie in den Spiegel und sucht mit gierigem Eifer irgendwelche Linien, die ihr Gesicht gezeichnet haben könnten. Sie spricht zwar nie von Regina, aber es ist trotzdem zu erkennen, dass der innere Widerstand geringer geworden ist. So wartet sie ängstlich auf irgendeine versöhnliche Geste der Tochter und ist beleidigt darüber, dass nichts geschieht, weil sie immer noch nicht den Mut aufbringt, alle Schuld bei sich zu suchen. Sie denkt heute sogar daran, dass es genau zehn Jahre her sind, seit der Trennungsstrich endgültig vollzogen wurde. Ja, sie erinnert sich genau an den Tag.

Regina und Peter aber denken gerade an diesem Tag weder an Sina noch an sonst etwas Lästiges aus der Vergangenheit. Peter hat sich heute wirklich einmal von aller Arbeit freigemacht und widmet diesen Tag ganz seiner Frau. Die Kinder sind mit dem Kindermädchen hinunter zum Ort gegangen, wo eine reisende Theatergruppe »Hänsel und Gretel« zum Besten gibt.

So haben sie den ganzen Nachmittag für sich allein. Es ist alles noch wie damals vor zehn Jahren. Kaum dass sich etwas geändert hat in ihrem Inneren, trotz der äußeren Umstellung. Verliebt sind sie an jenem Hochzeitstag durch den Wald gegangen, und als die Dämmerung sich über das Land senkt, tun sie es auch heute wieder. Es ist noch die gleiche Liebe wie damals.

Am Abend kommt Dr. Heinrich Helmbrecht zu ihnen und dann erst feiern sie ein wenig. Verschämt holt der Vater nach, was damals versäumt worden war: Er legt eine wundervoll gearbeitete Halskette als Brautgeschenk in Reginas Hände.

12

Und die Jahre eilen dahin, als würden sie gejagt.
Heimatsried liegt nun längst nicht mehr abseits der großen Straße. Mitten durch den Ort führt jetzt eine breite Asphaltstraße, die sich durch das Gigglingersche Industriegelände zieht und dann weit draußen in die Staatsstraße mündet. Das Kopfsteinpflaster auf dem Marktplatz ist zwar geblieben, aber dort ist nun die Fußgängerzone. Dort, wo früher die letzten Häuser standen, zwischen dem Finanzamt und dem Steinmetz Hafner, steht nunmehr ein Bahnhof mit Wartesaal, Güterschuppen und Maschinenhalle. Die Gleisanlagen ziehen sich von zwei Abzweigungen zur Molkerei und der Korbmöbelfabrik in einem großen Bogen durch den Wald zur fernen Hauptstrecke.

Gigglingers Erstgeborener ist bereits siebzehn Jahre alt geworden. Ein hoch aufgeschossener Junge mit dem schmalen Gesicht der Mutter und dem schwarzen Lockenhaar des Vaters. Marianne, die Schwester, ist nicht weit im Wachstum hinter ihm zurückgeblieben. Zur Zeit ist sie auf einer Wirtschaftsschule. Sie ist ein schönes und stattliches Mädchen geworden und Regina ist sie von ihren Kindern am meisten ans Herz gewachsen, obwohl die Mutter ihre Liebe in ehrlicher Bedachtsamkeit auf alle vier verteilt. Aber sie findet in Marianne so viele Spiegelbilder ihrer eigenen Jugend, dass sie um dieser Erinnerungen willen sich mit dem Mädchen in besonderem Maß verbunden fühlt.

Was bei Regina gleich bleibende mütterliche Güte und Liebe ist, zeigt sich bei Peter Gigglinger in Stolz und Zufriedenheit über das glückliche Gedeihen seiner Sprösslinge. Die beiden jüngeren, Sebastian und Hans, arbeiten zu seiner vollsten Zufriedenheit in der Flechterei, während Matthias diese Zeit bereits hinter sich hat und dem Prokuristen Demmel zur gründlichen Erlernung der Buchführung beigegeben ist.

Auf diesen Jungen hat Regina immer mit heimlicher Sorge gesehen. Sein hochmütiges Wesen erfüllt ihr Herz häufig mit Angst. Vermag sie die anderen mit einem Blick der Augen zu bändigen, bedarf es bei Matthias oft strenger und scharfer Worte, um ihn in die Schranken zu weisen. Seine Augen wandern gern hinter den Kontormädchen her. Das freilich nimmt Regina nicht besonders tragisch. Nur die Art, wie er diese Mädchen betrachtet, missfällt ihr, der Ton, den er ihnen gegenüber anschlägt. Ich bin der Herr, schreit es heimlich hinter jedem seiner Worte, ihr seid weiter nichts als kleine Angestellte, die sich mir zu fügen haben.

Dieser Cäsarenwahn schlägt bei ihm durch, obwohl es im Kreise der Familie nie versäumt worden ist, die Kinder darauf hinzuweisen, dass sie gerade den Angestellten Achtung entgegenzubringen haben. Da aber Regina zu jenen Frauen gehört, die den Mann nicht belästigen, wenn sie von den Kindern geärgert werden, so nimmt sie dies allein auf sich, wenn es auch manchmal schwer fällt.

Matthias sitzt also bei Demmler im Büro. Der Prokurist ist ein erfahrener Mann, ehrlich und treu wie Gold, ein wenig pedantisch vielleicht wie alle Männer dieses Schlages, die über Bilanzen und Zahlen grau geworden sind. Geduldig und gutmütig, jedoch mit peinlicher Genauigkeit, gibt er sich jede Mühe, dem jungen Herrn die Kenntnisse beizubringen, die unerlässlich sind für sein späteres Leben.

Im Großen und Ganzen nimmt Matthias seine Aufgabe auch ernst. Nur zwischendurch rebelliert es in ihm. Er ist dann wie ein störrischer Gaul, der manchmal über die Stränge schlägt. Am meisten wurmt es ihn dann, dass der Vater ihm das Rauchen im Büro untersagt hat. Und Demmler hält sich in diesem Punkt streng an die Weisungen des Chefs, wenn er auch sonst dem jungen Menschen vieles nachsieht.

Eines Morgens zündet sich Matthias kurz nach Arbeitsbeginn im Büro eine Zigarette an. Beim Zischen des Zündholzes hebt Demmler den Kopf. »Wenn Sie rauchen wollen, gehen Sie bitte hinaus!«

Matthias bleibt sitzen, legt den Füllfederhalter weg und bläst den Rauch genießerisch zur Decke hinauf.

Demmler schiebt die Brille auf die Stirn. »Bitte, gehen Sie hinaus! Sie wissen, dass es Ihr Vater nicht haben will.«

Matthias schnippt mit dem Finger die Asche von seiner Zigarette und zieht die Brauen hoch. »Ich werde nicht hinausgehen, weil ich diese Bevormundung endlich satt habe. Ich bin achtzehn Jahre alt und lasse mich von einem Angestellten nicht behandeln wie ein Schulbub.«

»Dieses Verbot stammt nicht von mir, sondern von Ihrem Vater.«

»Dann gehen Sie doch hin und verpetzen Sie mich bei ihm!«

»Nein, das werde ich nicht tun. Er wird sicher eines Tages selbst dahinterkommen. Dagegen aber bin ich nicht mehr gewillt, Ihre Schwächen zu decken. Hier haben Sie Ihre Abrechnung wieder zurück, weil sie nicht stimmt und das ist ja nicht das erste Mal.«

Über Matthias' Wangen fliegt eine unwillige Röte. »Inwiefern sollte sie nicht stimmen?«

»Sie haben falsch addiert, sehen Sie nur nach.«

Gereizt erwidert der Junge: »Zum Nachsehen sind doch Sie da! Wenn ich die ganze Arbeit mache, würden Sie ja umsonst bezahlt.« Hasserfüllt sieht Matthias Demmler an.

Im Nebenzimmer bei den Mädchen verstummen plötzlich die Schreibmaschinen. Demmler steht auf und schließt die Tür. Dann wendet er sich an Matthias: »Wenn Sie mir schon die Bezahlung vorwerfen, muss ich an die unbezahlten Überstunden erinnern, in denen ich über Ihren Fehlern sitzen musste. Von heute an hört das auf. Ich werde von jetzt an jede Ihrer Abrechnungen, wenn sie falsch ist, Ihrem Vater vorlegen. Dann muss er entscheiden, was zu tun ist.«

Matthias mag wohl einsehen, dass er zu weit gegangen ist. Er drückt die Zigarette aus und sagt einlenkend: »Es kann sein, dass ich mich verrechnet habe. Ich bin heute etwas zerstreut.«

»Dann muss ich Sie ersuchen, sich zusammenzunehmen.«

»Ich will aber nicht! Ich will mich nicht zusammennehmen!«, schreit Matthias aufspringend. »Mir hängt dieses Leben schon zum Hals heraus! Zahlen, nichts als Zahlen und Ziffern! Ich hab dazu kein

Talent und – auch keine Lust, weil ich nicht Gefahr laufen will, auch einmal so verkalkt und vertrottelt zu werden wie Sie.«

Demmlers gutmütiges Gesicht erblasst und wird unendlich traurig. Es sieht fast so aus, als stünden ihm Tränen in den Augen.

»Ich bin in Ehren grau geworden«, entgegnet er mit gepresster Stimme und wischt dabei mit dem Taschentuch seine Brillengläser. Und ganz plötzlich nimmt er den Kopf zurück und sagt mit Strenge: »Wenn Sie keine Lust haben, dann tun Sie es eben mit Unlust. Jedenfalls muss die Abrechnung bis Mittag fertig sein. Es würde mir sehr Leid tun, wenn ich Sie zu Ihrer Arbeit zwingen müsste.«

»Zwingen? Mich zwingen? Hahaha! – Das wird ja immer noch schöner. Der Angestellte will den Sohn vom Gigglinger zwingen!«

»Ganz richtig, er wird dich zwingen, du Rotznase«, sagt Peter Gigglinger mit schneidender Schärfe. Von den beiden unbeobachtet, war er schon vor einer Weile eingetreten. »Nicht der Angestellte wird dich zu deiner Pflicht zwingen, sondern der Mann, der mir dafür haftet, dass aus dir etwas wird! Du hast noch keine Angestellten und es muss sich erst erweisen, ob du es wert sein wirst, jemals welche zu haben. Jetzt aber wirst du in meiner Gegenwart Herrn Demmler um Verzeihung bitten.«

»Nein!«

»Nein? Bist du schon so weit, dass du deinem Vater den Gehorsam versagst?« Peter Gigglinger ist plötzlich grau im Gesicht, als habe ihm jemand Asche hineingeworfen.

»Das darfst du doch nicht verlangen von mir«,

begehrt Matthias auf. »Du kannst mich doch nicht lächerlich machen!«

»Was darf ich nicht? Dich brauche ich nicht noch lächerlicher zu machen, als du dich ohnehin schon gemacht hast.«

Die Stimme des Mannes bebt vor Grimm. Und mit einem einzigen Ruck umklammert er die Handgelenke des Sohnes, dass dieser vor Schmerz aufschreit. »So, und nun geh hinüber! Das Weitere folgt nach. Und von heute an brauchst du diese Räume nicht mehr zu betreten, damit du keine Angst haben musst, du könntest hier verkalken und vertrotteln.«

Er selbst öffnet ihm die Tür. Matthias muss mit brennendem Gesicht durch das Zimmer der Mädchen gehen und empfindet diesen Augenblick als den schmachvollsten seines Lebens. Der Vater schließt die Tür wieder und sagt zu Demmler: »Von morgen an wird mein zweiter Sohn bei Ihnen in die Lehre gehen. Sorgen Sie gleich von Anfang an dafür, dass uns Szenen wie diese erspart bleiben. In Zukunft will ich jede Unbotmäßigkeit sofort mitgeteilt bekommen.«

Regina sieht Matthias mit gesenktem Gesicht auf das Haus zukommen und weiß sofort, dass etwas vorgefallen ist. Sie tritt ihm in der Tür entgegen. »Was hast du? Warum kommst du während der Bürozeit?«

Mit störrischem Gesicht schaut Matthias an ihren forschenden Augen vorbei. »Er hat mich weggeschickt.«

»Wer er? Wenn du mit dem Er deinen Vater meinst, dann muss ich dir sagen, dass du ein ganz frecher, ungezogener Bengel bist. Treib es nicht auf die Spitze, Matthias; es hat alles seine Grenzen.«

Verstockt steht er vor seiner Mutter, ist aber doch angerührt von dem heißen Groll, der aus ihren Worten spricht. »Du musst zugeben, Mutter, dass ich mich mit achtzehn Jahren nicht mehr behandeln lassen kann wie ein Schulbub. Zudem hat der Vater mich soeben vor einem Angestellten blamiert wie noch nie zuvor in meinem Leben.«

»Das will nicht recht viel heißen, denn dein Leben hat noch kaum richtig begonnen. Außerdem kenne ich Vater genau. Er wird schon seinen Grund gehabt haben. Wenn du nicht alles richtig lernst, wie willst du dann einmal verantwortungsvoll arbeiten? Geh jetzt dort hinein – ich sehe Vater kommen.«

Peter springt mit zwei Sätzen die Stufen hinauf. So hat sie ihn noch nie gesehen. Sie hat plötzlich das Gefühl, als müsse sie durch ein paar kluge Worte etwas Gewalttätiges abbremsen.

»Komm zuerst zu mir herein, Peter, und beruhige dich etwas!«

»Aha, da hat sich das Söhnchen wohl schon beschwert?« Es zuckt um seinen Mund. »Ich brauche mich nicht zu beruhigen. Mein Entschluss ist bereits gefasst. Matthias geht fort. Ich werde ihn bei Peiper & Co. in Lübeck unterbringen. Das Leben soll ihn nur ein wenig an die Kandare nehmen. Und wenn dort auch nichts wird aus ihm, braucht er gar nicht mehr heimzukommen.«

Regina erkennt sofort, dass es unklug wäre, gegen diesen Entschluss anzugehen.

»Gewiss«, meint sie, »du wirst schon wissen, warum es so sein muss, Peter. Ich weiß zwar nicht, was ihr gehabt habt, ich meine nur – er ist halt noch sehr jung.«

»Jungsein ist kein Privileg zur Frechheit.«

»Natürlich nicht, Peter. Ich wollte nur sagen: Most muss gären, wenn er edler Wein werden soll. Und es geht kein Gärungsprozess ohne Schäumen und Brausen vor sich.«

Peter sieht sie einen Augenblick misstrauisch an. »Ich bin der Letzte, der das nicht anerkennen wollte. Aber ich dulde keine Frechheiten, wie er sie sich erlaubt. Ich habe es schon öfters beobachtet, habe aber immer geschwiegen. Er nimmt sich auch dir gegenüber manchmal viel heraus, das weiß ich wohl. Darum gib dir keine Mühe, mich umzustimmen! Ich will ihn einmal auf eigene Füße stellen. Das kann ihm nur zum Vorteil sein. Versagt er draußen in der Welt, wäre er hier nie der richtige Nachfolger.«

Damit wendet er sich ab und geht in die Stube. Als er Matthias regungslos am Fenster stehen sieht, die Hände in den Hosentaschen, überfällt ihn von neuem heftiger Zorn. Doch er zwingt sich gewaltsam zur Mäßigung. »Dreh dich um und sieh mich an! Was da drüben soeben gewesen ist, will ich jetzt nicht mehr erwähnen. Es hat mir gezeigt, dass du noch fehl bist an deinem Platz. Und darum wirst du einige Jahre nach Lübeck zu Peiper & Co. gehen. Sieh zu, wie du mit deinem Verdienst dort auskommst! Von mir hast du keine Zuschüsse zu erwarten. Sehe ich nach dieser Frist, dass du immer noch nicht der Kerl bist, den diese Fabrik braucht, lasse ich dich unerbittlich fallen. Du hast mich doch verstanden?«

»Ja, Vater.«

»Mehr habe ich dir nicht mehr zu sagen in dieser Angelegenheit. Ich fertige jetzt ein Empfehlungsschreiben an Peiper & Co. aus, in der Zwischenzeit nimm den Fahrplan zur Hand, und sieh nach, wie du am besten reisen kannst! Ich halte es für zwecklos, die Sache länger hinauszuschieben, als es unbedingt notwendig ist.«

Als sich die Tür hinter Peter Gigglinger schließt, wird Matthias erst bewusst, dass er eine grenzenlose Dummheit gemacht hat. Es ist ihm ganz jämmerlich ums Herz. Zorn und Trotz sind verschwunden. Nur mehr ein leises Staunen ist übrig geblieben über diesen unerbittlichen strengen Wesenszug, den er an seinem Vater nie vermutet hätte. Matthias weiß aber auch, dass er es nie fertig bringen würde, um schön Wetter zu bitten. In seinem Innern hat er sich bereits damit abgefunden, dass er in die Fremde muss. Und darum sucht er auch gleich nach einem Fahrplan. Er will gar nicht länger im Haus der Eltern bleiben.

Regina schläft wenig in dieser Nacht. Zu unerwartet ist das alles gekommen. Kaum dass der Tag graut, erhebt sie sich und geht hinauf in Matthias' Zimmer.

Zu ihrer Verwunderung ist er schon wach und sitzt angekleidet auf seinem Bett. Sie geht an ihm vorüber, reißt das Fenster auf und sagt mit leichtem Vorwurf: »Dieser Rauch! Warum öffnest du das Fenster nicht? Hast du denn die ganze Nacht geraucht?«

»Beinahe. Ich musste es tun, Mutter – ich bin ja so aufgeregt und verzweifelt.«

»Zur Verzweiflung ist kein Grund. Du gehst doch nur, um erfahrener wiederzukommen. Versprich mir, Bub, dass du dein Rauchen stark einschränkst!«

»Ja, Mutter, gern.«

In dieser Stunde ist er geduldig. Er tut Regina Leid, sie streicht ihm über den Kopf. Matthias sagt: »Wenn du Herrn Demmel siehst, Mutter, dann sag ihm doch bitte, dass es mir wirklich sehr Leid tut.«

»Ich danke dir, Matthias, für dieses Wort. Das gibt mir viel in dieser Stunde. Schreib auch fleißig, und denk auch immer, dass ich für dich zu jeder Zeit da bin. Denk auch vom Vater nicht unrecht. Er meint es nur gut mit dir. Vielleicht lässt er doch noch mit sich reden. Ich nehme an, dass er seinen Zorn schon verschlafen hat.«

»Ich habe keinen Zorn«, sagt plötzlich Peter Gigglinger von der Tür her. »Aber ich rücke von meinem Entschluss nicht ab. Ich habe heute nacht noch ein Telefongespräch mit Lübeck geführt. Du wirst dort gut aufgenommen, Matthias. Ich will nur hoffen, dass du mir und deiner Mutter keine Schande machst. Und nun mach dich fertig! Ich hole inzwischen den Wagen aus der Garage und bringe dich dann gleich bis zur Hauptstrecke.«

Eine halbe Stunde später fahren sie weg. Regina steht auf der Terrasse und will tapfer sein, kann es aber doch nicht verhindern, dass ihr die Tränen über das Gesicht laufen. Neben ihr stehen die beiden anderen Buben und winken dem Bruder nach, der sich nochmals umwendet und den Hut schwenkt. Dann verschwindet der Wagen hinter einer Bodenwelle.

Auch Peter Gigglinger ist nicht ganz so leicht zumute, wie er sich zeigt. Als er zurückkommt, merkt man an seinem Gesicht, wie es in seinem Innern arbeitet. Schweigend tritt er an den Frühstückstisch und schweigend sitzt er Regina gegenüber. Nur einmal schaut er sie an. »Es musste sein,

Regina. Hoffen wir, dass mein Entschluss sich günstig auswirkt.«

Er legt die Serviette zusammen und erhebt sich. Dann zieht er, wie jeden Morgen um diese Zeit, die Uhr auf und geht hinüber ins Werk.

13

Sieben Jahre sind wie im Flug vergangen. Matthias Gigglinger ist noch nicht wieder daheim. Aber er ist nicht untergegangen. Er hat nur keine allzu große Lust, als verlorener Sohn heimzukehren.

Als er die zwei Jahre bei Peiper & Co. hinter sich gebracht hatte, fährt er erst mal nach Südamerika, obwohl der Vater ihn zurückerwartete. Aber Matthias wollte seine kleine Rache haben, Groll hatte er nicht mehr. Die Jahre als kleiner Angestellter in Lübeck hatten ihn geläutert. Sie hatten vor allem etwas in ihm entwickelt, was er vorher nicht besessen hatte, nämlich einen starken Ehrgeiz.

»... und ich bin Dir heute zutiefst dankbar, lieber Vater«, schreibt er unter anderem, »dass Du mich damals vor die nackte Tatsache gestellt hast, mein Leben selber in die Hand nehmen zu müssen. Ich sehe heute ein, dass es doch das beste Mittel war, mich auf den rechten Weg zu bringen. Die Firma Peiper & Co. wird Dir ja sicher berichtet haben, dass sie mit mir zufrieden war. Aber heimkehren will ich jetzt noch nicht. Ich will die Welt sehen und will beweisen, dass ich mich in ihr zurechtfinde. Mir ist, lieber Vater, als hätte mich Dein eigener Wandertrieb überkommen. Habt nur ja keine Angst um mich, liebe Eltern! Euer Matthias weiß schon, was er will, und wenn ich zurückkomme, will ich Euch gerne zeigen, was mir das Leben alles beigebracht hat.«

Matthias Gigglinger kehrt aber auch in den folgenden Jahren nicht zurück. Dafür trifft die Nachricht von ihm ein, dass er sich drüben verheiratet habe und in das Geschäft seines Schwiegervaters eingetreten sei.

Diese Nachricht erreicht die Eltern gerade zu der Zeit, als es fünfundzwanzig Jahre werden, dass sie verheiratet sind.

Zuerst will man diesen Tag in aller Stille im Kreis der Familie feiern. Dann einigt man sich jedoch darauf, dass die nächsten Verwandten und Bekannten eingeladen werden sollen. Besonders Marianne und die beiden Jungen sind dafür.

»Meinetwegen«, sagt Peter Gigglinger schließlich, wenn auch widerwillig. »Aber verschont mich mit den sogenannten Vorbereitungen! Und nicht zu viele Menschen, wenn ich bitten darf!«

Marianne nimmt die Angelegenheit in die Hand. Sie berät sich mit der Mutter nur, wer alles eingeladen werden soll, und trifft die anderen Vorbereitungen im Geheimen. Frau Sina Helmbrecht einzuladen widerstrebt Regina zwar, aber der übrigen Gäste wegen muss doch wohl die Form gewahrt werden. Sicherlich wird Sina sich dann mit Krankheit entschuldigen. Leider hat der Vater, Bezirkstierarzt Heinrich Helmbrecht, vor zwei Jahren die Augen für immer geschlossen. Sein Bild hängt, stets mit frischen Blumen geschmückt, im großen Empfangsraum des Hauses Gigglinger.

Endlich ist es so weit. Das Werk steht still an diesem Tag, aber der Lohn wird ausbezahlt. Es soll deswegen keinen Verdienstausfall geben.

In den frühen Morgenstunden regnet es in Strömen. Peter und Regina sind darüber gleichermaßen enttäuscht, denn nach ihrer Meinung hätte an diesem Tag die Sonne so hell und klar scheinen müssen wie vor fünfundzwanzig Jahren. Aber während sie noch damit beschäftigt sind, die Erinnerung an diesen längst vergangenen Tag wachzurufen, ist schon die erste Überraschung fällig.

Vor der Villa hat die Musikkapelle des Ortes Aufstellung genommen und spielt ein Ständchen. Es ist ein rührendes Bild. Der Regen tropft auf die blitzblanken Instrumente und die Hutkrempen der Männer sind wie kleine Dachrinnen, von denen es immerzu plätschert. Dessen ungeachtet schwingt der Kapellmeister Ebereiner den Taktstock, und als das erste Stück zu Ende ist, wird noch »Herzilein« intoniert.

Peter und Regina können sich ein verstohlenes Lachen kaum verbeißen. Sie stehen auf dem Balkon, gerade noch vom Dach überdeckt, so dass der Regen ihnen nichts anhaben kann. Regina bietet ein Bild anmutiger Schönheit und Reife. In ihren Augen liegt wundersam gesammelt das Glück der fünfundzwanzig Jahre. Peter steht neben ihr, hat sich in den dunklen Anzug gezwängt, obwohl ihm die lederne Bundhose, die er sonst trägt, viel lieber gewesen wäre.

Die Musikanten werden ins Haus geladen und dort bewirtet. Aber sie müssen bald anderen Leuten Platz machen. Zunächst erscheint eine Abordnung der Belegschaft mit Chefingenieur Neuthaler an der Spitze. Sie überreicht einen Blumenkorb, der so schwer ist, dass zwei Mann daran zu tragen haben. Der Bub des Werkmeisters Schnurr sagt ein Gedicht auf und Neuthaler hält eine Rede. Gigglinger hört sich alles mit gerunzelten Brauen an, lockert von Zeit zu Zeit mit dem Finger den steifen Kragen und zuckt in Unbehagen die Schultern bei dem Gedanken, dass er nun notgedrungen auch noch etwas sagen müsse. Regina fühlt, was in ihm vorgeht, und fasst heimlich nach seiner Hand.

»Nur ein paar Worte, Peter, wenn du magst.«

So räuspert er sich denn und beginnt: »Wir freuen uns sehr, meine Frau und ich, und – ich möchte die Gelegenheit gleich wahrnehmen, auch für die bisher bewiesene Treue meinen herzlichsten Dank zu sagen. Ich weiß, dass es ohne eure Leistung nicht möglich gewesen wäre, das Werk auf die Höhe zu bringen, auf der es heute steht. Der Name Gigglinger hat heute Geltung und Klang weit über die Grenzen des Landes hinaus. Das ist mit euer Verdienst. Ich will das nie vergessen und es soll jeder Einzelne von euch wissen, dass er immer zu mir kommen kann mit seinen Sorgen und Nöten. So wie wir es bisher gehalten haben, wollen wir es auch in Zukunft halten. Das ist mein fester Wille und ich werde ihn denen, die nach mir das Werk weiterführen, immer wieder einprägen. Arbeit kann nur dann Segen bringen, wenn es zwischen Unternehmer und Arbeiter einen festen Bund des Zusammenhaltens und des Vertrauens gibt.«

Einige Arbeiter haben Tränen in den Augen, als Peter Gigglinger schweigt, und spenden Beifall.

Eine halbe Stunde darauf erscheint der Gemeinderat, von dem Peter Gigglinger erstmals erfährt, wie viel Heimatsried ihm zu verdanken habe. Man dürfe es ruhig aussprechen, dass Heimatsried durch seine Korbmöbel auch im Ausland bekannt geworden sei. Und dies alles sei nur der Tatkraft und Energie Peter Gigglingers zu verdanken. In

Anerkennung der besonderen Verdienste habe deshalb der Gemeinderat beschlossen, ihm das Ehrenbürgerrecht zu verleihen.

Der Bürgermeister schreit die Rede mit einer Lungenkraft heraus, als hätte er Angst, dass ihn jemand unterbrechen wolle. Er ist furchtbar aufgeregt und als er jetzt Peter die Ehrenurkunde überreicht, sehen alle deutlich, dass ihm glänzende Schweißtropfen auf der Stirn stehen.

Als sie endlich einen Augenblick für sich allein sind, legt Peter den Arm um Reginas Schultern und meint: »Hoffentlich nehmen die Reden bald ein Ende. Lieber den ganzen Tag Wasser pumpen, als eine Rede halten.«

»Du hast aber so schön gesprochen, Peter.« Sie schmiegt sich an ihn und wirft ihm plötzlich beide Arme um den Hals und küsst ihn wie schon lange nicht mehr. »Ich habe nie gewusst, was Stolz heißt. Aber jetzt fühle ich es tief und ehrlich: Ich bin unsagbar stolz auf dich, Peter.«

Noch ehe er etwas antworten kann, stürmen die Kinder herein. Sebastian breitet die Zeitung auf dem Tisch aus.

»Seht her, eine ganze Seite hat man dem Jubelpaar gewidmet.«

Hans, der jüngere, liest feierlich und mit Bedacht den Lebensweg des Vaters vor. Der Schreiber des Berichts erwähnt zum Schluss auch die tapfere Lebensgefährtin des Mannes, die ihm so treu zur Seite gestanden habe. Das »Heimatsrieder Tagblatt« entbiete an dieser Stelle seine Glückwünsche und gebe der Hoffnung Ausdruck, dass das Jubelpaar dereinst in der gleichen Gesundheit und geistigen Frische die goldene Hochzeit feiern möge.

»Alles ganz gut und schön«, meint Peter Gigglinger. »Man hat nur vergessen zu erwähnen, wie viele Prügel die Heimatsrieder mir einmal zwischen die Füße geworfen haben, damit ich stolpern soll. Kein Wort zum Beispiel davon, wie sie mich dem Bauern Wust übergeben haben. Im Übrigen – wer hat denn der Redaktion die beiden Bilder von mir und Mutter zugeschanzt?«

Niemand weiß etwas. Lauter unschuldige Gesichter. Peters Augen wandern von einem zum andern. Große und schöne Menschen sind es. Die zwei Söhne sind ganz sein Ebenbild geworden. Eine nie gekannte Glückseligkeit durchglüht sein Herz, weil er jetzt sicher ist, dass sein Werk einmal in zuverlässige Hände übergehen wird.

Und als habe nun auch Petrus ein Einsehen, dass es nicht recht sei, so einen Jubeltag verregnen zu lassen, dreht er jetzt den Himmelshydranten zu. In einer letzten grauen Wolke rauscht der Regen über den Wald ostwärts davon, und zwischen den zwei linken Schornsteinen der Fabrik zeigt sich ein schmaler Streifen hellblauen Himmels.

In dieser Vormittagsstunde gehen Peter und Regina zum Friedhof. Dort, in der hinteren Ecke, wo jahrelang ein kleines, unscheinbares Holzkreuz mit verwaschener Schrift die Stelle andeutete, wo man einst nach heftigem Streit zwischen zwei Gemeinden den Besenbinder und Korbflechter Sebastian Gigglinger der um vieles barmherzigeren Erde übergab, steht heute ein Steindenkmal aus carrarischem Marmor, in den mit goldenen Buchstaben der Name »Sebastian Gigglinger« eingemeißelt ist.

Regina legt einen herrlichen Strauß dunkelroter Rosen auf den Hügel. Peter jedoch teilt den Strauß und trägt die Hälfte davon an ein anderes Grab nahe der Kirchenmauer. Dort liegt der Bezirkstierarzt Heinrich Helmbrecht.

Der Himmel hat sich mittlerweile immer mehr aufgehellt. Die letzten grauen Wolken verschwinden in der Ferne. Vom Grabhügel der Amalie Hirner schwingt sich eine Lerche auf. Sich an den Händen haltend, verlassen Peter und Regina den Friedhof und wandern heimwärts.

Es ist auch höchste Zeit gewesen, denn bald darauf kommen schon die ersten Gäste. Es ist der Gutsbesitzer Herr von Halmstätt mit Frau und Sohn. Das Brautpaar eilt in die Halle, sie zu begrüßen. Hernach kommt der Bezirksbaumeister mit seiner Frau Hermine, dann der Landrat, ferner ein engerer Geschäftsfreund des Hauses aus dem Badischen, Herr Ohlenburg mit Tochter. Etwas später kreuzt Walter Helmbrecht mit Frau Lydia auf, und ganz zuletzt – man will es kaum glauben – ganz zuletzt erscheint Frau Sina Helmbrecht.

Zum ersten Mal seit vielen Jahren begegnen sich Mutter und Tochter wieder.

Es ist geradezu faszinierend, wie Sina die fünfundzwanzig Jahre überbrückt. Regina hat die ganzen Tage ein wenig Angst gehabt vor dieser Begegnung. Aber nun steigt Sina aus dem Wagen und geht am Arm ihres Sohnes die Treppe hinauf, ganz Dame. Sie verzieht keine Miene. Nur die Augenlider vibrieren ein wenig und deuten an, dass auch sie von dem Augenblick berührt ist. Peter und Regina stehen am Eingang der Halle, die übrigen Gäste ringsherum. Und da gibt Sina in vornehmer Haltung der Stunde, was sie von ihr fordert.

»Meine liebe Tochter«, sagt sie und breitet die Arme aus. Dann haucht sie einen Kuss auf Reginas

Stirn und auch Peter hat still und geduldig diese seltsame schwiegermütterliche Huld über sich ergehen lassen. Er zwinkert zwar ein wenig mit den Augendeckeln, so perplex ist er über die Selbstverständlichkeit, mit der Sina über eine fünfundzwanzigjährige Feindschaft hinweggeht.

»Wie jammerschade, dass es deinem Vater nicht mehr vergönnt war, diesen Tag zu erleben«, sagt Sina, während Walter ihr den seidenen Umhang abnimmt. »Aber willst du mir nicht die Herrschaften vorstellen, liebe Regina, soweit ich sie noch nicht kenne?«

Sina lässt sich begrüßen und ist von einer kindhaften Freude ergriffen, noch einmal auf einer solch stolzen Höhe wandeln zu können, bevor sich ihr Leben endgültig dem Lebensabend zuneigt. Ihr Mann, der Bezirkstierarzt, hat jenes peinliche Geheimnis mit ins Grab genommen. Sina hat ihn ehrlich und rechtschaffen betrauert, gewiss, aber mit seinem Tod hat sich zugleich auch die stets präsente Angst in Nichts aufgelöst, dass mit der kindhaften Geschwätzigkeit, die Heinrich Helmbrecht mit zunehmendem Alter überkommen hat, sich ihr Geheimnis einmal lösen könnte und ihre törichte Liebesaffäre jenes Sommers offenbar würde. Aber Heinrich Helmbrecht ist bis zur letzten Stunde geblieben, was er immer war: ein tapferer Mensch, gütig und verschwiegen.

Bei seiner Beerdigung hatten Mutter und Tochter nicht miteinander gesprochen. Erst diesem Tag blieb es vorbehalten, den Zwist zu begraben.

Bald darauf wird zur Tafel gebeten. Der große Empfangsraum ist für diesen Zweck festlich geschmückt. Hinter dem Platz des Jubelpaares hängt an der Wand ein wunderbarer Lorbeerkranz, in dessen Mitte die Zahl 25 leuchtet. Auch das Wappen des Hauses, das alte Karrenrad, ist festlich mit Rosen umwunden.

»Was bedeutet denn das?«, fragt Sina verwundert, als sie das Rad wahrnimmt. Ihr Tischnachbar, der Landrat, weiß das auch nicht und wendet sich an den Hausherrn. Für den ist das genau das Richtige. Niemandem möchte er mit mehr Genugtuung darüber Auskunft geben als gerade Sina Helmbrecht. Es ist ihm eine wahre Wonne, die erloschenen Jahre herauszuheben aus Staub und Armut und sie hineinzustellen in den festlichen Glanz der Stunde.

Sina merkt sofort, dass sie ihre Neugierde lieber bezähmt hätte. Ihr Stolz verspürt die leichten Backenstreiche, die Peter austeilt. Aber sie hört mit gebührendem Anstand zu, und dabei taucht plötzlich wie aus der Tiefe herauf ein längst vergessenes Bild, das die Jahre ausgelöscht haben. Sie sieht den Korbmacher Gigglinger wieder, wie er in der Tür ihres Hauses steht, verwittert und grau, und um einige abgelegte Kleider ihres Sohnes Walter für seinen halbwüchsigen Knaben Peter bittet. So lebendig erhebt sich dieses Bild vor ihr, dass sie es kaum merkt, als Peter seine Erzählung beendet. Dann sagt sie aber schnell und artig: »Interessant. Wirklich sehr interessant.«

In einer halb versteckten Seitennische sorgt ein kleines Orchester für Unterhaltung. Dazwischen klingen die Gläser, und der Wein längst vergessener Sommer beginnt die Stimmung zu beschwingen. Nach dem Mittagessen nimmt Peter Gigglinger Regina in den Arm und tanzt mit ihr den Ehrenwalzer, worauf die Jugend schon lange gewartet hat, denn dies ist zugleich das Zeichen zum Beginn des allgemeinen Tanzes.

Walter Helmbrecht ist in glänzender Laune. Es schmeichelt seiner Eitelkeit, der Bruder und Schwager des Hauses zu sein, wenn er auch einmal eine Mauer aufgebaut hat zwischen sich und dieser Verwandtschaft.

Zuweilen zupft Lydia ihn am Ärmel und mahnt ihn: »Trink nicht so hastig, du redest sonst wieder so viel!«

Mitten in diesem Glanz sitzt aufrecht und stolz Sina. Sie verschenkt hierhin ein Lächeln und dorthin eines, und dieses Lächeln bricht aus ihrem Gesicht heraus wie das spärliche Sonnenlicht hinter einer Wolkenscharte nach einem Gewitter.

»Du wirst mich dann ein wenig durchs Haus führen, mein Kind«, sagt sie zu Marianne. Und dieses Verlangen ist wohl nicht ganz unbegründet nach der langen Reihe von Jahren des Zurückhaltens. »Als ich so jung war wie du, mein Kind«, spricht sie weiter, »da trug man die Kleider noch nicht so weit ausgeschnitten. Wie alt bist du jetzt, mein Kind? Dreiundzwanzig im Herbst? Schön, schön. Dann warte ruhig noch ein paar Jahre mit dem Heiraten! Die zweifelhafte Freude Urgroßmutter zu sein, möchte ich mir gern erspart wissen.«

»Gewiss, Mutter, gewiss! Hier, das ist das Gästezimmer.«

»Etwas nüchtern, wie mir scheinen will. Aber heute hat man ja das Überladene früherer Jahre nicht mehr. Übrigens – ich danke dir sehr, mein Kind, dass du mich nicht Großmutter nennst. Man soll einen Menschen nicht an sein Alter erinnern.«

Marianne lacht klingend auf. Sie sagt nur der

Einfachheit halber Mutter, weil das Wort Großmutter in diesem Haus noch nie gebraucht worden ist. »Wie kannst du bloß von Alter reden?«, fragt sie. »Du siehst noch so gut aus.«

»Ja? Findest du? Da, mein Kind« – sie nestelt einen Ring von ihrem Finger, ein hübsches goldenes Ringlein mit wasserblauen Steinen –, »nimm ihn, ich sehe, du hast keinen richtigen Ring. Und besuche mich einmal! Ich habe mehr solcher Dinge, die du haben kannst. Deine Mama legt wohl heute keinen Wert mehr darauf. Du weißt ja, dass wir nie recht gut zueinander – ich meine, dass wir uns etwas fremd geworden sind. Ich kann mir gut vorstellen, dass ich in euren Augen immer als die böse Frau gegolten habe.«

»Aber nein, Mutter! Wie kommst du denn nur darauf? Mama hat nie ein Wort gegen dich gesagt.«

»Wirklich? Na, dann ist's gut. Natürlich. Was hätte sie über mich schon sagen können?«

Dieses Geständnis versetzt Sina in eine versöhnlichere Stimmung, so dass sie nach dem Rundgang durch das Haus neben Regina Platz nimmt. »Marianne hat mich soeben durch das Haus geführt. Übrigens ist sie wirklich ein ganz entzückendes Mädchen. Und – alle Hochachtung! Ich habe das nicht erwartet.«

»Soll das eine Schmeichelei sein?«, fragte Regina zurück.

»Nimmst du an, dass ich das in der Zwischenzeit gelernt hätte?«

In diesem Augenblick klopft Peter Gigglinger an sein Glas und erhebt sich. Vielleicht hat der Wein es ihm eingegeben, vielleicht ist es ein Bedürfnis, das ihn dazu treibt, noch einmal das Wort zu ergreifen. Er sieht die Tafel entlang, mit Falten angestrengten Nachdenkens auf der Stirn. Sein Mund lächelt plötzlich ein wenig, denn am anderen Ende der Tafel sitzt Hermine, und er sieht die Korallenbrosche an ihrem Kleidausschnitt, die ja auch schon für genügend Gesprächsstoff gesorgt hat.

»Meine Lieben«, beginnt er. »Dieser Tag hat mir schon so viel Freude und Ehre bereitet, dass ich nicht umhin kann, einzugestehen, dass wohl noch einem Menschen die gleiche Ehre gebührt, wenn nicht mehr. Ich meine damit meine treue Kameradin, meine liebe Regina, den guten Geist des Hauses, die Seele des Ganzen. Was wäre ich gewesen ohne ihr ständiges Anspornen? Ihr Wille hat mich getrieben, wie der Wind ein Mühlenrad treibt. Von zu Hause aus mit allen menschlichen Vorzügen ausgestattet« – hier treibt es Sina eine dunkle Röte ins Gesicht –, »hat sie mich von der ersten Stunde unseres Beisammenseins geleitet wie ein guter Stern.« Peter nimmt Reginas Hand in die seine. »Leider fehlt heute an unserem Ehrentag einer in unserer Mitte. Unser Erstgeborener. Aber in der weiten Ferne hat er zum heutigen Tag an uns gedacht. Vor einer halben Stunde habe ich ein Telegramm aus Südamerika erhalten, worin Matthias uns die herzlichsten Glückwünsche übermittelt und uns zugleich, gewissermaßen als Hochzeitsgeschenk, die Geburt eines jungen Gigglingers anzeigt.«

Diese Worte fallen auf Regina zu wie ein Licht, vor dem man die Augen schließen muss, weil es so grell und unvermittelt hereinbricht. Peter Gigglinger aber spricht weiter: »Dieser Erstgeborene war eine Zeitlang der einzige Schatten in unserem Leben. Aber aus diesem Schatten ist ein helles Licht geworden. Matthias hat sich behauptet und steht nach Gigglinger Art mit beiden Füßen fest im Leben.« Peter stockt einen Augenblick und schaut starr auf Marianne hin, die unterm Tisch nach der Hand des jungen Halmstätt gegriffen hat.

Am liebsten hätte er leise durch die Zähne gepfiffen. Sieh mal einer an, denkt er, meine Marianne also auch schon! Dann spricht er zu Ende: »Dies zu wissen ist unser schönstes Geschenk zum heutigen Tag. Und nun bitte ich Sie, meine verehrten Freunde, das Glas zu heben und mit mir einzustimmen in den Ruf: Regina, die Seele dieses Hauses, und der Enkel überm weiten Meer, sie leben hoch! Hoch! Hoch!«

Nach diesem Toast leert auch Sina ihr Glas mit einem einzigen Zug. Es ist ein wunderbares Gefühl, in diesem Augenblick neben der gefeierten Tochter zu sitzen. Dann fragt sie zu Peter hin: »Du hast wunderbar gesprochen, lieber Peter.« Ja, sie sagt »lieber Peter« und bricht sich dabei die Zunge nicht ab. »Aber ich habe mich wohl verhört, dass ich Urgroßmutter geworden bin?«

»Was uns in solche Freude versetzt, wird dich doch hoffentlich nicht traurig stimmen?«, fragt er lächelnd zurück.

»In Trauer wohl nicht, aber es ist mir doch ein Vorgefühl des nahenden Alters.«

»Ach, so meinst du? Nein, bei deiner Verfassung lebst du leicht noch zwanzig Jahre.«

»Vorausgesetzt, dass sich nicht der Tod dazuschlägt«, erwidert Sina ernst. Es soll aber wie ein Witz klingen, denn sie hebt unmittelbar darauf ihr Glas, stößt mit Peter und Regina an und trinkt auf Gesundheit und Leben. »Ich habe gar nicht gewusst«, säuselt sie dünn, »dass du so ein Schwerenöter bist.«

»Gnädige Frau hatten ja niemals Lust, mich näher kennen zu lernen«, antwortet er schlagartig.

Sina geht bereitwillig auf den Spaß ein.

»Ich werde mich bemühen, es nachzuholen.«

»Bitte, ich stehe gerne zur Verfügung.«

Gegen Abend erreicht das Fest seinen Höhepunkt. Der Wein hat seine Wirkung schon getan und die Gäste sind bereits in jenem Stadium angelangt, in welchem schlechte Trinker melancholisch und die anderen redselig werden. Hermine kichert und zwitschert wie ein Zeisig. Sie versichert lebhaft, dass sie immer und allezeit Reginas Freundin gewesen sei. Die Korallenbrosche funkelt dabei im Licht der vielen Lampen. Walter Helmbrecht hält Herrn von Halmstätt einen Vortrag über die Vererbungslehre des Simmentaler Schlages, und selbst der so gestrenge Herr Landrat lässt Peter Gigglinger wissen, dass er ihn schon immer für einen genialen Kerl gehalten habe.

Peter Gigglinger aber sagt zu seiner Frau: »Ich habe da vorhin etwas bemerkt. Wie ist denn das mit unserer Marianne und dem jungen Halmstätt? Oder habe ich mich getäuscht?«

»Vermutlich nicht, Peter. Aber ich merke es auch erst seit heute.«

»Nun glaub ich schon selber bald, dass wir alt werden, Regina. Schau dort einmal unauffällig hinüber! Unser Sebastian, der verflixte Kerl, wie er mit der jungen Ohlenburg flirtet. Das kann doch nicht erst seit heute sein!«

»Nein, seit du ihn auf die letzte Geschäftsreise zu Ohlenburgs mitgenommen hast, merke ich, dass etwas los ist mit ihm. Übrigens ein äußerst sympathisches Mädchen.«

»So was, so was«, staunt Peter. »Und das erfährt man ausgerechnet an seinem Silberhochzeitstag!«

»Vielleicht wäre kein Tag günstiger für so etwas wie dieser.«

»Du hast Recht, Regina. Einmal müssen wir uns doch damit abfinden, dass die Kinder ihren eigenen Weg gehen. Aber weißt du, woran ich den ganzen Abend schon denke? Wenn alles klappt und nichts dazwischenkommt, dann fahren wir zwei im nächsten Frühjahr nach Südamerika und besuchen unseren Matthias. Meinen ersten Enkel will ich unbedingt kennen lernen. Unsere beiden anderen Buben haben sich bereits im Werk so eingearbeitet, dass ich ruhig einmal ein halbes Jahr wegbleiben kann.«

»Du, Peter – darauf freue ich mich schon heute.«

Die Nacht spannt sich mit flimmernden Sternen über dem hell erleuchteten Haus, in dem der festliche Wirbel erst gegen Mitternacht verklingt. Peter und Regina begleiten die Gäste hinaus. Die Reifen knirschen über den Asphalt der Auffahrt, das Brummen der Motoren verliert sich mit dem singenden Wind im Dunkel der Nacht.

Im Haus erlöschen langsam die Lichter und es wird still.